Detlef Fechtner
Tod im Bankenviertel

Detlef Fechtner

TOD IM BANKENVIERTEL

Börsen-Krimi

2. Auflage

Alle Rechte vorbehalten · Societäts-Verlag
© 2021 Frankfurter Societäts-Medien GmbH
Satz: Bruno Dorn, Societäts-Verlag
Umschlaggestaltung: Bruno Dorn, Societäts-Verlag
Umschlagabbildung: Agatha Kadar/Shutterstock
Druck und Verarbeitung: CPI books GmbH, Leck
Printed in Germany 2021

ISBN 978-3-95542-381-0

PROLOG

Es war ein dumpfes Geräusch, kurz, ohne jeden Nachhall. Der Körper war gleich zu Beginn des Sturzes in etwa 150 Metern Höhe gegen die Hauswand geschleudert und danach um die eigene Achse gewirbelt worden. Und er hatte sich auf halber Höhe so ineinander verdreht, dass Schultern und Knie wenig später fast synchron aufschlugen. Trotz der ungeheuren Wucht des Sturzes auf den ausgetrockneten Rasen konnte man den Aufprall nicht mehr vorne auf dem Reuterweg hören, erst recht nicht im Rothschildpark und wahrscheinlich noch nicht einmal nebenan in der Oberlindau. Aber dort war ohnehin niemand mehr unterwegs. Selbst in einer lauen Sommernacht wie dieser verirrte sich um vier Uhr morgens keine Seele mehr ins Frankfurter Bankenviertel – jedenfalls nicht an einem Wochentag. Wer morgens um acht bei der ersten Schalte mit Hongkong und Tokio hellwach sein muss, gönnt sich unter der Woche allenfalls einen After-Work-Club, aber spätestens um Mitternacht ist Schluss mit Party. Dann eilen die letzten Banker und Börsenhändler in ihre Westend-Altbauwohnungen, sinken in Himmelbetten oder auf Futons und träumen von fernen Inseln und von Frauen, die nach Lavendel duften. Oder, wenn's schlecht läuft, von 200-Tage-Linien und Kurs-Gewinn-Verhältnissen.
Die Leiche lag unnatürlich gekrümmt auf der kleinen Grünfläche vor dem Heizungskeller des Bankhochhauses. Rechtsmediziner räumen beim freien Fall aus 20 Metern noch geringe Überlebenschancen ein, nicht aber bei einem Sturz vom Dachgeschoss der 47. Etage der Frankfurter Hypo-Union-Zentrale.

Eine dichte Vogelbeerenhecke verhinderte, dass die Leiche zufällig von den Pendlern entdeckt werden konnte, die zwei Stunden später als erste die kleine Anlage Richtung U-Bahn durchquerten. Und dass Schüler des Bischof-Ketteler-Gymnasiums auf sie stoßen konnten, wenn sie um halb acht ihren Schulweg über den kleinen Trampelpfad hinter dem Bankhochhaus abkürzten, war ebenfalls ausgeschlossen. Schließlich war Mitte August, Ferienzeit. Folglich konnte nur einer der drei Haustechniker die Leiche finden, bei der routinemäßigen Kontrolle der Kälte- und Wärmezentrale der Bank gegen halb neun. Zu einer Uhrzeit also, zu der vorne im Foyer der Hypo-Union schon so viel Betriebsamkeit herrschte, dass selbst die Videoüberwachung keine echte Hilfe mehr für die anschließenden Ermittlungen sein würde. Zumindest konnte sich bis dahin jeder unbemerkt unter die Angestellten und Geschäftskunden mischen, die das Foyer am frühen Vormittag bevölkerten. Jeder konnte um diese Zeit unauffällig aus dem Gebäude verschwinden. Auch diejenigen, die etwas damit zu tun hatten, dass hinter der Hecke ein Toter lag. Sie hatten nichts dem Zufall überlassen.

1

Die *Innenpolitik* war da, der *Außenhandel*, die *Devisenmärkte*, das *Bankenressort*. Und wie immer am hinteren Teil des großen Konferenztisches auch *Unternehmen & Bilanzen*. Carl Stolberg faltete die aktuelle Ausgabe des *Finanzblatts* sorgfältig zusammen und legte sie auf den leeren Platz neben sich. Das war das unmissverständliche Signal des Chefredakteurs, mit der täglichen Blattmacher-Runde zu beginnen.

Stolberg, ein schlanker, stets exzellent gekleideter Mann von 58 Jahren, war vor zwölf Jahren zum *Finanzblatt* zurückgekehrt – an die Spitze jener Wirtschafts-Tageszeitung, bei der er 22 Jahre zuvor als Volontär angefangen hatte. Damals hießen Eon noch Viag und Veba, TUI noch Preussag und die Telekom noch Bundespost. Die Börse war damals noch komplett um die Ecke von der Hauptwache zu Hause, und im Handelssaal wurden die Geschäfte ausgerufen statt in Computer eingegeben. Stolberg war oft auf dem Parkett gewesen, zu einer Zeit, als Lärm und Schweißgeruch im großen Handelssaal noch mehr über die Stimmung im Markt aussagten als die Kurstafel.

Mittlerweile kam er kaum noch zum Schreiben, ab und zu eine Glosse oder einen Leitartikel, hin und wieder eine Personalie über Manager oder Minister, die er meistens schon Jahrzehnte persönlich kannte. Trotzdem war er das, was sie ein Nachrichtenschwein nannten. Hungrig, unaufhörlich wühlend, wenn es darum ging, eine Geschichte auszugraben.

„Bringen wir's hinter uns", eröffnete Stolberg die Blattmacher-Runde. Er wusste, dass es heute wieder einmal ein zähes Geschäft werden würde. Aus Sicht eines Wirtschaftsredakteurs sind die Sommermonate geprägt von der ständigen Angst vor der leeren Seite. Es gibt keine bedeutenden Deals, keine Jahresbilanzen, keine Sitzungen der Notenbanken. Das Börsengeschäft ist schleppend, lustlos, umsatzschwach. Nicht einmal die Politik liefert brauchbare Schlagzeilen. Niemand streitet, niemand droht, niemand streikt – es ist schlichtweg entsetzlich. Im August Zeitung zu machen, ist so spannend, wie auf einem Elternabend Protokoll zu führen. Im Grunde gibt es nichts, was es wert wäre, aufgeschrieben zu werden. Aber irgendwie muss man das Blatt ja füllen.

Jan Röber, der Blattmacher am Nachrichtentisch, gab sich erkennbar Mühe, irgendetwas Zeitungstaugliches zu bieten. In Südafrika verdichteten sich Spekulationen über eine Fusion zweier großer Goldminen. Drei deutschen Industrieunternehmen der zweiten Reihe drohten Herabstufungen ihrer Ratings. Und seit Tagen kursierten Gerüchte über Finanzierungsengpässe der Nordwestdeutschen Landesbank.

„Wenn wir selbst mal wieder einen Akzent setzen wollen, hätt' ich was anzubieten", meldete sich Sven Schlosser aus dem Kapitalmarktressort zu Wort. „Wir haben heute einen ziemlich großen Auflauf in der Alten Oper. Ein Fachkongress über Risikobewertung in der Bilanz, Value at Risk und solche Sachen", berichtete er. „Das hat mächtig Sprengkraft für die Großbanken."

„Fachkonferenz", wiederholte Stolberg mit gedämpfter Stimme. Der Chefredakteur schien davon nicht gerade begeistert. „Irgendwelche Prominenz?", fragte er zurück.

Schlosser zählte auf: „Vier Bankvorstände, der Vize der Finanzaufsicht – na ja, und Berenbrink als Stargast." Franz Berenbrink, der Bundesbank-Präsident – immerhin.

„Und wer ist für uns vor Ort?", setzte Stolberg nach.

„Ich", meldete sich mit selbstbewusster Stimme einer der

Jungredakteure, die keinen Sitzplatz mehr am großen Tisch gefunden hatten und deshalb die Konferenz stehend oder an der Wand lehnend verfolgten. Es war Oskar Willemer, einer der wortwörtlich *neuen* Kräfte – denn er hatte seinen Job beim Finanzblatt erst vor vier Wochen angetreten.

Der Chefredakteur ließ sich langsam in seinen Stuhl zurückfallen, legte seine Stirn in Falten und seinen Zeigefinger an die Unterlippe. „Ich freue mich, lieber Herr Willemer, dass Sie bereits nach nach so kurzer Zeit bei uns derart motiviert Außentermine wahrnehmen. Man hat mir schon geflüstert, dass Sie mit viel Elan gestartet sind – wunderbar. Aber mal Hand aufs Herz: Sind Sie denn auch der Meinung, dass Ihre Berichterstattung über den Fachkongress auf die Titelseite gehört?"

Man sah Oskar an, dass ihm die Situation unangenehm war. Ehrlich gesagt hatte er sich noch keine großen Gedanken über seinen Tagestermin gemacht – und erst recht nicht erwartet, dass ihn der Chef vor versammelter Mannschaft darüber ausfragen würde. Um seinem Ressortchef nicht in den Rücken zu fallen, entschied sich Oskar für eine diplomatische Antwort: „Schlosser hat Recht, das Thema ist explosiv. Aber es sollte gewiss reichen, wenn wir das Wichtigste, was heute in der Alten Oper geschieht, auf Seite eins einspaltig anreißen. Zumal ich ohnehin die Geschichte über die Herabstufungen der deutschen Industriefirmen spannender finde, denn das heißt doch, dass deren Finanzierungskosten steigen."

Stolberg war anzumerken, dass es ihm gefiel, wie der neue Kollege sich selbstbewusst, aber eben nicht überheblich präsentierte.

„Chapeau!", sagte der Chefredakteur. „Genau so sollten wir es machen. Im Mittelfeld der Titelseite jeweils Einspalter für die Goldminen und für Willemer mit dem Bundesbankchef und seinen Freunden auf der Expertenkonferenz. Und Körber, du strickst uns bitte einen vierspaltigen Aufmacher. Arbeitstitel: *Deutsche Firmen vor Problemen bei der Finanzierung*. Mit Zitaten von den üblichen Verdächtigen. Das wird ein hartes Stück Arbeit. Also macht euch schleunigst an dieselbe."

Damit war die Konferenz beendet, ein lautes Stühlerücken verwandelte den Tagungsraum in einen belebten Marktplatz, Redakteure und Grafiker riefen sich quer durch den Raum Absprachen zu, während fast alle wieder eilig zurück an ihre Schreibtische drängten. Einzig Schlosser und Willemer blieben zunächst noch auf ihren Plätzen.

„Moment, Carl, wir müssen dich noch kurz sprechen", rief Schlosser dem Chefredakteur zu.

Stolberg wartete geduldig, bis die Kollegen den Raum verlassen hatten und sich der Lärm vor der Tür gelegt hatte. „Nun, worum geht es?"

Dieses Mal ergriff Oskar direkt das Wort: „Vielleicht wissen Sie ja, Herr Stolberg, dass ich vor meinem Start in Ihrem Blatt Gerichtsreporter für die *Frankfurter Nachrichten* war. Deshalb interessiert es mich natürlich sehr, wie das *Finanzblatt* mit dem Toten umgeht, der heute Nacht aus dem Dachgeschoss der Hypo-Union gestürzt ist."

„Ganz einfach", entgegnete der Chefredakteur, „ich sehe keinen Grund für Berichterstattung. Natürlich wird der Selbstmord Gesprächsthema in den Handelsräumen sein. Aber ich sehe in der Tatsache, dass da jemand seinen Freitod im Bankenviertel inszeniert, keinen Anlass für eine seriöse Wirtschaftszeitung, darüber zu berichten."

„Ich würde Ihnen gerne zustimmen, Herr Stolberg", erklärte der Redaktions-Junior. „Aber ich gehe nicht davon aus, dass es Selbstmord war."

Der Chefredakteur wurde hellhörig. „Mit wem haben Sie telefoniert?", fragte er neugierig.

„Ich habe mit niemandem telefoniert", antwortete Willemer, „aber ich habe nachgedacht. Und ich komme beim besten Willen auf keine logische Begründung für einen Selbstmord. Jemand, der so deprimiert ist, dass er seinem Leben ein Ende setzt, wird gewiss keinen gewaltigen Aufwand mehr betreiben. Es ist jedoch ein gewaltiger Aufwand, unerkannt in den 47. Stock eines Bankhochhauses zu gelangen, dort die Zugangstür zum Dachgeschoss aufzubrechen, um in dieser Höhe an die freie Luft zu gelangen und sich dann genau dort über das Geländer zu stürzen, wo man garantiert erst am Vormittag entdeckt wird."

„Und warum", konterte Stolberg, „sollte sich ein Gewalttäter der Gefahr aussetzen, entdeckt zu werden? Ihr Argument, lieber Kollege Willemer, mag ja gegen Selbstmord sprechen, aber es spricht genauso gegen Mord. Warum sollte der Täter sein Opfer, statt es irgendwo in einer stillen Ecke umzubringen, erst ins Zentrum des Bankenviertels lotsen, in die Hypo-Union locken und auf das Dach hochjagen", fragte er stichelnd zurück.

Oskar Willemer schien vom Einwurf des Chefredakteurs unbeeindruckt. Er wandte sich ihm direkt zu: „Eine Drohung, ein Exempel. Der Mörder schickt damit ein Signal an andere, die er einschüchtern will – wie bei einem Mafia-Mord."

Der Chefredakteur ging die paar Schritte zum Fenster und blickte auf das hochsommerliche Frankfurt. Hinter den Messehallen ragten die Bankhochhäuser in die Höhe: die Deutsche, die Commerzbank, die Morgan Chase – und natürlich auch die Hypo-Union. „Das klingt ja gruselig. Ist aber ziemlich spekulativ, ich weiß nicht, ob man's schon in die Zeitung …"

„Nein, natürlich nicht", fiel Schlosser ins Gespräch ein. „Das wäre ja schon sehr anmaßend, wenn man diese halbgaren Vermutungen ins Blatt schreiben würde. Aber: Ich würde dringend davon abraten, die Geschichte zu ignorieren. Gut möglich, dass dahinter eine Affäre steckt, die Frankfurts Banken noch einige Wochen in Atem hält. Und uns natürlich auch", mahnte der Ressortleiter.

„Ja, gut möglich", räumte Stolberg ein, der jedoch nicht wirklich überzeugt war und deshalb noch einmal nachsetzte: „Aber wenn man den Agenturmeldungen trauen kann, dann spricht doch einiges dafür, dass es ein Selbstmörder war. Keine Hämatome, keine Griffspuren, die auf Fremdeinwirkung hindeuten. Halt einer, der sich am Ende nochmal wichtigmachen wollte."

Oskar schüttelte den Kopf. „Ich bitte Sie, Herr Stolberg: *Keine auffälligen Griffspuren, keine Hämatome* – tja, das wäre uns beiden doch wohl auch noch eingefallen, wenn wir Polizeisprecher wären und Spekulationen nicht noch anheizen wollten", spottete der Jungredakteur und redete sich in Schwung. „Den Rechtsmediziner möchte ich sehen, der bei einem völlig zerschundenen Leichnam binnen weniger Minuten feststellen kann, ob es Spuren von Fremdeinwirkung gibt. Nein, nein, Herr Stolberg, wenn es einen ersten Hinweis gibt, über den es nachzudenken lohnt, dann ist es dieser hier", sagte Willemer und las aus einem Stapel von Agenturmeldungen vor, die er ausgedruckt und mitgebracht hatte. „Hier bei apx steht: Der Tote konnte noch nicht identifiziert werden, da er weder Einlasschip noch Ausweis oder Papiere bei sich hatte. Keine Papiere! Dann erklären Sie mir bitte einmal, wie er ganz allein ohne Ausweise in diesen Hochsicherheitstrakt gekommen sein soll. Oder meinen Sie etwa, er hat die Papiere vor dem Sprung noch extra entsorgt, um es spannender zu machen?"

Ressortchef Schlosser war aufgestanden und ging auf den Chefredakteur zu. „Carl, der Junge hat Recht, diese Geschichte gehört auf jeden Fall ins Blatt. Vielleicht als Ecke ganz unten auf Seite eins. Und ich würde schon im Eingangssatz einflechten, dass es längst nicht sicher ist, ob es sich um Selbstmord handelt."

„Titelseite untere Ecke", wiederholte der Chefredakteur und blickte seinen Kollegen in die Augen. „Ja, überzeugt. Links unten auf der eins." Er verabschiedete sich mit einem kurzen Nicken, ging zur Tür und drehte sich noch einmal um. „Sie haben mir jetzt richtig Angst eingejagt, Willemer. Die Vorstellung, dass da drüben im Bankenviertel ein skrupelloser Krimineller herumläuft, ist schon ziemlich schaurig."

2

In der Eingangshalle der Alten Oper drängelten sich jede Menge Banker in ausgesessenen blauen oder anthrazitfarbenen Anzügen. Auch in den Bankentürmen gab es mitten im August so gut wie nichts zu tun. Da war jeder froh um ein wenig Abwechslung – und wenn es auch nur ein Fachkongress mit einem ausgesprochen unlustigen Thema war. Die hochsommerlichen Temperaturen forderten ihren Tribut. Es roch nach Schweiß – und nach süßlichen Rasierwassern, mit denen der Schweißgeruch zu überdecken versucht wurde.

Oskar Willemer war wie immer spät dran. Es war schon Viertel nach zehn, der Oberbürgermeister hatte bereits seine Grußworte gesprochen. Oskar wartete ungeduldig in der Schlange vor einem der Akkreditierungsschalter. Die meisten um ihn herum sahen tatsächlich so aus, wie er sich Banker vorstellte. Blau-weiße Hemden, goldene Armbanduhren, Seitenscheitel, Haargel, frischrasiert – seine Mutter würde sagen: geschniegelt. Keine Nickelbrillen, keine wilden Locken – und auch keine langen Koteletten, wie Oskar sie hatte. Und natürlich besaß in der ganzen Oper an diesem Vormittag auch niemand einen Dreitagebart wie er. Der hätte den anderen um ihn herum allerdings auch wirklich nicht gestanden. Bei Oskar hingegen passten die Bartstoppeln zum markanten, schmalen Gesicht. Mit seinen funkelnden grün-blauen Augen und dem vollen dunkelblonden Schopf war der schlanke 32-Jährige ohnehin einer, der es einfach hatte, Frauen zu gefallen. Selbst seine zerzausten Haare, die bei anderen ungepflegt gewirkt hätten, schienen ihn eher noch interessanter zu machen.

Endlich kam er an die Reihe. „Guten Morgen, ich bin leider nicht vorangemeldet, aber ich habe meinen Presseausweis dabei. Oskar Willemer vom Finanzblatt."

„Tut mir leid, aber ohne vorherige Akkreditierung kommen Sie heute leider nicht rein. Wir haben erhöhte Sicherheitsstufe", entgegnete ihm eine ganz in Gelb gekleidete Hostess ebenso freundlich wie bestimmt.

„Hören Sie", versuchte es Oskar mit seinem freundlichsten Lächeln. „Ich verstehe absolut, dass Sie hier auf Nummer sicher gehen müssen, aber ich kann mich ausweisen und muss unbedingt …"

„Nein, tut mir leid", fiel ihm die Hostess ins Wort. „Es besteht nicht die geringste Chance. Wenn Sie mir Ihre Visitenkarte geben, kann ich den Pressesprecher der Bankenaufsicht bitten, Ihnen die Reden zuzumailen. Mehr ist beim besten Willen nicht drin."

Oskar ahnte, dass es die junge Frau mit dem gouvernanten Ton ernst meinte. Wahrscheinlich wäre das dann die erste Frankfurter Bankenkonferenz seit dem Zweiten Weltkrieg ohne Beteiligung eines Korrespondenten des *Finanzblatts*.

„Ich bitte Sie inständig. Meine Zeitung schmeißt mich raus, wenn ich hier nicht reinkomme."

„Und wir", entgegnete ihm die Frau in Gelb ungerührt, „schmeißen Sie raus, sollten Sie es dennoch versuchen. Bitte haben Sie Verständnis. Ich würde ungern den Hausdienst bemühen."

Oskar hatte nicht die geringste Lust, Bekanntschaft mit den Saaldienern zu machen. Ein Rausschmiss wäre für ihn noch peinlicher, als es die Situation ohnehin schon war. Er schnappte sich deshalb nur noch rasch ein Programm und verschwand nach draußen.

Am Brunnen vor der Oper machte er halt und kühlte sich die Hände. Verdammt nochmal, selbstverständlich war es seine schuld. Natürlich hatte ihm Ressortchef Schlosser aufgetragen, sich anzumelden. Aber da waren die vielen anderen Aufgaben gewesen, die er in seinen ersten Dienstwochen hatte erledigen müssen. Und darüber hatte er die Anmeldung schlicht vergessen.

„Mein lieber Kokoschinski, so lässt sich's aushalten", sagte eine heitere, tiefe Stimme.

Oskar blickte sich erschrocken um und entdeckte nur wenige Meter entfernt vom Opernbrunnen Benjamin, einen seiner ältesten Freunde und Rugby-Kumpel, der jetzt als Reporter für die Nachrichtenagentur *Worldnews* arbeitete.

„Erst mal 'ne Stunde Sonnenbad, dann die dreistündige Mittagspause. Und am späten Nachmittag schreibst du dann 80 Zeilen aus unserem Tickermaterial zusammen. Mannomann, du hast ein scheißfaules Leben, Oz."

Oz war Oskars Spitzname in der Rugby-Mannschaft.

Benjamin Beckmann war der geborene Rugby-Stürmer. Ein groß gewachsener Kerl mit der Figur eines Tiroler Bauernjungen, mit kräftigen Oberarmen und Schenkeln, die in keiner Jeans genug Platz fanden. Dazu forsch im Auftritt, unverzagt, kühn. Zugleich war er der Prototyp des Agenturreporters. Ein Jäger und Sammler, der alle möglichen Informationen aufsaugte, um sie gefiltert wieder auszuspucken, wenn es dafür einen Anlass gab. Ständig unter Strom, nie abgeschaltet – ein Leben im Stand-by-Modus. Oft den Kragen verdreht, das Hemd hinten aus der Hose, den Schlips viel zu locker und stets ein wenig übernächtigt.

„Ich habe bereits drei Geschichten auf dem Draht", gab Benjamin keine Ruhe. „Du hingegen hast dich wahrscheinlich eben erst aus dem Bett gepellt und machst trotzdem gleich mal Siesta am Opernbrunnen."

Oskar war heilfroh, seinen Kumpel zu sehen. „Ben, du musst mich irgendwie in die Oper schleusen", flehte er ihn an. „Das gibt sonst ein riesiges Ballyhoo beim Finanzblatt."

Benjamin beruhigte seinen Rugby-Teamkollegen: „Keine Bange. Das kriegen wir schon hin. Worldnews hat wie immer vorsorglich Ersatzleute angemeldet. Du gehst einfach mit dem Ticket unseres Amerikaners rein, Tim O'Bowman." Mit diesen Worten legte er ihm freundschaftlich seinen Arm um die Schulter und führte ihn wieder Richtung Opern-Eingang. „Ich bin mir allerdings sicher, Oz, dass du das bereuen wirst. Spätestens beim zweiten Vortrag. Denn vergnügungssteuerpflichtig ist das ganz sicher nicht, was da geboten wird."

3

Nowitzki und Vito hatten sich auf der kleinen Galerie im ersten Stock der Alten Oper eine Ecke gesucht, von der aus sie fast das ganze Foyer im Auge behalten konnten.

Nowitzki hieß nicht wirklich Nowitzki. Aber weil er alle anderen kopfhoch überragte und noch dazu fast die gleiche blonde Mähne hatte wie der erfolgreichste deutsche Basketballspieler, drängte sich dieser Spitzname nun einmal auf.

„Wir sind startklar", flüsterte Vito in sein Handy. Auch sein Name war nur ein Spitzname, der in seinem Fall nicht einmal mit seiner Herkunft zu tun hatte. Geboren und aufgewachsen war Vito nämlich in Mannheim und nicht wie Vito Corleone aus den Pate-Filmen Francis Ford Coppolas auf der größten Insel des Mittelmeers. Ja, noch nicht einmal als Tourist war er auf Sizilien gewesen, denn sein Vater stammte aus Nordportugal. Seine Sommerurlaube hatte er stets in einem kleinen Dorf zwischen Braga und Porto verbracht, weit entfernt vom Süden Italiens. Aber mit seinen eng anliegenden weißen Anzügen und dem schwarzen Seitenscheitel hätte der kleinwüchsige und übergewichtige Sohn portugiesischer Einwanderer wohl tatsächlich jedes Casting für einen Mafia-Streifen bestanden. Er und Nowitzki bildeten ein ziemlich ulkiges Zweiergespann.

„Bisher läuft alles nach Plan. Wir haben oben im Presse-Arbeitsraum still und heimlich den Ton abgedreht. Keiner von den Presseheinis kann es sich leisten, da oben länger sitzen zu bleiben, solange hier unten Programm ist. Und jetzt sind wir wieder im Foyer", berichtete Vito in sein Mobiltelefon. „Da vorne steht die ganze Bande Journalisten. Sollen wir losstarten?"

„Nein", stoppte ihn sein Gesprächspartner in der Zentrale. „Ihr haltet die Füße still. Der Bundesbank-Chef erreicht in knapp zehn Minuten den Opernplatz, wird also voraussichtlich um Elfhundertzwanzig das Foyer betreten. Da müssen dann alle unsere Agenturreporter antanzen. Dann habt ihr oben etwa eine Viertelstunde, um ungestört abzuräumen", gab der Mann aus der Zentrale den Fahrplan vor – und fragte zum zweiten Mal an diesem Tag die Zeit ab.

„Elfhundertacht Uhr", antwortete Vito und stieß seinen Nebenmann an: „Hey, Nowitzki. Der Schatzmeister fragt nach einem Uhrenvergleich."

Der Zwei-Meter-zehn-Hüne zog sein Handy und bestätigte: „Elfhundertacht."

„Gut, dann setzt eure Hintern in ziemlich genau zehn Minuten in Bewegung", lautete die Anweisung des Mannes aus der Zentrale, den sie Schatzmeister nannten. „Aber geräuschlos."

4

Im zweiten Anlauf war alles glatt gegangen mit der Akkreditierung. Oskar hatte in der Eingangshalle der Alten Oper einen Haken um den Meldeschalter geschlagen, an dem er zuvor gescheitert war. Schließlich wollte er auf gar keinen Fall der Hostess in Gelb in die Arme laufen, die ihn beim ersten Versuch abgewiesen hatte. An einem der Anmeldeschalter auf der anderen Seite hatte er sich als Tim O'Bowman von der Nachrichtenagentur *Worldnews* ausgegeben und sofort dessen Einlasskarte bekommen, ohne einen Ausweis vorzeigen zu müssen. Keine zwei Minuten später war er durch alle Kontrollen durch und endlich im Foyer der Alten Oper, wo sein Rugby-Kollege Benjamin auf ihn wartete.

„Du bist dir hoffentlich sicher", fragte Oskar nach, während er sich die Einlasskarte mit dem fettgedruckten Namensschild am Revers seines Sakkos feststeckte, „dass dein Kollege O'Bowman nicht doch noch hier auftaucht und sich darüber wundert, dass ich seinen Namen spazieren führe?"

Benjamin schüttelte den Kopf: „Nein, nein, das kann nicht passieren. Ich bin mir ganz sicher. Er ist heim in die Staaten, nach Atlanta. Ich selbst habe ihn in seinem Wagen zum Terminal rausgefahren, und zwar in einem schwarzen Alfa Bertone. Verstehst du, Oz, was das bedeutet: Ich habe für eine Woche einen Alfa Bertone!", jubelte Benjamin und sah Oskar mit großen, funkelnden Augen an. „Na sag schon, Oz, ist das Leben nicht herrlich! Wenn du willst, dann kurven wir gleich noch ein wenig mit dem Bertone durch die Stadt und pfeifen fremden Mädchen hinterher – yup! Jedenfalls sobald dieser ganze Unfug hier in der Oper vorbei ist und wir endlich Feierabend machen können." Benjamin Beckmann grinste über das ganze Gesicht. Er schien wirklich beneidenswert gute Laune zu haben.

Im Vorbeigehen begrüßte Ben ein Vorstandsmitglied der Deutschen Bank und den Finanzchef der Landesbank Hessen, gerade so als wären sie zwei Rugby-Spieler aus einem gegnerischen Sturm oder der eigenen Dreiviertelreihe. Das war typisch für Agenturleute. Während die Zeitungsjournalisten einen betont höflichen Umgangston mit Bankern und Managern pflegten, gingen die rasenden Reporter der Agenturen geradezu kumpelhaft mit der Finanzmarktprominenz um. Aber das rabaukenhafte Benehmen und ihre hemdsärmelige Art wurde ihnen nachgesehen. Ständig herumzupoltern und alle anzuquatschen, die in der Finanzbranche einen Namen hatten, gehörte einfach zu ihrem Geschäft dazu. Schließlich war es die Aufgabe dieses journalistischen Fußvolks, mit der Tür ins Haus zu fallen. Keine langen Einleitungen, keine umständlichen Fragen, keine langatmige Konversation. Kein ausholendes ‚Ja, das sind tatsächlich spannende Zeiten' und kein fachsimpelndes ‚Neulich habe ich etwas ganz Interessantes gelesen'. Viel eher ein kerzengerades ‚Was werden Sie jetzt tun?' oder ein verhörerisches ‚Macht Ihnen der Wechselkurs Sorgen?', wenn nicht sogar ein provokatives ‚Denken Sie über einen Rücktritt nach?'. Weder der Deutsche-Banker noch der Helaba-Manager hatten an diesem Tag irgendetwas zu berichten, was für Benjamin Beckmann von Interesse war. Über die NordwestLB wollte ihm der Landesbanker aus Hessen nichts sagen – und konnte es wahrscheinlich auch nicht. Und sonst gab es derzeit ja wenig, worüber es Informationen einzusammeln lohnte.

Nach einer kurzen Unterhaltung verabschiedete sich Benjamin deshalb von den Bankmanagern und wandte sich wieder

Oskar zu. „Eigentlich bin ich ganz froh drum, dass es heute wenig Neuigkeiten gibt", erklärte Ben, „denn ohne O'Bowman – also ich meine ohne den *echten* O'Bowman – muss ich alle Meldungen selbst schreiben. Zumal ich mich ja auch noch um diesen blöden Selbstmörder bei der Hypo-Union kümmern muss."

„Ach, du meinst den Toten, den sie vor dem Hypo-Union-Hochhaus gefunden haben? Ich bin noch längst nicht überzeugt, dass das ein Selbstmörder war – ich habe da eine ganz andere Vermutung", entgegnete Oskar.

„Von der musst du mir später erzählen, Oz", brach Benjamin die Plauderei mit ihm jäh ab, denn auf der Gegenseite des Foyers gaben ihm die Kollegen von apx und Realtime gerade das Signal, dass er sich sputen müsse. „Verdammt, ich habe mich sowieso schon verquatscht. Es ist fast Viertel nach elf, ich muss runter zum VIP-Eingang. Berenbrink ist im Anflug und wir müssen ihn gleich am Eingang abfangen, sonst kriegen wir heute keine vernünftige Zeile mehr von Mister Bundesbank", verabschiedete er sich von Oskar. „Oben im zweiten Stock findest du einen Presse-Arbeitsraum für die Agenturen, da wird alles auf Leinwand übertragen, was dich interessiert", rief er Oskar noch rasch zu. „Und außerdem gibt es da oben eiskalte Cola, belegte Brötchen und Redemanuskripte. Und keine Hostessen in Gelb, die einen rausschmeißen wollen." Mit diesen Worten war Benjamin in der Menge der Banker verschwunden.

Oskar drehte sich um, schritt zu den Aufzügen und machte sich auf den Weg in die zweite Etage.

5

„Und Sie glauben wirklich, dass sich irgendjemand für diese staubtrockenen Themen interessiert?", fragte Franz Berenbrink seinen Pressesprecher Tobias Heinen ungläubig.

Die beiden saßen nebeneinander auf der Rückbank des silbernen Daimlers mit den Panzerglasscheiben, in dem der Bundesbankchef zu seinen Terminen gefahren wurde. Berenbrink blickte mit miesepetriger Miene auf den 18-seitigen Text der Rede, die er in wenigen Minuten halten sollte. „Downside-Risk, Volatilität, Barwert – kein normaler Mensch hat bei 29 Grad im Schatten Nerven für solch einen Mumpitz", schimpfte Berenbrink.

„Herr Präsident, Sie sprechen ja auch nicht vor normalen Menschen", entgegnete ihm sein Sprecher, der es gewohnt war, dass sein Chef vor Pflichtauftritten auf Bankkongressen oder bei Hearings maulig war.

Von seinem Äußeren her passte Berenbrink durchaus in die Rolle des Notenbankers. Sein schlankes, strenges Gesicht und sein gescheiteltes graues Haar verliehen dem immer noch athletisch wirkenden 65-Jährigen Würde und Autorität. Auch brachte Berenbrink die nötige Kondition mit, um selbst schwierige Verhandlungen zu überstehen. Allerdings passten sein lebhaftes Temperament und sein direkter und manchmal frecher Umgangston so gar nicht zur landläufigen Vorstellung eines staatsmännischen Bundesbankers. Als lästige Pflicht empfand er zudem die vielen gesellschaftlichen Auftritte. Berenbrink war ein Mann wahlweise für den Poker im Hinterzimmer oder für das schnelle Bier an der Theke. Aber garantiert nicht für die Gala im Ballsaal. Und ganz sicher passte sein Arbeitsstil nicht zu dem von Behördengesichtern wie Pressesprecher Tobias Heinen, dem die Krawatte regelrecht an den Hals gewachsen war.

„Schwer zu sagen, mit welchen Fragen Sie die Nachrichtenagenturen heute bombardieren werden", lenkte Heinen das Gespräch auf das, was seinen Chef bei der Ankunft an der Alten Oper erwartete. Wie bei jedem öffentlichen Auftritt Berenbrinks würden ihn auch an diesem Tag die üblichen Verdächtigen bei der Ankunft abfangen: die Reporter der Nachrichtenagenturen. *Realtime, Worldnews, apx, dpx* und wie sie sonst alle hießen. Viele waren es ja nicht mehr, denn in Zeiten massenweiser, kostenloser Informationen im Internet war es immer schwieriger geworden, mit Nachrichten Geld zu verdienen. Weltbekannte, traditionsreiche Branchengrößen wie *Reuters, Bloomberg* oder *Dow Jones* waren unter diesem wirtschaftlichen Druck gezwungen gewesen, Kräfte zu bündeln und Korrespondentenplätze zusammenzufassen. Das Nachrichtengeschäft von *Reuters* und *Dow Jones* war schließlich unter dem neuen Markennamen *Realtime* gebündelt worden, während der Newsticker von *Bloomberg* in Kombination mit einigen lokalen Anbietern in der Agentur *Worldnews* aufgegangen war. Die beiden Marktführer – *Realtime* und *Worldnews* – waren die mit weitem Abstand größten Anbieter. In mehr als 80 Prozent aller Handelsräume in London, Frankfurt oder Mailand waren ihre Ticker-Bildschirme die wichtigste, häufig sogar die einzige Informationsquelle für die Wertpapierhändler, die sich an den Nachrichten der beiden Großen orientierten.

In der alltäglichen Praxis – wie etwa heute in der Alten Oper – hieß das für die Reporter der zwei großen Finanz-Nachrichtenagenturen, dass sie Ministern, Notenbankern oder Vorstandschefs ständig aufs Neue Zitate aus den Rippen zu leiern hatten. Zitate, in denen möglichst Wörter wie *Zinsen*, *Wechselkurse* oder *Inflation* vorkommen sollten. Oder die aus irgendeinem anderen Grund als Futter für Spekulationen taugten, um Aktienkurse, Anleihenotierungen, Geldmarktsätze oder Devisen in Bewegung zu versetzen. Schließlich leben Banken und Börsen vom ständigen Auf und Ab der Kurse, von Provisionen und Transaktionsgebühren. Ein öffentlicher Satz eines hochrangigen Managers oder eines Notenbankers war da allemal gut genug, um in den Handelsräumen der Profi-Investoren Spekulationen und Gerüchte auszulösen – und damit Käufe und Verkäufe von Wertpapieren. Selbst wenn Berenbrink sich nur wiederholte, konnte das den Euro am Devisenmarkt einen halben Cent nach oben schieben. Oder die Aktienkurse der Bank- und Versicherungstitel in den Keller rasseln lassen. Die Kunst eines Notenbank-Präsidenten bestand deshalb darin, stets so unverbindlich wie möglich zu bleiben, um ja keine turbulenten Kursbewegungen anzustoßen. Oder wie es der Altmeister des Fachs, der frühere US-Notenbankchef Alan Greenspan, einst auf den Punkt brachte: „Ich hoffe, ich habe mich zweideutig genug ausgedrückt."

„Eigentlich, Herr Präsident", fuhr Pressesprecher Heinen fort, „gibt es im Moment so gut wie nichts, worauf die Wertpapier-Profis spekulieren können. Keine Zinsfantasien, keine außergewöhnlichen Konjunkturdaten. Ich tippe mal, dass man Sie deshalb auf die angeblichen Liquiditätsprobleme der NordwestLB ansprechen wird."

„Na, dann raus mit der Sprache, Heinen. Sie wollen doch bestimmt wieder, dass ich irgendeinen blöden Satz sage, über den heute früh ihre halbe Abteilung gebrütet hat?", fragte der Bundesbankchef.

„Tja. Ja. Ja, das stimmt. Die Kollegen von der Bankenaufsicht haben sich gestern an uns gewandt und uns um den Gefallen gebeten, die Märkte zu massieren", antwortete Heinen. Die Märkte massieren bedeutete, der Notenbankchef sollte ein paar beschwichtigende Sätze loswerden, um Aufgeregtheit aus dem Markt zu nehmen und die Investoren zu beruhigen.

„Und was genau würden die von der Bankenaufsicht gerne hören?", fragte der Präsident nach.

„Ich glaube, Herr Präsident, man würde es als hilfreich empfinden, wenn Sie in der aktuellen Lage eine Unbedenklichkeitserklärung für die deutschen Banken abgeben würden. So etwas wie: Kein Anlass zur Sorge. Oder: Unbegründete Spekulationen. Halt irgendetwas, was Vertrauen stiftet."

„Na gut, Heinen," seufzte der Präsident, „wenn es irgendjemanden nutzt, dann stelle ich mich auch auf den Kopf, wackle mit den Beinen und sage, dass es keinen Grund zur Besorgnis gibt", versicherte Berenbrink.

Sie passierten den Rothschildpark und der Bundesbankchef blickte hinüber zum Hypo-Union-Tower: „Was ist eigentlich heute bei denen los gewesen?"

„Ein Selbstmörder hat sich aus dem obersten Stockwerk gestürzt", antwortete ihm Heinen, „und bisher weiß man noch nicht viel. Ich glaube sogar nicht einmal den Namen des Opfers."

Berenbrink blickte dem Bankenturm einen Moment nach. Er stellte sich vor, wie es wohl sei, aus dieser gigantischen Höhe nach unten zu stürzen. Ob es ein lautes Geräusch geben würde, wenn man unten aufschlug? Aus diesen Gedanken wurde er jedoch jäh herausgerissen, weil sie die Vorfahrt zum VIP-Eingang der Alten Oper erreicht hatten.

„Nun denn, auf in den Kampf", munterte ihn Heinen auf.

Gleich neben der großen Holztür lungerten bereits die Reporter von *Worldnews* und *Realtime* sowie einiger Spezialagenturen wie *Bondmarket, ETF, afx* und *dpx*. Berenbrink kannte ihre Gesichter auswendig, weil sie ihm zu allen offiziellen Terminen folgten – immer auf der Jagd nach einem Zitat. Berenbrink pflegte einen herzlichen, mitunter sogar lausbubenhaften Umgang mit der „Meute", wie sich die Agenturreporter selbst nannten.

„Na, ihr alten Blutegel, was zur Hölle soll ich euch denn sagen, was ich nicht schon gesagt habe?", fragte er in die kleine Runde, nachdem er die Limousine verlassen hatte.

Berenbrink lächelte das halbe Dutzend Presseleute freundlich an und reichte den Reportern nacheinander die Hand zur Begrüßung – eine höfliche Geste, die die Agenturleute längst nicht von allen Prominenten gewohnt waren. „Auf jeden Fall ziehe ich den Hut vor euch, Leute. Ihr schreckt ja wirklich vor gar nichts zurück." Der Bundesbankchef setzte eine mitleidsvolle Miene auf und fuhr fort: „Wenn ich das richtig im Kopf habe, dann musstet ihr Bedauernswerten bei diesem Schwimmbad-Wetter ein Grußwort des Oberbürgermeisters ertragen – womöglich sogar in seinem eigenwilligen Englisch ... uff."

„Stimmt", entgegnete ihm ein breitschultriger Typ mit frecher Stimme. „Aber der eigentliche Härtetest steht noch aus: ein Berenbrink-Vortrag über standardisierte Risikomessung in Banken." Es war der *Worldnews*-Reporter Benjamin Beckmann.

„Vorsicht, Beckmann", warnte ihn der Bundesbankchef mit gespielter Entrüstung, allerdings mit einem breiten Lächeln. „Vorsicht. Nicht so vorlaut. Und vor allem: nicht so voreilig. Das mit den Standardrisikomaßen mag langweilig klingen. Aber natürlich ist es ungemein wichtig, dass Banken ihre Positionen vernünftig und angemessen bewerten, damit ihnen diese Risiken nicht aus dem Ruder laufen."

„So wie der NordwestLB?", hakte Beckmann rasch ein.

„Es gibt keinen Grund für argwöhnische Spekulationen über irgendeine deutsche Bank", versicherte der Bundesbankchef. „Es gibt nicht den geringsten Zweifel an der Solidität der deutschen Banken." Berenbrink blickte seinen Pressesprecher Heinen an, der anerkennend nickte. Der Bundesbankpräsident hatte seine Sätze ordnungsgemäß abgeliefert, sein Pressesprecher war zufrieden – und die Meute war es auch. Die Agenturreporter hatten ihren Stoff. „Aber jetzt entschuldigen Sie mich bitte", sagte der Notenbanker, „denn ich sehe gerade meinen österreichischen Kollegen – und es wäre unhöflich, ihn nicht zu begrüßen."

Die Agenturreporter ließen Berenbrink fürs Erste gewähren. Er hatte ihnen genug geliefert, und so wählten sie bereits hastig per Handy ihre Redaktionen an und gaben ihre Eilmeldungen durch.

6

Ein paar Minuten war Oskar orientierungslos durch Foyers und Gänge der Alten Oper geirrt. Dann aber hatte er doch den Agentur-Arbeitsraum gefunden. Er war leer, alle Reporter saßen wahlweise unten im Mozartsaal und lauschten den Vorträgen oder warteten am VIP-Eingang, um Bundesbankchef Berenbrink abzufangen. Oskar schlich durch die Reihen und lunste auf die Bildschirme der aufgeklappten Laptops. Überall blinkten Schlagzeilen und Zahlenkolonnen. Schreibfelder warteten darauf, mit neuen Nachrichten ausgefüllt zu werden. Oskar entdeckte vorformulierte Meldungen auf den Bildschirmen und schnüffelte in den handschriftlichen Zetteln herum, die überall auf den Tischen lagen.

Es ist schon ein abgeschmacktes Leben, das die Agenturleute führen, dachte er für sich. Irgendwo ankommen, die Computer anschließen, alle möglichen Quellen anzapfen, um sich so schnell wie möglich auf den aktuellen Stand zu bringen. Dann herumlungern, Prominente abfangen – eine Meldung rausdonnern, vielleicht auch zwei oder drei. Und danach sofort wieder abbauen und abhauen. Journalistische Nomaden, Wegelagerer, deren einzige Verwurzelung in einer kabellosen Verbindung zur Heimatredaktion bestand.

Oskar blieb vor einem Laptop stehen, der augenscheinlich seinem Rugby-Kollegen Benjamin Beckmann gehören musste. Denn erstens lief auf ihm das Programm der Agentur *Worldnews,* bei der Ben arbeitete. Und zweitens lag daneben ein Adressbuch, auf dem ein Aufkleber der Eintracht-Abteilung prangte: *Spende Blut, spiele Rugby!*

Auf dem Bildschirm des Laptops blinkten die aktuellen Meldungen der vergangenen Minute, darunter eine Eilmeldung in roter Schrift: *Berenbrink: „Kein Zweifel an der Solidität deutscher Banken".* Oskar schüttelte den Kopf. Was für eine überdrehte Welt, was für ein irrer Wettlauf mit der Zeit!

Durch das geschlossene Fenster hatte er den Opernvorplatz im Blick und konnte dort die Limousine des Bundesbankchefs erkennen. Wenige Meter davon entfernt schüttelten sich Menschen die Hände, die wichtig aussahen und von anderen umringt wurden. Oskar erkannte unter ihnen den Präsidenten der Österreichischen Nationalbank. Und ihm gegenüber stand ... na klar, das war Berenbrink – jetzt, wo sich der Bundesbankchef drehte, konnte Oskar ihn einwandfrei identifizieren. Mein Gott, da unten, in Rufweite, stand der oberste deutsche Währungsmanager und hatte noch nicht einmal das Foyer betreten. Aber das, was er vor wenigen Sekunden gesagt hatte, als er aus seinem Auto ausstieg, war durch schnellen Zuruf per Handy an die Newsdesks in den Agenturen übermittelt und von dort aus in alle Welt verbreitet worden – und deshalb nun bereits auf jedem Nachrichtenticker in den Börsenhandelsräumen zwischen New York und Singapur zu lesen, also auch hier auf den Laptops in der zweiten Etage der Alten Oper.

Benjamin hatte ihm neulich nach dem Rugbytraining unter der Dusche erzählt, dass sie bei *Worldnews* und *Realtime* mittlerweile daran arbeiteten, Nachrichten von Computern schreiben zu lassen, die sie wiederum so formulierten, dass andere Computer sie fehlerfrei lesen konnten. Denn viele Kunden nutzten Programme, die automatische Börsenaufträge in Tausendstelsekunden aufgeben konnten. Mit ihnen war es möglich, um den Bruchteil einer Sekunde eher im Orderbuch der elektronischen Handelssysteme aufzuschlagen und die Gebote auf der

Gegenseite schneller abzuräumen, als das selbst dem schnellsten Händler mit manueller Auftragseingabe gelingen konnte. Völlig losgelöst von der realen Wirtschaft, in einer jenseits der Wahrnehmungsgrenze beschleunigten Welt, wechselten milliardenschwere Wertpapier-Pakete ihre Besitzer – und die Nachrichten verkümmerten in diesem entrückten Handelssystem zur Verdichtung von Kauf- und Verkaufsignalen, zu einem Sammelsurium von positiven und negativen Codes, die von Maschinen mit pawlowschen Reflexen formuliert und übersetzt wurden.

Oskar stand am Fenster und beobachtete, wie sich die kleine Menschentraube auf dem Opernvorplatz auf den Eingang zubewegte. Er kippte das Fenster, der leichte Luftzug tat gut. Er drehte sich noch einmal zu Benjamins Laptop um. Dort war der Name Berenbrink bereits vom Bildschirm verschwunden. Die Eilmeldung über die Banken war längst verdrängt durch Rohstoffmeldungen aus Lateinamerika und Schlagzeilen über das Quartalsergebnis einer Schweizer Versicherung. Was vor zwei Minuten noch den DAX bewegte, war jetzt schon Geschichte.

Oskar richtete sich in der letzten Reihe des Arbeitsraums ein. Hier oben war es nicht nur frischer als unten im stickigen Mozartsaal, es gab auch Verpflegung. Außerdem würde er hier inmitten der Agenturen wohl kaum etwas Wichtiges verpassen. Einzig ärgerlich war, dass beim aufgestellten Großbild-Fernseher, der die Reden aus dem Mozartsaal übertrug, der Ton abgeschaltet war. Na gut, dachte sich Oskar, da muss ich mich wohl selbst drum kümmern, das Gerät auch akustisch wieder zum Laufen zu bringen.

Er öffnete eine Colaflasche an der Stahlkante des Serviertischs, trank sie halb leer und krabbelte dann unter den mit einer großen weißen Decke abgehängten Tisch, auf dem der Großbildschirm stand. Hier unten war es ein wenig muffig, der

Teppichboden roch leicht säuerlich. Außerdem war es duster, weil die Tischdecke nach vorne hin abdunkelte.

Es gab so viele Kabel und Stecker, dass Oskar einige Momente brauchte, um sich zu orientieren. Er robbte noch ein Stück nach vorne, sodass auch seine Beine und Füße komplett unter dem Tisch und der Tischdecke verschwanden. Dann drehte er sich leicht seitwärts, um besser in die eigene Hosentasche greifen zu können, kramte sein Handy hervor und nutzte es als Taschenlampe, um die Kabel genauer zu inspizieren. Er musste nicht lange suchen, um das Problem zu entdecken. Der Ton konnte gar nicht übertragen werden, denn die Audiokabel waren durchgeschnitten.

„Was soll das denn?", wunderte sich Oskar. Er versicherte sich noch einmal, dass er die Leitungen nicht verwechselt hatte, aber es gab nicht den geringsten Zweifel: Die Ton-Übertragungskabel waren mit einem scharfen Schnitt durchtrennt – ein Umstand, auf den sich Oskar auch nach einigem Überlegen keinen Reim machen konnte. Ergebnislos brach er seinen Reparaturversuch ab, verstaute das Mobiltelefon wieder in seiner Hosentasche und begann, sich rückwärts zu bewegen, um unter dem Tisch hervorzukriechen.

Er hielt allerdings sofort inne, als er nur wenige Meter hinter sich Schritte hörte. Und eine Stimme, die etwas flüsterte.

„Nowitzki, ich hab unseren Laptop gefunden. Bleib du vorne an der Tür, solange ich hier umbaue."

Oskar erstarrte unter dem Tisch. Für einige Sekunden stellte er sogar das Atmen ein, aus Angst, das Geräusch könnte ihn verraten. Er hatte jahrelang als Gerichtsreporter gearbeitet. Er kannte Hunderte Berichte von Zeugen – und erstaunlich viele fingen mit den Worten an: *Ich weiß nicht warum, aber irgendwie hatte ich das Gefühl: Hier geht etwas nicht mit rechten Dingen zu.*

Genau dieses Gefühl umschlich in diesem Moment auch Oskar. Er konzentrierte sich auf alles, was er hören konnte. Kabel wurden aus Steckdosen gezogen, technisches Gerät ein- und ausgepackt. Plötzlich klingelte ein Handy. Erschrocken und hektisch griff Oskar in seine Hosentasche, um es auszuschalten. Erst im nächsten Augenblick stellte er erleichtert fest, dass es gar nicht sein Handy war, das da läutete. Eigentlich hätte er es sofort am Klingelton erkennen müssen, denn der spielte nicht seine Telekom-Melodie, sondern die Rocky-Balboa-Hymne *Eye of the Tiger – bammm … bamm-bamm-bamm*.

Oskar drehte sich leise um die eigene Achse und schob vorsichtig die Tischdecke einen Spalt nach oben. Nur zwei Schritte entfernt vor ihm stand ein kleingewachsener Südländer im weißen Anzug und schwarzen Schuhen, schätzungsweise höchstens Größe 38. Er machte einen nervösen Eindruck und war sichtlich verärgert darüber, dass man ihn gerade jetzt störte.

„Was zur Hölle ist denn los?", zischte er ins Mobiltelefon. „Ja, da bin ich doch gerade bei – also warte doch verdammt nochmal fünf Minuten, ich melde mich dann schon." Danach legte der Mann auf. „Der Schatzmeister ist doch ein verdammter Scheißkerl. Geht mir total auf die Nerven mit seinen ständigen Kontrollanrufen und Anweisungen", schimpfte er vor sich hin. Dabei packte er einen mitgebrachten Laptop aus, der exakt so aussah wie der von *Realtime*, den er gerade eben abgebaut und entkabelt hatte.

„Vorsicht, Vito, da kommt einer", rief ihm sein Kumpel an der Tür zu. Oskar schob die Decke noch etwas höher und konnte nun auch den Mann erkennen, der am Eingang zum Presseraum Schmiere schob. Ein blonder Hüne mit ewig langen Beinen, die Figur eines Basketball-Spielers. Sieht diesem Deutschen ähnlich, der in Dallas gespielt hat, dachte sich

Oskar – und war sich im gleichen Moment nicht mehr sicher, ob er gerade eben tatsächlich den Namen Nowitzki gehört oder sich das nur eingebildet hatte. Oskar sah, wie vorne an der Tür ein Passant vorbeiging. Der Kerl im weißen Anzug hatte seine Arbeit deswegen kurz unterbrochen, jetzt fuhr er eilig damit fort, den mitgebrachten Laptop hochzufahren.

„Na, komm schon, Baby, mach Tempo", redete er auf das Gerät ein. Dann tippte er ein paar Tasten, wartete gebannt, gab noch ein paar Codes ein, und drehte den Laptop schließlich genauso hin wie das Originalgerät zuvor dagestanden hatte. Anschließend packte er hektisch die Umhängetasche, in die er den echten *Realtime*-Laptop verstaut hatte. Zehn Sekunden später war er gemeinsam mit Nowitzki aus dem Raum verschwunden.

Oskar robbte zwei Meter rückwärts unter dem Tisch hervor, rappelte sich hoch und rannte zur Tür, aus der er vorsichtig seinen Kopf streckte. 30 Meter vor ihm bog das ungleiche Duo gerade zum Aufzug ab. Oskar wusste, dass er sich eigentlich dringend um die Konferenz und seinen Artikel für das Finanzblatt zu kümmern hatte. Und dass es im Grunde Unfug war, die beiden zu verfolgen. Aber er war viel zu neugierig, um das merkwürdige Diebespaar einfach so ziehen zu lassen.

Also nahm er die Verfolgung auf. Eine Entscheidung, die er schon in wenigen Stunden mehr bereuen sollte als alles andere in seinem Leben.

7

Im Dibbegucker waren zu dieser Tageszeit alle Tische besetzt. Selbst vorne am *Buffet*, wie in Sachsenhäuser Kneipen der Ausschank an der Theke heißt, war es schwer, einen freien Quadratmeter zu finden. Aber der Wirt des Dibbeguckers, den sie hier alle nur den *Dicken Heiner* nannten, hatte natürlich immer noch ein paar Plätzchen in Reserve für Stammkunden und gute Freunde des Hauses. Und zu dieser privilegierten Gruppe zählte schon seit Ewigkeiten Carl Stolberg, der Chefredakteur des *Finanzblatts*. Er konnte auch ohne Voranmeldung mit einem Sitzplatz rechnen – erst recht, wenn er gemeinsam mit Frankfurts neuem Polizeipräsidenten auftauchte.

Christian Herzog, ein großer und kräftiger Mann mit Locken, dessen Stirn im Sommer ständig nass von Schweiß glänzte, hatte eine beeindruckende Karriere vorzuweisen. Er war mit 44 Jahren der mit Abstand jüngste Polizeipräsident, den Frankfurt je gesehen hatte. Das lag sicherlich auch an seinem forschen Auftritt. Herzog vermittelte den Eindruck, dass er die Probleme beherzt anpackte, dass er den Mut auch zu schwierigen Entscheidungen hatte. Und dass er ungewöhnlichen Methoden gegenüber durchaus aufgeschlossen war, solange sich niemand über das Recht stellte.

„Da kommt halt grad mit dorsch hinner ins Kaminzimmer", lotste der Dicke Heiner den Journalisten und den Polizeichef durch die Menge – und fand für sie tatsächlich noch zwei Sitzplätze im schönsten Gastraum der Apfelwein-Schänke.

„Eigentlich hätte ich ja allen guten Grund, auf Sie sauer zu sein, Stolberg", eröffnete der Polizeichef, kaum dass er Platz genommen hatte, das Gespräch gewohnt offensiv und hielt sich nicht lang mit Freundlichkeiten auf. „Ihr verdammter Leitartikel über die Pannen beim polizeilichen Personenschutz hat im Präsidium für ziemlichen Wirbel gesorgt", schimpfte Herzog.

Stolberg reagierte darauf mit unschuldiger Miene: „Mal ehrlich, Herr Herzog, Sie können mir doch nicht ernsthaft böse sein wegen dieses Kommentars? Oder habe ich Ihren Beamten darin unrecht getan?"

Der Polizeichef musterte sein Gegenüber, nahm sein Rautenglas und leerte es mit einem kräftigen Schluck. „Nein, natürlich nicht. Meinetwegen hätten Sie sogar noch fester draufhauen können auf die Kollegen. Was mich ärgert, ist, dass Sie damals besser darüber informiert waren, was bei uns so alles schiefgelaufen ist, als ich." Herzog nahm den Bembel und füllte das Rautenglas neu auf. „Und was zur Hölle wollen Sie nun noch von mir wissen? Sie haben doch schon alles geschrieben, was es zu schreiben gibt."

„Da haben Sie recht", entgegnete der alte Mann des Finanzjournalismus freundlich. „Ich interessiere mich im Moment auch gar nicht für Ihre Behörde. Sondern nur für einen ganz besonderen Fall, mit dem Sie aktuell zu tun haben. Präzise gesagt, für einen Fall aus dem 47. Stockwerk des Hypo-Union-Towers."

Mit dieser Anfrage hatte Herzog nicht gerechnet. Er lehnte sich zurück, atmete tief durch und fuhr sich mit der Hand ins Gesicht, um sich den Schweiß von der Nase zu wischen und die Augen zu massieren. Man merkte ihm an, dass er sich konzentrierte, um ja nichts zu sagen, was er schon in wenigen Minuten bereuen würde. Nach einer kurzen Denkpause hatte er seine Gedanken geordnet.

„Am liebsten, Stolberg, würde ich Ihnen überhaupt nichts sagen. Ich meine: Wir sprechen immerhin über eine Tat, die gerade mal ein paar Stunden zurückliegt. Wir wissen bislang nicht viel. Und das Wenige, was wir wissen, ist so verwirrend, dass noch kein klares Bild entsteht ... Aber ich fürchte, dass wir Ihre Hilfe noch gut werden brauchen können – und deshalb packe ich die Gelegenheit beim Schopfe und schlage Ihnen einen Deal vor."

Der alte Journalist traute seinen Ohren nicht. Immerhin hatte er ja um diese Unterredung gebeten und war nun doppelt überrascht, dass Herzog etwas von ihm wollte. „Sie glauben, dass ausgerechnet ich Ihnen bei Ihren Ermittlungen helfen kann?", fragte er erstaunt zurück.

„Ja, denn meine Leute und die Fahnder von der Staatsanwaltschaft kennen Banken nur vom Geldabheben. Es würde Tage dauern, bis die kapieren, was der Unterschied zwischen einem Treasurer, einem Liquiditätsmanager und einem Geldhändler ist. Und Wochen, um daraus etwas für die Ermittlungen abzuleiten. Sie hingegen kennen die Banken besser als jeder andere hier in der Stadt. Sie wissen, wer welche Partner braucht, um irgendein Ding drehen zu können. Und Sie können viel schneller als meine Leute eins und eins zusammenzählen und verstehen, wer aus welchem Grund Geschäfte vereinbart. Deshalb, Stolberg, biete ich Ihnen folgenden Pakt an: Ich halte Sie auf dem Laufenden und liefere Ihnen Informationen über den Fall – natürlich nur in den Grenzen dessen, was mein Amtseid zulässt. Dafür versprechen Sie mir erstens hoch und heilig, mich niemals zu zitieren und auch keine Andeutungen zu machen, die auf mich als Quelle schließen lassen. Und zweitens helfen Sie mir, indem Sie mich an allen Ihren Vermutungen und Spekulationen teilhaben lassen, die Ihnen zu dieser Sache einfallen – und zwar bevor Sie sie Ihren Lesern mitteilen." Und mit staatstragender Stimme fügte er hinzu: „Wir brauchen Sie, Stolberg, wir brauchen jeden noch so kleinen Hinweis und jede Gedankenspielerei. Denn ich habe im Blut, dass es hier um eine verdammt ernste Sache geht."

Der Chefredakteur willigte stumm ein, indem er nickte und seine rechte Hand wie zum Schwur erhob. Dann aber hakte er sofort nach: „Ich hatte also recht mit meiner Vermutung, dass irgendjemand das Opfer aus dem 47. Stock in den Tod gestoßen hat?"

Der Polizeipräsident schüttelte den Kopf: „Nein."

Verwirrt fragte Stolberg: „Wie? Also war es doch ein Selbstmord?"

„Nein", antwortete Herzog erneut. „Es ist komplizierter." Der Polizeichef rückte etwas nach vorne, lehnte sich zu seinem Gesprächspartner hinüber und sprach so leise, dass die Tischnachbarn garantiert nichts aufschnappen konnten: „Wir gehen nach der ersten Obduktion davon aus, dass das Opfer bereits tot war, als man es in das Hypo-Hochhaus verfrachtete und vom Dach herunterwarf. Und das, mein lieber Stolberg, bedeutet nichts Gutes. Wahrscheinlich haben wir es mit dem zu tun, was unsere Kriminalisten ein Zeigedelikt nennen. Irgendwer will wohl irgendwen erschrecken. Oder warnen. Oder rächen. Oder was auch immer. Auf jeden Fall sieht es danach aus, dass wir gerade erst den Auftakt zu einer ganzen Serie von Kriminaltaten erlebt haben."

Stolberg nickte und erinnerte sich daran, dass sein junger Redaktionskollege Oskar Willemer beim Gespräch nach der

Blattmacherkonferenz am Vormittag bereits ähnliche Vermutungen geäußert hatte.

„Sie haben völlig recht, Herr Herzog", sagte Stolberg schließlich. „Das bedeutet wirklich nichts Gutes. Wahrscheinlich haben Sie es mit einem Täter zu tun, der ebenso systematisch wie kaltblütig vorgeht."

8

Nur wenige wussten, wie der Schatzmeister mit richtigem Namen hieß. Alle sagten zu ihm Schatzmeister, so wie sie Nowitzki ungefragt Nowitzki nannten und Vito eben Vito. Es konnte nur von Vorteil sein, wenn jeder gerade das Nötigste über den anderen wusste. Der Schatzmeister freilich war die Ausnahme. Er war der Einzige, der alle Beteiligten auch mit ihren echten Namen kannte – oder zumindest alle, die zur eigentlichen Mannschaft zählten. Bei ihm liefen die Fäden zusammen, er koordinierte das Projekt. Und er gab die Anweisungen.

Zur Mannschaft im engeren Sinne gehörten auch Nowitzki und Vito. Sie konzentrierten sich auf Botendienste und Spezialaufgaben – der Schatzmeister sprach von ihnen als den „Handwerkern". Ihre Arbeit war allerdings strikt auf Aufträge beschränkt, die jeder Kleinkriminelle ausführen konnte. Dass sich der Schatzmeister gerade für den großen Blonden und den kleinen, pummeligen Portugiesen entschieden hatte, lag daran, dass er die beiden schon seit Ewigkeiten kannte. Sie waren zwar nicht brillant, aber hundertprozentig loyal – und sie hatten noch etwas gut, weil Nowitzki vor einigen Jahren zu Falschaussagen vor Gericht bereit gewesen war, um ein Alibi zu decken. Insofern waren sie in den Augen des Schatzmeisters durchaus die Richtigen für alle Dienste, die nicht allzu große Geschicklichkeit und Kaltblütigkeit verlangten.

Für alles, was darüber hinausreichte, gab es einen Profi namens Mikail, mit dem selbst der Schatzmeister nur telefonisch in Kontakt trat – sozusagen ein externer Partner für das grobe Geschäft. Der Schatzmeister vermutete aufgrund des starken slawischen Akzents, dass er es bei Mikail mit einem in Deutschland untergetauchten Russen, Weißrussen oder Ukrainer zu tun hatte. Er war gleichzeitig froh, dass er es nicht mit Gewissheit sagen konnte. Denn das gab ihm das Gefühl, dass Mikail seinerseits auch keine Ahnung hatte, von wem er Instruktionen und Geld erhielt – und das war dem Schatzmeister ausgesprochen recht. Denn ihm war unwohl dabei, mit einem kriminellen Söldner zusammenzuarbeiten. Mehr noch: Er hatte schlichtweg Angst vor diesem Mann am anderen Ende der Leitung, der kaltschnäuziger war als er selbst und deshalb unheimlich und bedrohlich. Andererseits blieb ihm keine andere Wahl, als auf Mikails Dienste zurückzugreifen, wollte er nicht auch die schmutzigen Aufgaben selbst erledigen, die das Projekt nun einmal mit sich brachte.

Neben Nowitzki und Vito gehörten ein halbes Dutzend Software-Fachleute zum Team – allen voran Hakan, ein begnadeter Hacker, dem es bereits gelungen war, in viele geschützte Systeme einzudringen. Hakan war in Belgrad geboren, seine Familie siedelte ins Rhein-Main-Gebiet um, als er gerade einmal drei Jahre alt war. Trotzdem hatte er bis heute engen Kontakt mit Serben, Kroaten, Montenegrinern und insbesondere Albanern. Zwei albanische Freunde waren es auch, die ihn dazu brachten, sich bereits als Teenager intensiv mit Software, Programmierung und Ausflügen ins Netz zu beschäftigen.

Schließlich waren da noch insgesamt acht Händler und Aktienstrategen aus sechs verschiedenen Banken, die sich um die Finanzen kümmerten. Und um die Verwaltung des eingesetzten Kapitals – selbstverständlich unter strenger Kontrolle des Schatzmeisters, der den Bankern genaue Anweisungen erteilte. Sie waren für den operativen Teil zuständig und mussten möglichst unauffällig und kursschonend Wertpapiere zusammenkaufen. Eigentlich waren es ja neun gewesen. Aber einer von ihnen war heute Morgen aus dem Hypo-Union-Tower gefallen und lag nun tot auf dem Obduktionstisch der Gerichtsmedizin.

Der Schatzmeister gab nicht nur die Aufträge. Er war es auch, der die Gehälter überwies – natürlich über Umwege auf Drittkonten, um es im Fall der Fälle Ermittlern so gut wie unmöglich zu machen, der Spur des Geldes zu folgen. Keiner konnte sich beschweren – weder die Banker noch die Software-Truppe, ganz zu schweigen von Vito und Nowitzki. Die monatlichen Zahlungen an sie lagen um ein Vielfaches über den Einkommen, die alle Beteiligten mit ehrlicher Arbeit hätten einstreichen können. Die Risikoprämie war also durchaus üppig und das Geld leicht verdient. Allerdings gab es keine Kündigungsmöglichkeit. Das zumindest war allen Beteiligten klar, spätestens seit sie heute die Tickermeldungen über den Toten im Bankenviertel gelesen hatten.

Dass der Schatzmeister in der Schaltzentrale des Projekts die entscheidenden Hebel bediente, hieß allerdings nicht, dass er der Chef des Projekts war. Alle zwei Wochen kam er mit vier Anwälten zusammen, die den „Aufsichtsrat" bildeten und dort die Interessen ihrer Mandanten vertraten – einem Dutzend anonymer vermögender Privatpersonen, die das Kapital für die ganze Unternehmung zur Verfügung stellten und sich vollkommen im Hintergrund hielten.

Der Schatzmeister kannte nur einen von ihnen – Gregor Corvinius, einen Kronberger Investmentbanker, der sich in den späten neunziger Jahren drei Millionen Euro in die eigene Tasche geschaufelt hatte. Corvinius war reich geworden, indem er seine Position als Händler im Auftrag von Versicherungen und Fonds ausgenutzt hatte. Er hatte sich unmittelbar vor großvolumigen Geschäften seiner Kunden auf private Rechnung mit den entsprechenden Wertpapieren eingedeckt und sie wenige Stunden später gewinnbringend wieder abgestoßen. Dieses Frontrunning war nie aufgefallen, denn die Summen, mit denen Corvinius in die eigene Kasse wirtschaftete, waren maximal fünfstellig – und damit zu klein, um die Aufmerksamkeit der Marktaufsicht auf sich zu lenken.

Anders als der Schatzmeister war Corvinius immer nach oben gefallen. Und man hatte ihm niemals irgendein Fehlverhalten im Handel mit Wertpapieren nachgewiesen, obwohl er sich aller möglicher unlauterer Praktiken bedient hatte. Gerade wegen dieses ausgeprägten Talents, sich nie erwischen zu lassen, war Corvinius von vornherein der Wunschpartner des Schatzmeisters gewesen. Deshalb hatte er vor acht Monaten schrittweise den Kontakt zu ihm aufgebaut und ihm schließlich im März, als er vertraut genug mit ihm war, den kompletten Plan vorgetragen.

Die Kalkulation war voll aufgegangen. Corvinius war sofort von dem Vorhaben begeistert und stieg ein. Er brauchte anschließend gerade einmal zehn Tage, um die nötigen anderen Geldgeber an Land zu ziehen. Bereits im Mai landete die erste Überweisung auf dem Konto des Schatzmeisters, sodass er sich unverzüglich an die konkrete Umsetzung des Projekts machen konnte. Über jeden einzelnen Schritt wachte allerdings der „Aufsichtsrat", um dessen Geheimhaltung viel Aufhebens gemacht wurde. Eigentlich kein Wunder, schließlich waren dort Anwälte mit von der Partie. Und denen ging genau jene Risikofreude und Unverfrorenheit völlig ab, die Investmentbanker wie Corvinius auszeichneten.

Der Schatzmeister setzte sich vor einen der sechs Bildschirme in der Zentrale, steckte sich eine filterlose Zigarette an und klickte sich durch die Meldungen der Nachrichtenagenturen. Alle hatten sie über den Toten im Bankenviertel berichtet – *Realtime, Worldnews, apx* und die Mediendienste sowieso. Der Schatzmeister nahm den Meldungsstand mit Genugtuung zur Kenntnis. Es war so gut wie ausgeschlossen, dass irgendjemand aus der Mannschaft nicht davon erfahren hatte. Saßen doch Banker und Softwareentwickler, so wie alle anderen im Bankenviertel, zehn Stunden am Tag vor einem Bildschirm mit Nachrichtenticker. *Realtime, Worldnews* & Co. waren hier im Zentrum der Stadt die entscheidende Verbindung zur realen Welt. Und der wichtigste Kanal zu all dem, was jenseits der Bankentürme geschah. Ein Ereignis wurde erst zum Ereignis, wenn es über die Ticker lief. Was nicht gemeldet wurde, war sozusagen nie geschehen. Und andersherum: Was irgendwann einmal über die Agentur verbreitet wurde, konnte niemand wieder ungeschehen machen, selbst wenn es in Wirklichkeit nie so passiert war.

Sturz vom Dach des Hypo-Union-Towers gibt Rätsel auf, lautete die Schlagzeile über dem Korrespondentenbericht von *afx*. Noch sei die Identität des Toten ungeklärt, hieß es in dem Bericht, der allerlei Sprecher von Staatsanwaltschaft und Banken zitierte, die aber allesamt nichts Erwähnenswertes zu berichten hatten. Trotzdem war sich der Schatzmeister sicher, dass die Warnung von allen verstanden wurde, die wieder auf Spur gebracht werden mussten, um das Projekt nicht zu gefährden.

Ihn selbst ließ die ganze Sache übrigens längst nicht so kalt, wie er es nach außen zu demonstrieren versuchte. Auch für den Schatzmeister war es die erste direkte Erfahrung mit einem Kapitalverbrechen. Bisher kannte er echte und brutale Gewalt allenfalls aus Spielfilmen. Er selbst war nicht einmal im Knast gewesen. Und er entstammte einem Zuhause, das viel zu geordnet war, als dass sich in ihm jene Verachtung gegenüber bürgerlichen Karrieren und jene Gleichgültigkeit gegenüber dem Leid anderer hätte aufstauen können, die im Volksmund recht zutreffend als kriminelle Energie beschrieben wird. Nein, der Schatzmeister war eben nur Schatzmeister und kein Pate. Dazu fehlte ihm die nötige Abgeschmacktheit.

Vor allem heute war der Schatzmeister sichtbar nervös. Immerhin war in den vergangenen Tagen viel schiefgelaufen. Dass einer der eigenen Leute ausscheren könnte, darüber hatten sie zwar immer mal wieder gesprochen. Aber eigentlich waren sie sich sicher gewesen, dass das nie geschehen würde. Nun war es doch passiert – und hatte so schnell für Irritationen bei allen Beteiligten gesorgt, dass das gesamte Projekt in Gefahr geraten war. Der *Aufsichtsrat* war deshalb zu einer Sondersitzung einberufen worden, drei der vier Anwälte hatten letztlich im Auftrag ihrer Hintermänner für eine schnelle und unmissverständliche Reaktion votiert. Daraufhin hatten sie Mikail verständigt, der die Angelegenheit innerhalb von 72 Stunden erledigte.

So allein in der Schaltzentrale erforderte das Warten noch mehr Geduld. Der Schatzmeister versuchte sich deshalb abzulenken. Er zündete sich eine neue Zigarette an und betrachtete sein Spiegelbild in einem abgeschalteten Computer-Bildschirm. Es war kein schöner Anblick – und der Schatzmeister wusste das nur zu gut. Er musterte die vielen pockigen Narben, die sich von den Schläfen über die Wangen bis zu den Lippen hinzogen und sein Gesicht entstellten. Schon in der Schule hatten sie ihn verspottet, weil er wie kaum ein anderer mit Ausschlägen zu kämpfen hatte. Hautärzte hatten ihm alle möglichen Salben und Tinkturen verschrieben, aber die halfen wenig gegen die Pickel und Bläschen in seinem Gesicht, auf den Schultern und quer über den Rücken. Jahrelang war er von seinen Kumpeln aufgezogen worden, was in ihm wiederum zunächst Abwehr provozierte, später sogar Abkehr – er isolierte sich zusehends von den Menschen um ihn herum. Beides sorgte dafür, dass die Mädchen einen Bogen um ihn machten – sein entstellter Körper und sein eigenbrötlerisches Wesen. Erst mit 22 Jahren, als die Pein der Ausschläge nachließ, hatte er eine erste Freundin. Denn auf einmal drehte sich nicht mehr alles um süße Grübchen. Plötzlich wurden die Jungs von den Mädchen danach taxiert, wie sie sich in einer erwachsenen Welt zurechtfanden. Und auf einmal spielte sogar Geld eine Rolle. Ja, Geld entfaltete eine geradezu magnetische Wirkung. Eine schicke Altbauwohnung in Bornheim, mit dem offenen Auto über die Berger oder die Schweizer Straße und nachts in die Lounges auf der Hanauer: Wer sich das aus eigener Tasche finanzieren konnte, musste das Spiel begriffen haben – und stand deshalb plötzlich hoch im Kurs.

Der Schatzmeister war direkt den Weg des Geldes gegangen. Nach dem Abitur hatte er bei einer Wertpapierhandelsfirma angeheuert und dafür auf ein Studium verzichtet. Es war die Zeit der großen Illusion, der vielversprechende Begriff der *New Economy* machte die Runde – und mit ihm der naive Glaube, eine Ära des dauerhaften Aufschwungs sei angebrochen. Der Neue Markt stand in voller Blüte, jede Woche kamen drei neue Firmen auf den Börsenzettel und ein Kurssprung von 20, 30 oder sogar 50 Prozent über Ausgabepreis am ersten Handelstag gehörte fast schon zum guten Ton für Neuemissionen. Mit etwas Mut und einem glücklichen Händchen konnte man ein kleines Vermögen machen. Für ein großes Vermögen indes brauchte es etwas mehr: Man musste in einer Bank oder bei einem Broker arbeiten, die richtigen Leute kennen, brauchte Zugang zu reichlich fremdem Kapital und durfte keine Gewissensbisse haben, schmutzige Tricks anzuwenden. Hier eine geschickte Kursmanipulation in einem Nebenwert, dort eine erkaufte Insider-Information, da eine bevorzugte Zuteilung als Gegengeschäft für eine positive Aktienanalyse. Das Risiko, damit aufzufliegen, war über einige Jahre hinweg gering. Erst als die Blase platzte, die Kurse sanken und viele Anleger merkten, dass sie echtes Geld verloren, begann die Jagd auf all jene Profiteure, Trittbrettfahrer und Betrüger, die sich behaglich eingerichtet hatten in den Nischen des Börsengeschäfts, und die zuvor in der Zeit der großen Party niemand wirklich gestört hatten.

Gregor Corvinius, der Kronberger Investmentbanker, war noch rechtzeitig der Absprung gelungen, er brachte sein Geld in Sicherheit und wechselte den Job, aus dem Handelsraum einer Großbank zu einem renommierten Vermögensverwalter. Seine vielen unerlaubten Geschäfte konnten Monate später von Controllern, Betriebsprüfern und schließlich sogar der Wertpapieraufsicht nicht mehr präzise zugeordnet werden. Die Verfahren gegen seine ehemalige Abteilung wurden deshalb eingestellt.

Den Schatzmeister hingegen erwischte es seinerzeit volle Kante. Zwei seiner damaligen Partner bekamen es mit der Angst zu tun, als die Wertpapieraufsicht auf ihre Firma aufmerksam wurde. Sie stellten sich den Behörden und lieferten ihnen umfangreiches belastendes Material, darunter E-Mails des Schatzmeisters, die ihn eindeutig als einen der Drahtzieher manipulierter Aktien- und Termingeschäfte überführten. Die Ermittler konnten ihm daraufhin die persönliche Beteiligung an einer in Internet-Anlegerforen lancierten Kampagne nachweisen, mit dem der Kurs ausgewählter MDAX-Unternehmen künstlich in die Höhe getrieben worden war. Da er sich zudem an Kundengeld vergriffen hatte, um damit eine Brückenfinanzierung für eigene Aktienkäufe zu organisieren, verlor er binnen weniger Tage nicht nur seinen Job und sein Vermögen. Als nunmehr vorbestrafter und nur durch die Bewährung vor einer Haft verschonter Endzwanziger hatte er zudem wenig Aussicht, auf legalem und rechtschaffenem Weg noch einmal einen schnellen Aufstieg zu schaffen. Er war wieder ganz unten gelandet, zurück auf Los. Und ohne die Bärbeißigkeit, die er sich in Reaktion auf den Spott, die Verachtung und die Boshaftigkeiten der Menschen um ihn herum angeeignet hatte, hätte er gewiss nicht die Ausdauer und Geduld für einen erneuten Anlauf gehabt, an das große Geld zu gelangen – an genug Geld, um selbst als Mensch mit einem derart unansehnlichen Gesicht ein seiner Vorstellung nach entsprechend attraktives Leben führen zu können.

Der Schatzmeister blickte sich selbst tief in die Augen, die sich auf dem Bildschirm des Computers vor ihm spiegelten. Dieses Mal, das schwor er sich, werde er sich von nichts und niemandem aufhalten lassen – vor allem nicht von irgendwem, der plötzlich Fracksausen bekommt und aussteigen will. Wenn es nicht anders ginge, würden die Wackelkandidaten noch brutaler eingeschüchtert. Und wenn es sein müsste, würde Mikail eben weitere Aufträge erhalten. „Nur noch gottverdammte acht Tage lang müssen alle durchhalten", sagte er sich selbst in beschwörendem Ton – bevor er im nächsten Augenblick jäh aus seinem Selbstgespräch gerissen wurde. Es klingelte, Nowitzki und Vito waren endlich da.

9

Oskar war viel zu sehr damit beschäftigt gewesen, sich bei seiner Verfolgung nicht erwischen zu lassen, als dass er sich auch noch Gedanken darüber hätte machen können, wie er denn nun weiter zu Werke gehen sollte. Er war den beiden ominösen Computerdieben mit einigem Abstand gefolgt – zunächst in die Taunusanlage, dann mit der S-Bahn zum Südbahnhof und von dort aus weiter zu Fuß ins Malerviertel, wo das Duo in der Rubensstraße in einem schicken dreistöckigen Bürohaus verschwand. Nun stand Oskar unentschlossen wenige Meter davon entfernt auf dem Nachbargrundstück und hatte nicht die geringste Idee, was er als nächstes tun sollte. Die Polizei konnte er nicht einschalten, ohne sich lächerlich zu machen. Was hatte er denn zu melden außer einen ziemlich dubiosen Austausch von Computern?

Zudem gab es einen weiteren Grund, der Oskar davon abhielt, die Polizei einzuschalten. Als er vor vier Jahren aus dem Rodgau nach Frankfurt gezogen war, hatte er klammheimlich die Wohnung eines Freundes übernommen. Dem Vermieter hatten sie nichts erzählt, weil Oskar Angst hatte, dass der die Gelegenheit eines Mieterwechsels für eine Mieterhöhung nutzen würde. So lebte der Jungjournalist nach wie vor mit der offiziellen Adresse einer Wohngemeinschaft in einem Haus im Rodgau, das bereits seit zwei Jahren leerstand.

Wenn er sich an die Polizei wandte, musste Oskar damit rechnen, dass seine Personalien aufgenommen würden – und dass in diesem Zusammenhang seine jahrelangen Falschangaben auffliegen würden. Das könnte wiederum reichlich Ärger mit dem

Einwohnermeldeamt und mit seinem Vermieter nach sich ziehen – und sogar mit dem Finanzamt, denn unterm Strich profitierte er bei seiner Steuererklärung davon, dass er unrechtmäßigerweise einen beachtlichen Kostenaufwand als Pendler geltend machte. Kurzum: Der Gang zur Polizei war eigentlich keine Option.

Oskar hatte sich, um nicht aufzufallen, in eine benachbarte Einfahrt begeben, von wo aus er einen ausgezeichneten Blick auf das Haus hatte, in das die beiden Laptop-Diebe verschwunden waren. In den oberen Stockwerken waren die Rollläden heruntergelassen, dort hielt sich also vermutlich aktuell niemand auf. Im ersten Stock hingegen schienen Personen anwesend zu sein. Jedenfalls waren zwei Fenster angesichts der Dauerhitze sperrangelweit geöffnet – und ein weiteres, das zur Seite hin, stand immerhin einen Spaltbreit offen.

Oskar trat aus der Einfahrt hervor und schritt langsam zum Eingang des Bürohauses. Neben der Tür präsentierte eine weiße Anzeigentafel die Namen der Firmen, die hier beheimatet waren. Die oberen Stockwerke standen leer, in der zweiten Etage residierten zwei Großhandelsfirmen mit japanischen oder koreanischen Namen und im ersten Stockwerk war eine Gesellschaft für Finanzberatung und Vermögensverwaltung namens Momentum zu Hause. Die Glastür spiegelte zwar das helle Sonnenlicht, aber mit etwas Geschick konnte man von außen erkennen, was sich im Hausflur tat. An dessen Ende war ein Fahrstuhl, über dem eine digitale Anzeige die jeweilige Etage anzeigte, in der sich der Fahrkorb gerade befand. Oskar drückte die Nase an die Scheiben und konnte gerade noch registrieren, wie die Ziffer von null auf eins sprang und dort stehenblieb. Allem Anschein nach gehörten die beiden Diebe also zu jener

Unternehmung, die sich als Momentum Finanzberatung ausgab.

„Wen suchen Sie?", fragte eine scharfe Stimme hinter ihm.

Oskar erschrak. Ein etwa 25-jähriger Mann mit langen Haaren, die sein halbes Gesicht verdeckten, musterte ihn streng und erwartete eine Antwort. „Ich suche die Geschäftsstelle des Handwerksverbands", log Oskar, weil ihm so schnell nichts Gescheiteres einfiel. Er bemühte sich, möglichst gelassen dreinzuschauen. „Das ist doch hier Rembrandtstraße 32, oder?".

„Nein, das hier ist nicht die Rembrandt-, sondern die Rubensstraße. Die Rembrandt ist ein ganzes Stück von hier entfernt", entgegnete ihm sein Gegenüber, dessen Blick noch stechender wurde.

Oskar bedankte sich für die Auskunft und wollte sich schnell zum Gehen wenden, als der fremde Mann nochmals nachhakte: „Und Sie suchen hier ganz sicher nichts anderes, Herr O'Bowman?"

Verdammt, das Namensschild! Oskar hatte ganz vergessen, dass er es immer noch gut lesbar auf seiner Brusttasche trug. Er schüttelte nur rasch den Kopf, kehrte dem misstrauischen Fragesteller den Rücken und machte sich aus dem Staub. Dabei hörte er, wie der Mann hinter ihm eilig eine Nummer ins Handy tippte und wenig später telefonierte. Oskar war bereits zu weit entfernt, um alles zu verstehen, aber es war herauszuhören, dass der Anrufer gereizt war und drängelte: „Ich bin es, Hakan ... Ja, jetzt sofort ... beeil dich ... verdammt nochmal."

Oskar hatte die nächste Querstraße erreicht und wagte einen kurzen Blick nach hinten zu werfen. Der Mann, der ihn ausgefragt hatte, war nicht mehr allein. Aus dem Haus waren zu ihm der blonde Riese sowie der kleine dicke Südländer gestoßen – und außerdem ein weiterer Mann, der ein strenges Gesicht hatte, was wahrscheinlich auch an den vielen Narben lag, die es durchzogen. Sie hatten sich in Bewegung gesetzt und die Verfolgung aufgenommen.

Oskar spürte einen kalten Schauer auf seinem Rücken, er hatte plötzlich panische Angst. Er machte noch zwei Schritte um die Ecke in eine kleine Seitenstraße, dann rannte er los, so schnell er konnte. Nach nur zehn Metern bog er in einen Stichweg ab und sprang im Hürdenschritt über einen hüfthohen Gartenzaun in ein Grundstück. Er durchquerte unbemerkt den privaten Garten und kletterte an dessen Ende über eine Holzwand. Von dort aus führte ihn ein kleiner Trampelpfad zurück auf eine verkehrsberuhigte Straße, die er zunächst 200 Meter entlangspurtete, bevor er es ein weiteres Mal wagte, sich umzublicken. Hinter ihm war niemand, er hatte sie abgehängt – zumindest für dieses Mal.

Doch er ahnte, dass er sich von nun an häufiger umdrehen würde.

10

Im Grunde musste Oskar seinem Hausnachbarn Karim, dem marokkanischen Gemüsehändler im Erdgeschoss, dankbar sein. Denn hätte Karim sich an diesem Samstagmorgen nicht aus Wut über parkende Autos vor seiner Hofeinfahrt an der Hupe seines Kleinbusses ausgetobt und mit lauter Stimme alle Schimpfworte der arabischen Welt durch den Oeder Weg gebrüllt, wäre Oskar wohl erst am frühen Nachmittag aufgewacht und hätte sein Rugby-Spiel verschlafen. Denn er war erst um halb sechs morgens eingeschlafen.

Nach der merkwürdigen Verfolgungsjagd in Sachsenhausen nämlich, bei der er unversehens vom Jäger zum Gejagten geworden war, und nach einem anschließenden hektischen Wettlauf gegen den Redaktionsschluss, war Oskar am gestrigen Freitagabend viel zu durcheinander gewesen, um früh ins Bett zu gehen. Um sich abzulenken, war er stattdessen am späten Abend noch ins *Spurlos* gezogen, in seinen Lieblingsclub um die Ecke vom Goethehaus. Dort hatte er sich ohne großen Anlauf betrunken. Aber selbst eine ordentliche Dosis Alkohol reichte nicht, um richtig müde zu werden. Zuhause in seinem Bett lag Oskar noch fast zwei Stunden wach und versuchte, die Mosaiksteine der Geschichte zu ordnen, die er am Vortag erlebt hatte und die für ihn immer noch keinen rechten Sinn ergab. Erst als es draußen schon wieder hell wurde und unten der Zeitungsbote an den Briefkästen klapperte, schlief Oskar endlich ein – für immerhin sechs Stunden. Eben bis sein Nachbar Karim mit seinem Kleinbus unfreiwillig vor der Einfahrt stoppen musste und deshalb einen solchen Radau machte, dass davon selbst

Menschen im Tiefschlaf und mit Restalkohol im Blut aufgeweckt wurden. Oskar hatte gerade noch Zeit für eine Dusche und für einen raschen Blick auf die Titelseite des *Finanzblatts,* als er es unten aus dem Briefkasten zog. Gleich unter dem Bruch platziert war der Einspalter, den Oskar gestern noch rasch in der Redaktion zusammengeschrieben hatte – über die Beruhigungsversuche der Bundesbank mit Blick auf die NordwestLB: *Berenbrink nimmt Banken in Schutz.* Darunter stand auf gerade einmal zwanzig Zeilen eine Kurzzusammenfassung vom Auftritt des Bundesbankpräsidenten vor der Alten Oper und ein Schnelldurchlauf der neuesten Gerüchte über die Landesbank. Eingeleitet war die Meldung mit der Ortsmarke Frankfurt am Main und dem Kürzel des Verfassers: *owi* – für Oskar Willemer.

Auf den wenigen Schritten zu seiner Vespa fiel Oskar noch ein anderer Einspalter auf der Titelseite ins Auge. In der Ecke unten links stand der Artikel über den Sturz aus dem Tower der Hypo-Union. Das Opfer, so hieß es im Leadsatz, sei *nach Informationen dieser Zeitung* bereits tot gewesen, bevor es auf dem Boden aufgeschlagen war. Verdammt, wo hatte Stolberg das denn aufgeschnappt, dachte sich Oskar – bevor ihm wieder einfiel, dass er es ja eigentlich sehr eilig hatte. Es war allerhöchste Zeit, um sich mit der Vespa Richtung Niddapark aufzumachen.

Als Oskar gegen halb eins mittags mit dem Motorroller von der Rosa-Luxemburg-Allee abbog und kurz darauf das Stadiongelände erreichte, war die gegnerische Rugby-Mannschaft aus Heusenstamm gerade dabei, ihren Bus zu verlassen. Oskar eilte in die Umkleiden, wo ihn seine Mannschaftskameraden schon sehnlichst erwarteten, wechselte seine Schuhe, zog seine Stutzen hoch, stopfte das rot-weiße Trikot in die schwarze Rugby-Shorts und stapfte zum lauten Klang, den die Stollenschuhe auf dem Steinboden erzeugten, mit den anderen Jungs durch den Kabinengang an die frische Luft.

Erst jetzt fiel Oskar auf, dass die Eintracht nicht in Bestbesetzung antrat. Benjamin Beckmann – Oskars Busenfreund und rasender Reporter bei *Worldnews* – fehlte.

„Wo zum Teufel ist denn Ben?", fragte er seinen Teamkollegen Gerard.

„Der hat vorhin absagen müssen, hat irgendwelchen Ärger gehabt und musste zur Polizei." Für weitere Erklärungen blieb keine Zeit.

Die Eintracht tat sich überraschend schwer gegen die Gäste aus dem Umland. Zur Halbzeit stand es unentschieden – neun zu neun – und Ulli, der Spielercoach, war damit ganz und gar nicht zufrieden.

„Verdammt noch eins, warum traut ihr euch denn heute überhaupt nichts zu, Jungs?", stauchte er seine Mannschaftskollegen zusammen – und wandte sich besonders eindringlich direkt an Oskar: „Mann, Oskar, trau dich und zieh einfach gerade!"

Die zweite Hälfte begann – und sofort kam die Eintracht in arge Bedrängnis. Erst wenige Meter vor der eigenen Linie gelang es, einen Heusenstammer gerade noch zu stoppen, bevor er punkten konnte. Das Ei sprang nach links, dann nach rechts und landete schließlich bei Oskar. Der hatte eigentlich genug Zeit, das Spielgerät mit einem Befreiungs-Kick aus der Gefahrenzone zu dreschen. Oskar aber dachte überhaupt nicht daran, sondern fasste sich ein Herz. Ihm kamen die mahnenden Worte seines Trainers in den Kopf: *Mann, Oskar, trau dich und zieh einfach gerade!* Und als hätte er überhaupt keine andere Wahl, nahm Oskar direkt Kurs auf seinen völlig überraschten Gegenspieler.

Genau das hatten sie unendlich oft im Training geübt: Du läufst auf dein Gegenüber zu und schaust ihm direkt ins Gesicht. Dann steht vor dir nicht mehr dieser wuchtige Kerl mit den dicken Armen, der dir Furcht einflößt. Vielmehr wirst du in diesem Augenblick, in dem du kerzengerade auf ihn zustapfst, selbst den stärksten Gegner verunsichern. Spätestens dann hast du gewonnen, weil du dich dann traust, ihn frontal anzugreifen.

Oskar rannte also in vollem Tempo auf seinen Gegenspieler zu und sah dessen weit aufgerissene Augen. Mit viel Schwung und ausgestrecktem Arm schob Oskar den verdutzten Heusenstammer Gegner wie eine Pappfigur aus dem Weg und rannte mit festem Schritt und nahezu ungebremst weiter. Statt einem sofort heranrasenden Deckungsspieler der Heusenstammer auszuweichen, entschied sich Oskar erneut für die frontale Konfrontation – und abermals gelang es ihm, den Gegner dank seiner Unverfrorenheit aus dem Weg zu räumen. Damit hatte er ein Loch in die Defensive der Gäste gerissen und sich einen kleinen läuferischen Vorsprung herausgearbeitet. Mit langen Schritten stiefelte er auf die Heusenstammer Stangen zu und landete nach einem abschließenden Sprung schließlich hinter deren Linie.

Nach diesem 90-Meter-Sprint hatte Oskar zwar nicht mehr genug Puste, um zu jubeln. Aber ihm war, noch bevor ihn seine Mitspieler umarmten, klar, dass er eben den fulminantesten Alleingang seiner Rugby-Karriere hingelegt hatte.

Es war bereits halb sechs, als sich Oskar – mittlerweile frischgeduscht – wieder auf den Heimweg machte. In den Umkleiden des Stadions im Niddapark hatte die Eintracht den letztlich dann doch noch klaren Sieg gegen die Heusenstammer ausgiebig gefeiert – und vor allem Oskar hochleben lassen. Denn dessen beherztes Solo zu Beginn der zweiten Halbzeit hatte dem Spiel die entscheidende Wendung gegeben. Am Ende stand es 36:15 – Grund genug für eine ausgedehnte Siegesfeier in der Kabine, mit zwei Kästen Bier, allerlei Gesängen, Sprechchören und Tänzen unter der Dusche.

Oskar spürte seine schweren Beine, als er die alte Steintreppe hochstieg und über den Parkplatz zu seinem Motorroller schlenderte. Auch schmerzte ihn der rechte Unterarm ein wenig, denn der Heusenstammer Halbspieler war ihm mit seinen Stollenschuhen unabsichtlich auf den Ellenbogen getreten. Trotzdem fühlte Oskar sich pudelwohl und ließ lächelnd die Eindrücke des Spiels noch einmal in Gedanken Revue passieren, bis ihn eine vertraute Stimme jäh aus seinen Tagträumereien riss. Es war Ben Beckmann.

„Gratuliere, Matchwinner", sagte Benjamin und klatschte Oskar ab.

„Ach, naja", murmelte er etwas verlegen. „Aber, sag mal, wo warst du denn überhaupt?"

Benjamin setzte zur Antwort an, biss sich auf die Lippe, holte tief Luft und nahm erneut Anlauf – aber statt zu antworten, brach er in Tränen aus.

„Um Gottes Willen, Ben", erschrak Oskar, ließ seine Sporttasche fallen und nahm seinen Freund in die Arme, der vor ihm Rotz und Wasser heulte wie ein kleines Mädchen in der Geisterbahn. Die vorbeigehenden Sportler blickten sich verwundert um, schließlich bekamen sie so etwas nicht jeden Tag zu sehen: Ein Fast-Zwei-Meter-Hüne mit breitem Kreuz stützte sich auf seinen Mitspieler, weil er von einem Weinkrampf so durchgeschüttelt wurde, dass man um seine Gesundheit bangen musste.

„Ich verstehe das einfach nicht, denn nichts passt da zusammen", startete Ben von Neuem, nachdem er sich wieder etwas gefasst hatte. „Ich meine: Wer zur Hölle will mich denn umbringen?"

Jetzt kam auch Oskar mächtig durcheinander: „Umbringen? Wie kommst du denn auf sowas, Ben?"

Benjamin wischte sich die Tränen aus dem Gesicht und begann Oskar zu schildern, was am Mittag geschehen war. Wie er morgens mit dem Alfa Bertone noch einmal kurz ins Büro bei *Worldnews* gefahren war – und wie er danach Richtung Niederursel aufbrach.

„Du musst dir das vorstellen, ich fahre ganz normal auf der Orscheler Landstraße, noch nicht einmal schnell. Aber irgendwann muss ich trotzdem ziemlich abbremsen, weil sich ein goldener BMW vor mir im Schneckentempo bewegt – ohne jeden erkennbaren Grund. Ich also folge ihm zunächst ein paar Meter mit vielleicht 20, 25 Stundenkilometern, vor mir nur dieser Schleicher – und ich denke noch, was muss das für ein geschmackloser Mensch sein, dass er sich einen Beamer ausgerechnet in diesem hässlichen Gold bestellt. Irgendwann wird es mir zu blöd, also gehe ich auf die Überholspur und beschleunige. Und was macht dieser Wahnsinnige? Er gibt ebenfalls Gas und lässt mich nicht zurück auf die Spur, sondern hält sich ziemlich genau parallel. Ich bekomme es mit der Angst, schließlich nähert sich langsam die nächste Kurve. Also trete ich voll durch und probiere an ihm vorbeizuziehen. Aber er zieht mit, wir rasen mit 80 oder 90 Sachen nebeneinander her, ich immer noch auf der Gegenfahrbahn, werde zusehends panisch und auf einmal taucht vor mir ein Auto auf, das mir entgegenkommt. Ich gehe voll auf die Eisen, aber dieses Arschloch neben mir bremst ebenfalls voll ab. Gott sei Dank auch der arme Kerl gegenüber – der hat mich wahrscheinlich für einen irren Geisterfahrer gehalten. Und dann habe ich einfach nur verdammten Massel."

„Wie denn, Massel?", brach es aus Oskar heraus, der Bens Geschichte entgeistert folgte.

„Na, du kennst ja die Strecke nach Niederursel. Nach der Abzweigung zu den Kleingärten verläuft die Landstraße lange Zeit deutlich oberhalb der Felder links und rechts, und wenn du da irgendwie von der Fahrbahn abkommst, dann gnade dir Gott. Denn da saust du erst einmal ein paar Meter steilen Abgrund herunter. Am Ende der langen Gerade allerdings gleitet die Straße langsam auf das Niveau der Umgebung herab, die Leitplanke endet und du kannst, ohne jeden Graben oder Hügel direkt nach links aufs Feld ausscheren – und genau das habe ich gemacht. Die Federung des Alfa hat mich zwar ein wenig hin und her geschüttelt, aber ich habe die Notausfahrt aufs Feld unversehrt überstanden."

Oskar war von Benjamins Schilderung erschrocken und völlig durcheinander. Seine Hände begannen zu schwitzen und er merkte, dass sein ganzer Körper von einem leichten Zittern überfallen wurde. Alles, was er zunächst herausbrachte, war ein kopfschüttelndes: „Mannomann." Er war zwar viel zu verwirrt, um die Ereignisse kombinieren und einordnen zu können. Aber ihm schwante, dass das bedrohliche Manöver auf der Landstraße nicht gegen seinen Freund Ben gerichtet war, sondern gegen den wahren Besitzer des Alfa, also gegen Tim O'Bowman – oder besser gesagt gegen den, der sich gestern als Tim O'Bowman in der Alten Oper ausgegeben hatte und etwas gesehen hatte, was er wohl nie hätte sehen sollen – also gegen ihn selbst. „Hast du erkennen können, wer den BMW gesteuert hat?", fragte Oskar nach, als er seine Gedanken wieder einigermaßen geordnet hatte.

„Ich habe nur ganz kurz Blickkontakt gehabt, aber ich werde diese Visage wohl nie wieder vergessen", antwortete Ben. „Ein fieser Kerl: ein rundes Gesicht, dick mit Doppelkinn, Glatze. Ich habe diesen Scheißkerl noch nie zuvor gesehen, aber wenn er mir irgendwann noch einmal unterkommt, dann steh ihm Gott bei", sagte Benjamin drohend.

„Hat die Polizei denn keine Fahndung nach diesem Typen eingeleitet?", fragte Oskar nach.

„Wo denkst du hin, Oz. Die haben mir die ganze Geschichte mit dem BMW sowieso nicht richtig geglaubt, sondern mich für einen blöden, leichtsinnigen Raser gehalten, der sich und die Straße völlig falsch eingeschätzt hat. Meinen Führerschein haben sie erst einmal behalten, den Alfa übrigens auch – aber das macht mir nicht annähernd so viel Sorgen wie die Tatsache, dass es da wohl irgendeinen Vollidioten gibt, der es womöglich auf mich abgesehen hat."

Benjamin war tatsächlich ziemlich neben der Spur. Oskar kannte ihn bereits seit vielen Jahren, aber er hatte ihn noch niemals unsicher erlebt und erst recht nicht ängstlich. Jetzt aber wirkte er so, als ob er am liebsten in ein fernes Land fliehen würde – oder sich zumindest in irgendein Loch verkriechen, Hauptsache weg von dieser unbekannten Gefahr –, um nicht fürchten zu müssen, an der nächsten Ecke wieder auf diesen dickgesichtigen Glatzkopf zu treffen. Benjamin Beckmann, einer der furchtlosesten Stürmer der zweiten Rugby-Bundesliga, hatte die Hosen voll.

„Ich glaube, ich muss dir eine ganze Menge erzählen, Ben", sagte Oskar mit schwerer Stimme. „Komm, wir fahren zu mir, ich nehm dich auf dem Roller mit."

Benjamin verstand zwar kein Wort, folgte aber seiner Aufforderung. Sie fuhren zu Oskar in den Oeder Weg, machten sich zwei Tiefkühlpizzen warm und tranken die Cola-Bestände leer, während Oskar seinem Kumpel haarklein berichtete, was er gestern in der Alten Oper erlebt hatte und wie er wenig später im Malerviertel vor einigen zwielichtigen Typen geflüchtet war. Beide versuchten sie, die verwirrenden Mosaiksteine rund um einen Computerdiebstahl und ein Überholmanöver in eine vernünftige Ordnung zu bringen, aber es gelang ihnen nicht wirklich.

„Wieso gehst du nicht zur Polizei?", fragte Benjamin.

„Was soll ich denen denn erzählen?", konterte Oskar und blickte Ben fragend an. „Dass ich jemand beobachtet habe, der einen Computer ausgewechselt hat – obwohl ich noch nicht einmal sicher weiß, ob das wirklich hinter dem Rücken der Besitzer geschehen ist? Und dass mir einige Kerle gefolgt sind, nachdem ich auf deren Grundstück herumgeschnüffelt habe? Nein, Hand aufs Herz, Ben. Da kann ich nun wirklich nicht erwarten, dass deshalb die Polizei ausschwärmt und die Fährte aufnimmt. Außerdem weißt du ja, dass ich ein Problem bekomme, wenn ich mich an die Polizei wende – und erst einmal beichten muss, dass ich mich seit Jahren unter falscher Adresse gemeldet habe."

„Mag ja alles so sein", entgegnete ihm Benjamin, „aber ich warne dich davor, der ganzen Sache aus Leichtfertigkeit keine Bedeutung beizumessen. Ich habe diesen Typen im goldenen BMW gesehen – und ich schwöre dir, das war ein richtiges Arschloch, der hatte keine Skrupel. Wenn deine Vermutung also nur ansatzweise stimmt und die Episode mit dem Laptoptausch tatsächlich in irgendeiner Verbindung steht mit dem Albtraum, den ich auf der Orscheler Landstraße erlebt habe, dann tust du sehr gut daran, dich erst einmal verdammt vorsichtig zu verhalten."

Benjamin klang, als er diesen Ratschlag aussprach, zwar fast wie sein eigener Großvater. Aber nach allem, was in den vergangenen Stunden geschehen war, war jetzt weiß Gott nicht der Zeitpunkt für Lässigkeit.

„Wir müssen unbedingt mehr über dieses Momentum herausbekommen", dachte Oskar laut vor sich hin, bevor er sich leicht korrigierte: „*Ich* muss mehr über dieses Momentum herausbekommen."

11

Der Polizeipräsident hatte sich für diesen Sonntagvormittag eigentlich einen Ausflug in das Kronberger Waldschwimmbad vorgenommen. Denn bei 32 Grad im Schatten gab es im ganzen Rhein-Main-Gebiet wahrscheinlich keinen angenehmeren Platz zum Nichtstun, vor allem für Männer wie Christian Herzog, die wegen ihrer Körperfülle an solchen heißen Sommertagen fast vor Hitze zerflossen. Aber aus der ursprünglichen Planung wurde wieder einmal nichts. Samstagabends nämlich hatte Kai Schumacher, der Leiter der eilig eingesetzten Sonderkommission Hypo-Union-Tower, seinen Chef und einige Kollegen zu einer kurzfristig einberufenen Lagebesprechung am Sonntag ins Präsidium gebeten.

Normalerweise war Herzog ziemlich sauer, wenn er am Wochenende einbestellt wurde, noch dazu von einem, der in der Rangordnung des Präsidiums zwei Etagen tiefer unterwegs war als er selbst. Aber da es in diesem Fall um den rätselhaften Sturz des bereits toten Börsenhändlers ging, war der stiernackige Polizeipräsident geradezu erleichtert über den Zusatztermin. Schließlich saßen ihm bei der Hypo-Union-Sache der Staatsanwalt, die Politik und die Presse im Rücken, denen er möglichst rasch erste Ermittlungsergebnisse präsentieren musste. Dass Schumacher die Mannschaft so eilig zu einer „Lage" zusammenrief, ließ vermuten, dass er auf eine Fährte gestoßen war – und dafür verzichtete Herzog sogar auf sein Sonnenbad und die üblichen 20 Lagen im Waldschwimmbad.

„Was denn, du auch hier?" Polizeipräsident Herzog war überrascht, als er um kurz vor zehn das Foyer des Präsidiums betrat und ihm dort als Erstes sein Kollege Konopka von der Abteilung Organisierte Kriminalität – von der OK – begegnete.

„Mensch, Konopka, mir schwant nichts Gutes, wenn ihr Jungs von der OK zum Briefing einbestellt seid, hab ich recht?"

„Ja, haste", antwortete der Angesprochene maulfaul und stieg in den Aufzug.

Herzog folgte und beide fuhren, ohne ein weiteres Wort zu wechseln, in den siebten Stock. Dort im Gruppenraum wurden sie bereits von Schumacher sowie vom Psychologischen Dienst und dem jungen Kollegen Lechner aus der Rechtsmedizin erwartet. Schumacher begrüßte seinen Chef und Konopka und schaltete, nachdem sich alle um den ovalen Besprechungstisch gesetzt hatten, das Smartboard an, um mit der ersten PowerPoint-Folie zu beginnen. Sie zeigte das Passfoto eines jungen Mannes, augenscheinlich aus seinen Bewerbungsunterlagen.

„Der Tote heißt Konstantin Winter, 29 Jahre jung, Terminmarkthändler bei der DLZ Bank. Keine Vorstrafen, keine auffälligen Kontobewegungen, keine ungewöhnlichen Lebensumstände. Im Gegenteil, geradezu spießig und noch dazu in einem sozial intakten Umfeld lebend – eine feste Freundin an seiner Seite, Freunde, sogar die Kapitänsbinde in seiner Hockeymannschaft. Dazu ein Job mit einem sehr guten Gehalt. Einzig ein paar unbezahlte Rechnungen und eine Handvoll Kreditverträge für die Wohnung, die Poggenpohl-Küche, den Porsche Boxster und die 250er Enduro. Kurz: Einer, der zwar über seine Verhältnisse lebt, weil er jung und gierig ist, aber dem die Schulden dank seines Jobs noch nicht über den Kopf gewachsen sind – und der eigentlich keinen offensichtlichen Grund gehabt hätte, sich umzubringen."

Herzog hörte aufmerksam den Bericht, obwohl es gar nicht so einfach war, sich sonntagvormittags zu konzentrieren, noch dazu in einem Raum ohne kippbare Fenster und ohne Klimaanlage. Die ersten Schweißperlen bildeten sich bereits auf seiner Stirn.

„Habt ihr euch schon seine Geschäfte in den letzten Wochen vornehmen können, die er für die Bank getätigt hat?", fragte Konopka.

„Immer mit der Ruhe", antwortete Schumacher und wechselte mit einem Klick die PowerPoint-Folie. Das zweite Bild zeigte eine Grafik mit mehreren Einträgen und vielen roten Pfeilen. „Hier ist ein kleiner Überblick über seine Transaktionen in den vergangenen Wochen. Das Meiste sind standardisierte Käufe und Verkäufe von Wechselkurs-Optionen – fast alle im Auftrag von Bankkunden aus dem internationalen Handelsgeschäft. Aber hier unten …", Schumacher kreiste mit dem Cursor über eine kleine Ziffernreihe am Rande, „… hier sind auch einige Geschäfte zu erkennen, die Konstantin Winter für Auftraggeber betrieben hat, die nicht zum Kundenstamm der Bank gehören oder die zumindest keine Kundennummer bei der DLZ haben. Die haben ihren Einsatz stets anonymisiert von ausländischen Instituten aus auf ein Sonderkonto überwiesen, das offiziell unter Winters Namen lief – und er hat das Geld vor allem in Aktien-Futures gesteckt."

„Große Summen?", fragte Herzog nach.

„Nein, nicht wirklich viel Geld, maximal fünfstellige Beträge", antwortete Schumacher. „Aber es läppert sich und wenn man am Terminmarkt hohe Risiken eingeht und ausreichend Hebel anlegt, kann man damit schon genug erzielen, um später nie wieder arbeiten zu müssen – also natürlich nur, wenn man viel Fortune hat und sich alle Kurse in die gewünschte Richtung entwickeln."

Herzog massierte sich die Stirn. „Ja ja, Schumacher, das mag ja alles richtig sein, aber selbst wenn sich herausstellt, dass der Bursche nebenbei auf eigene Rechnung gezockt hat: So außergewöhnlich ist das doch auch nicht, oder?"

„Nein, Chef, ganz und gar nicht. Eine ganze Menge Trader haben parallel noch Geschäfte auf eigene Kasse laufen, auch wenn das eigentlich verboten ist – genauso wie bei uns private Mails über den Bürocomputer oder der Anruf bei Freunden übers Diensthandy. Wenn etwas wirklich bemerkenswert an Winters Transfers ist, dann dass es über sein Konto eigentlich nur Einzahlungen und keine Rückzahlungen gibt. Das heißt: Entweder hat er das Geld unbemerkt an anderer Stelle wieder aus der Bank herausgetrickst – oder er war gerade dabei, ein größeres Investment aufzubauen, also irgendeinen Coup vorzubereiten. Wir gehen von Letzterem aus", erklärte Schumacher und schaltete weiter zur dritten Folie, die eine Liste von Termingeschäften und deren detaillierte Konditionen zeigte – einige waren farblich hervorgehoben. „Wahrscheinlich ist diese Übersicht für Sie eher verwirrend", sagte der Soko-Leiter und räumte ein: „Wir haben da zwar ganz interessante Transaktionen entdeckt, die wir uns noch näher anschauen werden, aber im Grunde sind wir auch noch nicht recht klug daraus geworden."

Polizeipräsident Herzog atmete noch schwerer als sonst, was ein eindeutiges Anzeichen dafür war, dass er langsam verdrießlich wurde: „Schumacher, Sie haben uns doch hoffentlich nicht am sonnigen Sonntag hier zusammengescheucht, um uns mitzuteilen, dass ihre Mannschaft noch im Trüben fischt."

„Geduld, Chef, noch etwas Geduld", erwiderte Schumacher, dem anzumerken war, dass er sich nicht gerne drängeln ließ. „Ich möchte Ihnen nun gerne einen kleinen Ausschnitt aus dem Aufzeichnungsmaterial der Videokameras am Liefereingang des

Hypo-Union-Towers zeigen. Denn natürlich haben wir uns eingehend mit der Frage befasst, wie denn eigentlich die Leiche von Konstantin Winter in das Gebäude gekommen ist, bevor man sie aus dem 47. Stockwerk heruntergeworfen hat – und dabei sind wir auf diese Sequenz gestoßen", sagte Schumacher und zeigte auf das Smartboard. Dort startete das Video einer Beobachtungskamera am Lieferanteneingang der Bank. Es war, wie man der eingeblendeten Digitaluhr entnehmen konnte, der 12. August, nachmittags um 16.47 Uhr. Ein Lastkraftwagen, augenscheinlich von einem Lkw-Verleih, hielt an der Rampe, ein Packer mit berufsüblicher Figur – breite Schultern, dickes Gesicht, leicht überhängender Bauch – wuchtete aus dem Laderaum ein übergroßes Paket zunächst auf die Straße und trug es anschließend etwas umständlich zum Lastenaufzug, wo er mit dem Gepäckstück einstieg. Die ganze Aktion dauerte nicht einmal eine Minute, und es war eigentlich nichts Außergewöhnliches daran zu erkennen.

„Na, irgendwas aufgefallen?", fragte Schumacher in die Runde.

„Nee. Verraten Sie es uns doch einfach, Schlaumeier", antwortete ein erschöpft wirkender Polizeipräsident.

„Nun, wir haben die Videos gemeinsam mit zwei Arbeitern der Spedition Schwarz & Starke durchgesehen, also mit zwei Profis, die jeden Handgriff kennen. Beide sind der festen Überzeugung, dass der Muskelmann am Laster vieles ist, aber kein Packer. Die Art, wie er das augenscheinlich schwere Paket anhebt und abstellt, zeigt, dass er so etwas noch nicht sehr oft gemacht hat", erklärte Schumacher. Und man konnte in seiner Stimme durchaus den Stolz darüber heraushören, dass er auf die Idee gekommen war, das Video Spediteuren vorzuführen. „Der Rest war dann recht einfach", setzte er seine Ausführungen fort.

„Hier", betonte Schumacher und spulte das Video bis ungefähr zur Mitte zurück. „Hier erkennen Sie, dass das Paket als Computerzubehör der Marke Epson etikettiert ist – was aber sonderbar ist, denn die Hypo-Union arbeitet am Standort Frankfurt ausschließlich mit Hardware von Hewlett-Packard", berichtete der Leiter der Sonderkommission weiter. „Kurz und gut: Wir haben den Leih-Laster rückverfolgt und sind bei einer Transportervermietung in Zeilsheim fündig geworden. Der Transporter ist von einem Polen namens Mariusz Gladziewski angemietet worden, aber Sie müssen sich gar nicht erst die Mühe machen, sich diesen Namen einzuprägen, er ist ohnehin erfunden. Der Pass, der in der Vermietung vorgelegt wurde, ist gefälscht."

So langsam wurden Herzog und die anderen Zuhörer hellhörig. Immerhin schien sich da jemand einige Mühen gemacht zu haben. „Wir haben es also tatsächlich mit einem oder mehreren erfahrenen Verbrechern zu tun, die sogar Details im Auge haben", ergänzte Schumacher. „Zum Beispiel auch das Detail, in der Mietwagenstation Baseballkappen zu tragen, sodass die dort angebrachte Kamera kein wirklich brauchbares Bild einfangen konnte."

Herzog entfuhr ein kurzes Stöhnen, denn er war überzeugt, dass Schumacher mit diesen Bemerkungen einmal mehr die Spannung seines Vortrags erhöhen wollte und in wenigen Sekunden eine neue Wendung präsentieren würde. Er sollte recht behalten.

„Wir haben", erklärte Schumacher nicht ganz ohne Stolz über seinen Erfindungsreichtum und seine Sorgfalt bei der Recherche, „sicherheitshalber noch einmal die Nachbarn der Autovermietung abgeklappert und deren Videoaufzeichnungen zum Zeitpunkt der Leihe des Transporters durchgeschaut – dabei haben wir erfreulicherweise einen Glückstreffer gelandet." Schumacher führte einen neuen Ausschnitt eines Videos vor, dieses Mal aufgenommen von der Sicherheitskamera einer benachbarten Tankstelle. Am Rande von deren Ausfahrt war zu sehen, wie ein Wagen parkte, aus dem – das ließ sich gerade noch erkennen, bevor er seine Baseballmütze aufzog – genau jener Mann stieg, den die Kripo-Beamten bereits von der Aufnahme des Lieferanteneingangs der Hypo-Union kannten.

„Ein goldfarbener BMW mit Groß-Gerauer Kennzeichen", murmelte Herzog und machte sich Notizen.

„Wir haben das Nummernschild zurückverfolgt. Es gehört einem gewissen Boris Kosanov alias Juri Raskin – alias …", Schumacher machte eine Kunstpause, um die Spannung zu erhöhen, „… Oleg Zhelev." Danach wartete er einige Sekunden und schickte hinterher: „Unseren Informationen zufolge gibt er sich in der Szene seit drei Jahren als Mikail aus."

Diese Nachricht brachte sogar den Polizeipräsidenten aus der Fassung: „Ach du Scheiße, der Zhelev-Clan?"

Schumacher ließ die Nachricht, dass ausgerechnet die Zhelev-Sippe in den Fall verstrickt war, erst einmal auf seine Kollegen wirken. Denn die Brüder Zhelev waren vor allem für die Brutalität berühmt-berüchtigt, mit der sie ihre Verbrechen begingen. Nach einer kurzen Pause setzte er seine Ausführungen fort. Er berichtete, die internationalen Ermittler hätten eigentlich gehofft, dass sich die Brüder Zhelev zurückgezogen hatten. Der Älteste, Piotr, war schon vor geraumer Zeit in Österreich verhaftet worden und saß noch mindestens die nächsten sieben Jahre in einem Gefängnis in Linz ein. Der mittlere Zhelev, Zoltan, war nicht mehr einsatzfähig. Eine schwere Knochenmarkskrankheit fesselte ihn wahlweise an Bett oder Rollstuhl. Die Ermittler vermuteten, dass er sich mit einem Teil des in den vergangenen Jahren erbeuteten Geldes nach Dubai oder in den Oman abgesetzt hatte und sich dort behandeln ließ. Blieb lediglich Oleg alias Mikail, der die kriminellen Geschäfte weiterbetreiben konnte. Dass er sich neue Komplizen gesucht hatte, war wenig wahrscheinlich. Denn es war stets eines der Grundprinzipien des Zhelev-Clans gewesen, sich auf Aufträge zu beschränken, für die sie keine Unterstützung von Außen benötigten. Nachdem die Zhelevs seit gut einem halben Jahr untergetaucht waren, vermuteten die Strafverfolger, dass auch Oleg Zhelev das operative Geschäft aufgegeben und sich mit früher erbeuteten Millionen abgesetzt hatte – womöglich ebenfalls in die Emirate.

„Konopka", sagte der Polizeichef und wandte sich an den Spezialisten in Sachen Organisierte Kriminalität. „Für wie gefährlich halten Sie die Bande?"

Konopka antwortete wie immer schmallippig: „Schwere Kavallerie." Kavallerie stand im Kommissariats-Sprech für „Kapitalverbrechen aller Art", schwere Kavallerie ließ entsprechend vermuten, dass der Zhelev-Clan in die schmutzigsten Geschäfte eingebunden war und insofern als besonders gefährlich galt. „Die Zhelevs beauftragen Sie nicht nur, um ein paar Ladungen Cannabis vom Balkan nach Berlin zu schmuggeln", erklärte Konopka. „Die Jungs chartern Sie erst dann, wenn Sie etwas wirklich Großes vorhaben und zu diesem Zweck jemanden einschüchtern wollen. Und zwar auf die harte Art: Erpressung, schwere Körperverletzung, Auftragsmord."

„Haben Sie den goldenen BMW zur Fahndung ausgeschrieben?", fragte Konopka den Soko-Leiter.

„Nein", antwortete Schumacher, „denn erstens habe ich nichts in der Hand gegen den Halter oder die Fahrer, was ein Staatsanwalt akzeptieren würde. Und zweitens wissen wir, dass der Zhelev-Sippe vor sechs Jahren schon einmal vertrauliche

Ermittlungsunterlagen zugespielt worden sind. Wir können daher nicht ausschießen, dass ihr Netz bis in unsere Amtsstuben hineinreicht. Es wäre ermittlungsstrategisch ungeschickt, sie zu früh wissen zu lassen, dass wir ihnen auf der Spur sind."

Man merkte Polizeipräsident Herzog an, dass er sich über die letzte Bemerkung Schumachers ärgerte. Aber im Grunde wusste er selbst nur zu gut, dass sein Kollege recht hatte. „Verdammt nochmal, wie soll man denn ermitteln, wenn man ständig Angst haben muss, dass in den eigenen Reihen Maulwürfe sitzen, die den Clan warnen", fluchte er vor sich hin.

„Naja – natürlich haben wir das Kennzeichen in die orangene Liste eingestellt. Vielleicht liefert sie uns ja einen Zufallstreffer", bemühte sich Schumacher, seinen Chef zu beruhigen. Die orangene Datei war ein passives Fahndungsinstrument, das zwar keine systematische Suche in allen Dienststellen auslöste, aber die Möglichkeit bot, nach Personen oder Fahrzeugen, deren Ausweisnummern oder Kennzeichen zufällig abgefragt werden, Ausschau zu halten – und zwar vertraulich. Wenn man dort beispielsweise ein Nummernschild eingab, bekam das niemand mit, nicht einmal irgendein anderer Polizist. Wurde das Kennzeichen bei irgendeinem Routinetest oder bei einer Radarkontrolle erfasst, erhielt der auftraggebende Kommissar trotzdem sofort eine Meldung.

„Gut, Schumacher", fasste Herzog die Ergebnisse des Briefings zusammen. „Wir haben es wohl mit weit mehr als einem Mord zu tun. Womöglich dient die ganze Inszenierung bei der Hypo-Union nur der Einschüchterung von Beteiligten an einer Serie großer Verbrechen, die erst noch verübt werden sollen. Sie verfolgen bitte mit Hochdruck die Spuren Richtung Zhelev-Clan weiter und geben mir eine Kopie der Liste mit den fragwürdigen Handelsgeschäften. Ich habe einen befreundeten Finanzexperten gebeten, uns bei der Auswertung und Interpretation der Handelsdaten zu helfen. Zum Abschluss habe ich noch eine Frage: Wie ist das Opfer – dieser Winter oder wie er heißt – eigentlich umgekommen, denn er war doch schon tot, als sein Körper in den Hypo-Tower verbracht wurde?"

„Man hat ihn vergiftet", antwortete Lars Lechner, der junge Mitarbeiter aus der Rechtsmedizin. „Wir haben in seinem Bauch kaliumcyanidhaltige Lakritze gefunden."

„Lakritze?", fragte Herzog nach, und man merkte ihm an, wie abwegig er es fand, dass ein erwachsener Mensch Lakritz zu sich nahm.

„Ja, Salmiak-Lakritz", entgegnete Lechner. „Das ist gar nicht so ungewöhnlich, denn natürlich werden Trägerstoffe bevorzugt, die selbst einen strengen oder scharfen Geschmack haben, um den Geschmacks- und Geruchssinn des Opfers abzulenken." Und weil Herzog immer noch nicht verstanden zu haben schien, was ihm der Rechtsmediziner zu erklären versuchte, legte der noch einmal nach: „Naja, Herr Herzog, wenn Ihnen jemand Zyankali in ihre Milch mischt, dann hätten selbst Sie eine veritable Chance, das rechtzeitig zu merken".

12

Oskar hatte in der Nacht zum Montag erneut nur wenig geschlafen. Denn natürlich war er viel zu beschäftigt damit, sich auszumalen, was seine neuen Feinde wohl als nächstes tun würden. Immerhin: Wenigstens waren nur er selbst und Benjamin Beckmann in akuter Gefahr. Um Tim O'Bowman musste er sich vorerst keine Sorgen machen, denn der kam erst in zweieinhalb Wochen aus den USA zurück. Außerdem hatten Vito, Nowitzki und deren Verbündete wohl längst gemerkt, dass ihnen ein ganz anderer in die Parade gefahren war.

Eigentlich war es nur eine Frage der Zeit, bis sie durch einige geschickte Fragen an andere Journalisten herausbekamen, dass der Mann mit O'Bowmans Namensschild auf der Brust in der Alten Oper in Wirklichkeit Oskar Willemer hieß. Es sei denn, die Gegenseite hätte mittlerweile Besseres zu tun, als nach dem unbekannten Schnüffler in der Rubensstraße zu fahnden, und deshalb die Jagd auf ihn aufgegeben – aber auf diese vage Hoffnung konnte sich Oskar nun wirklich nicht verlassen.

Nach reiflicher Abwägung fasste Oskar um vier Uhr morgens den Entschluss, die Bedrohung ernst zu nehmen und Vorsichtsmaßnahmen zu treffen. Erstens wollte er, obwohl er ja gerade erst beim *Finanzblatt* begonnen hatte, die Chefredaktion um eine Woche Sonderurlaub bitten. Er war sicher, dass ihm Stolberg diesen Wunsch nicht verwehren würde, selbst wenn er ihm den Anlass dafür nicht im allerletzten Detail erläuterte. Zweitens hatte sich der verängstigte Jungredakteur im Laufe der Nacht entschieden, aus Sicherheitsgründen für einige Tage umzuziehen. Sicher hätte Oskar bei einem seiner Freunde oder Rugby-Teamkollegen unterschlüpfen können. Aber dann wäre er wohl nicht umhingekommen, ihnen die ganze Geschichte zu erzählen, was er in jedem Fall vermeiden wollte. Wahrscheinlich war es nicht sonderlich klug, wenn einer, der sich verstecken wollte, mehr Leute als unbedingt nötig in dieses Vorhaben einweihte. Oskar zog es deshalb vor, sich ein eigenes Zimmer zu mieten.

Auch befasste er sich noch einmal mit der Überlegung, die Polizei einzuschalten. Aber egal, wie er es drehte und wendete: Er entdeckte mehr Nachteile als Vorteile. Zum einen musste er fürchten, mit seiner Schilderung der Ereignisse nicht recht ernst genommen zu werden. Schließlich hatte die Polizei Ben ja ebenfalls nicht für voll genommen, nachdem er von dem brutalen Glatzkopf im goldenen BMW fast in den Tod gedrängt worden war. Zum anderen war da noch die Geschichte mit den Falschangaben über seinen Wohnsitz, die er beim Gang zur Polizei offenlegen müsste. Wenn er Pech hatte, könnte er sich damit eine Menge Ärger einhandeln: mit dem Einwohnermeldeamt, mit der Steuerbehörde, mit seinem Vermieter – und sogar mit seinem Vormieter, dem er absolutes Stillschweigen über diese heimliche Absprache versprochen hatte und dem nun womöglich ebenfalls ein Clinch mit den Behörden drohte. Vor allem hatte er jedoch Angst, dass er die Truppe, die er beim Austausch des Computers beobachtet hatte, womöglich erst durch eine Meldung bei der Polizei auf sich aufmerksam machen würde. Bislang konnte er immerhin hoffen, dass die andere Seite gar nicht wusste, wer er war. In dieser Hinsicht erschien es ihm sicherer, sich zu verstecken – anstatt zur Polizei zu rennen und die Gegenseite aufzuscheuchen.

In Frankfurt-Griesheim gab es ein Studentenwohnheim, in dem diejenigen, die davon wussten und die vom Alter her noch als Studenten durchgingen, in Notfällen vorübergehend eine Woche lang für 20 Euro die Nacht unterkommen konnten. Das war zwar nicht offiziell von der Universitätsverwaltung genehmigt, aber wurde irgendwie stillschweigend geduldet – solange es keinen Ärger damit gab, konnte der Hausmeister unter der Hand ein oder zwei Zimmer freihändig vergeben. Ein Freund von Oskar hatte diese Möglichkeit neulich genutzt, nachdem er recht überraschend aus der Wohnung seiner Freundin geflogen war. Um halb fünf Uhr morgens siegte endlich die Müdigkeit über alles Grübeln – und Oskar schlief viereinhalb Stunden lang, bevor ihn sein Wecker wachklingelte. Er duschte, zog sich an, packte ein paar Klamotten in seine Sporttasche und machte sich auf den Weg – zuerst zu seiner neuen Bleibe und anschließend zum *Finanzblatt,* um sich von Stolberg beurlauben zu lassen.

Alles hatte wie geplant geklappt. Oskar hatte im Studentenwohnheim in Griesheim ein freies Zimmer gefunden und musste dafür, weil er in Vorkasse zahlte, sogar nur 80 Euro für die komplette Woche auf den Tisch legen. Er war ziemlich sicher, dass der Hausmeister das Geld für sich behielt und mit dieser Art der Kurzzeit-Vermietung vakanter Zimmer sein Gehalt erheblich aufbesserte. Aber das war ihm schnuppe – und allen anderen, die davon wussten, wahrscheinlich auch. Anschließend fuhr Oskar mit seinem Motorroller in die Redaktion, wobei er vorsichtshalber den Hintereingang benutzte. Denn er hatte ja keine Ahnung, ob der große Blonde, der kleine Südländer und ihre Komplizen nicht doch bereits herausgekriegt hatten, dass

Tim O´Bowman in Wirklichkeit Oskar Willemer hieß und für das *Finanzblatt* arbeitete.

Es ist ein ganz merkwürdiges Gefühl, damit rechnen zu müssen, dass man womöglich gerade verfolgt wird, dachte sich Oskar. Natürlich fühlt man die Angst, ist schreckhaft und nervös. Aber zugleich empfindet man dabei etwas Aufregendes, Abenteuerliches. Für alle, denen man begegnet, ist es ein ganz normaler Tag, ein ganz normales Gespräch. Das, was sie sagen, sagen sie, gerade wie es ihnen so in den Kopf kommt, und wenig später haben sie es bereits wieder vergessen. Nur man selbst, der Gejagte, ist hochkonzentriert, registriert alles, was in seinem Blickfeld passiert, und nimmt jede noch so kleine Unregelmäßigkeit wahr. Und jedes Wort, das man spricht, ist genau bedacht, um ja nichts zu verraten. Um keinen Hinweis zu liefern, durch den man nachher aufgespürt oder abgefangen werden könnte.

Oskar war sicher, dass ihn niemand beobachtet hatte, als er seine Vespa im Hof der benachbarten Schreinerei geparkt und über die Feuertreppe in den Anbau des *Finanzblatts* gelangt war. Dort fuhr er mit dem Aufzug nach ganz oben in den siebten Stock, eilte durch den langen Flur, vorbei an der Lohnbuchhaltung und dem IT-Helpdesk, ins Hauptgebäude und rannte dann die Treppe wieder herunter in die fünfte Etage. Durch diesen kleinen Umweg gelangte er garantiert völlig unbemerkt zum Büro von Carl Stolberg.

Das Gespräch mit dem Kollegen, der sein Vater hätte sein können, dauerte nur wenige Minuten. Oskar berichtete, ohne ins Detail zu gehen, von seinen zufälligen Beobachtungen in der Alten Oper, von der Firma Momentum und von den lebensgefährlichen Fahrmanövern des Mannes im goldenen BMW. Stolberg fragte nur zweimal kurz nach, aber Oskar konnte ihm keine Antworten auf die Fragen geben. Weder wusste er, was diese Momentum Investmentgesellschaft denn so genau trieb, noch konnte er sagen, ob sie irgendwelche Geschäftsbeziehungen mit der Hypo-Union hatte. Ehrlich gesagt, verstand er auch nicht so recht, worauf Stolberg hinauswollte. Viel wichtiger freilich war, dass ihn der Chefredakteur ohne viel Aufhebens beurlaubte.

„Hören Sie, Willemer", sagte Stolberg und blickte dabei sorgenvoll über den oberen Rand seiner Lesebrille. „Ich habe keine Ahnung, in welche Geschichte sie da hineingestolpert sind. Aber man braucht wirklich nicht viel Vorstellungskraft, um zu ahnen, dass das gefährlich für Sie werden könnte. Ich kenne Sie noch nicht so gut, weil Sie ja erst seit wenigen Wochen in diesem Haus arbeiten. Aber ich weiß, dass andere schätzen, wie forsch Sie Dingen nachgehen und Recherche betreiben. In diesem Fall muss ich deshalb fürchten, dass Ihre Unerschrockenheit in Übermut und Draufgängertum umschlägt und Sie in Gefahr bringen könnte. Deshalb meine Bitte: Seien Sie vorsichtig! Und vor allem: Suchen Sie die Menschen sorgfältig aus, denen Sie sich anvertrauen." Mit diesen Worten zog er die oberste Schublade seines Schreibtisches auf und kramte einen Moment darin herum, bis er endlich auf den Flyer eines Hochschulinstituts stieß, den er an Oskar weiterreichte. Darauf stand in großen Lettern: *Lehrstuhl für Banken- und Börsenwesen insbesondere Marktmissbrauch und Insiderhandel, Prof. F. Böhning, Zeppelinallee 152.* „Dort wird man Ihnen vielleicht helfen können, denn das Institut ist das beste Archiv in Deutschland für Kapitalmarktverbrechen aller Art. Ich kenne die Personen, die es leiten, schon eine halbe Ewigkeit und lege meine Hand für sie ins Feuer – die werden Ihnen jedenfalls keinen Ärger bereiten, sondern Ihren Fall vertraulich behandeln. Sagen Sie einfach, dass ich Sie geschickt habe."

Oskar bedankte sich und nahm den Zettel. Er glaubte zwar nicht, dass ihm irgendein alternder Professor würde helfen können. Aber da es ja recht aussichtslos war, die Polizei einzuspannen, war es vielleicht der Mühen wert, dieses Institut aufzusuchen und Stolbergs alten Weggefährten Böhning dort zu treffen. Oskar ging um den Tisch und reichte Stolberg zum Abschied die Hand: „Danke für den Sonderurlaub, Chef. Auf Wiedersehen."

Doch Stolberg ließ Oskar nicht so schnell ziehen. Er war aufgestanden, hielt Oskars Hand fest, blickte ihm in die Augen und beschwor ihn in einer Art und Weise, die den Jungredakteur irritierte: „Willemer, Sie müssen diese verdammten Kerle am Arsch kriegen!"

„Ja, nun gut, ich werde mich bemühen", stotterte ein überraschter Oskar, der nicht die geringste Ahnung hatte, warum sein Chefredakteur so vehement und in einem – gerade für ihn so ungewöhnlichen – deftigen Ton auf das Thema Kapitalmarktverbrechen ansprang.

„Kriegen Sie die Kerle am Arsch!", wiederholte Stolberg – und man musste kein Psychologe sein, um ihm anzusehen, dass der Chefredakteur einen sehr persönlichen und direkten Bezug zu diesem Thema haben musste. „Denken Sie immer daran, Willemer, Marktmissbrauch und Insiderhandel sind keine Kavaliersdelikte", fuhr Stolberg fort.

„Na klar", pflichtete ihm Oskar eilig bei. „Schließlich geht es ja meist um erhebliche Summen, die oft ..."

„Ach, Willemer, das ist gar nicht der Punkt", fuhr ihm der Chefredakteur dazwischen und fügte, während er endlich Oskars Hand wieder losließ, mit vielsagendem Ausdruck hinzu: „Es geht fast immer um viel mehr als um Geld."

Oskar hätte das Gespräch an dieser Stelle gerne noch fortgesetzt, denn er war neugierig geworden, warum Stolberg derart gereizt und leidenschaftlich reagiert hatte. Aber dazu war jetzt keine Zeit. Oskar sagte nur knapp, dass er sich leider sputen müsse, drehte sich um und verließ zügigen Schrittes das Büro der Chefredaktion.

Noch ganz in Gedanken über Stolbergs ungewohnt impulsiven Auftritt versunken, stieg Oskar auf seine Vespa, ließ den Seitenständer hochschnellen und startete den Motor. Er rollte durch den Hof der Schreinerei zum Tor und weiter auf die Unterlindau, als ihm auffiel, dass er seinen Helm oben bei Stolberg liegen gelassen hatte. „So ein Mist", schimpfte er leise vor sich hin. Er überlegte kurz, ob er wieder zum Hintereingang zurückkehren sollte, aber er entschied, sich diesmal den Umweg zu sparen und den kürzeren Weg durch den Haupteingang zu nehmen.

Als er gerade seinen Roller auf dem Bürgersteig neben der großen Glastür abstellen wollte, klingelte sein Mobiltelefon.

„Verdammt, Oz, die sind hinter dir her", stammelte ein hörbar aufgeregter Ben ins Telefon. „Heute Morgen haben hier bei Worldnews irgendwelche Leute angerufen und mit fadenscheinigen Erklärungen nachgefragt, wer von uns Redakteuren denn am Freitag an der Veranstaltung in der Alten Oper teilgenommen hat – und ob da nicht auch so ein Blonder mit Nickelbrille und langen Locken dabei war. Meine Kollegin hat sich nichts dabei gedacht und ihnen deshalb gesagt, dass sie da wohl irgendwas verwechseln und vielleicht ja den Willemer vom Finanzblatt suchen."

Oskar erschrak. Bisher war das alles nur ein böser Traum gewesen, eine vage Vermutung. Aber jetzt gerade schien sich zu bestätigen, dass sie ihn tatsächlich verfolgten.

„Hau bloß ab und lass dich weder in der Redaktion noch bei dir zu Hause blicken", riet ihm sein Kumpel, der seit seinem unfreiwilligen Wettrennen mit dem goldenen BMW ebenfalls Angst vor diesen Kerlen hatte.

Oskar bedankte sich bei Ben dafür, dass er keine Zeit verloren, sondern ihn gleich auf den Stand gebracht hatte und beendete das Gespräch. Er drehte sich um und musterte die wenigen Passanten, die sich rund um das Redaktionshaus bewegten. Er entdeckte nichts Auffälliges – mit einer Ausnahme. Auf der anderen Seite, gegenüber dem Haupteingang, stand ein großer brauner Geländewagen mit abgedunkelten Scheiben im Halteverbot. Das Fenster auf der Fahrerseite war einen kleinen Spalt heruntergelassen. Aus dem Innenraum kam Rauch, es schien also jemand darin zu sitzen und eine Zigarette zu rauchen.

Oskar war mulmig zumute und er hatte das große Bedürfnis, sich schnell zu verdrücken, ob mit oder ohne Helm. Er startete seine Vespa, drehte auf dem Bürgersteig und fuhr die Unterlindau Richtung Bockenheimer Landstraße entlang. Als er nach 50 Metern wagte, sich umzudrehen, fuhr ihm ein eisiger Schreck durch die Glieder. Der Geländewagen hatte sich ebenfalls in Bewegung gesetzt und fuhr ihm hinterher. Oskar spürte, wie sein Puls stieg. Er blickte sich vorsichtig noch einmal um. Der Jeep fuhr mit wenigen Metern Abstand hinter ihm die Unterlindau herunter. Oskar versuchte sich zu sammeln und zu konzentrieren: Dreh jetzt nur nicht durch, dachte er, während er sich der Bockenheimer Landstraße näherte.

Unmittelbar vor der Kreuzung, als er eigentlich bremsen musste, um den Fahrzeugen auf der Hauptstraße Vorfahrt zu gewähren, gab er plötzlich Gas, überholte einen Kleinlaster und bog in hohem Tempo links in den fließenden Verkehr ein.

Danach ging alles ganz schnell: Oskar sah, wie es den Fahrradfahrer, den er mit seinem riskanten Manöver zu einer Vollbremsung gezwungen hatte, aus dem Sattel hob, und erkannte gerade noch, wie deshalb die junge Frau am Steuer eines Golfs blitzschnell ausweichen musste und ihr Fahrzeug über den Mittelstreifen hinaus auf die Gegenfahrbahn lenkte. Bremsen quietschten, und eine Studentin, die das ganze Geschehen gemeinsam mit ihren zwei Freundinnen vom nahen Bürgersteig aus beobachtete, stieß einen spitzen Schrei aus. Oskar selbst kam bei seiner Schlängelfahrt schließlich auch aus dem Gleichgewicht und stürzte unweit des Radfahrers mit seinem Roller auf den Asphalt.

Glücklicherweise kamen in diesem Augenblick keine Autos oder Fahrradfahrer aus Richtung Bockenheim, denn sonst hätte die Sache richtig böse ausgehen können. So aber konnte Oskar bereits auf den ersten kurzen Blick feststellen, dass alle mit dem Schrecken davongekommen waren und selbst der Radfahrer von seinem Sturz keine Verletzungen davongetragen hatte.

Das freilich hielt die Frau im Golf nicht davon ab, auszusteigen, auf Oskar zuzurasen und ihn laut anzuschnauzen, um ihrem Ärger Luft zu machen: „Bist du eigentlich total bescheuert?"

Und in der Tat hatte ihre lautstarke Anklage ihre Berechtigung. Oskar hörte ihr jedoch kaum zu, als sie zu ihrer Schimpfkanonade anhob. Er blickte sich vielmehr hektisch um, und versuchte, mit den Augen nach dem dunkelbraunen Geländewagen zu fahnden. Nach wenigen Sekunden des Suchens hatte er ihn ausgemacht – allerdings zur Überraschung Oskars an einer ganz anderen Stelle als vermutet. Der Jeep war nämlich gar nicht erst bis zur Bockenheimer Landstraße gekommen, sondern hatte bereits 50 Meter vor der Einmündung gestoppt, um sich einen der raren Parkplätze im Westend zu angeln. Oskar sah aus der Ferne, wie ein rauchender, arabisch aussehender Mann und eine verhüllte Frau mit vier Kindern aus dem Wagen stiegen – die waren ganz bestimmt nicht hinter ihm her.

Oskar hatte sich geirrt. Seine Angst, verfolgt zu werden, hatte ihm einen Streich gespielt. Er strich sich mit beiden Händen durch seine lockigen Haare, atmete tief durch, hob seine Vespa auf, stellte sie auf dem Bürgersteig ab und ging hinüber zu dem Radfahrer, um sich bei ihm für seinen gemeingefährlichen Fahrstil zu entschuldigen.

13

Die Zeppelinallee lag etwas abseits der Uni, nicht weit vom Palmengarten – in ihrem hinteren Teil wurde sie zu einer breiten, ruhigen Straße mit herrlich bunt bepflanztem Mittelstreifen. Auf beiden Seiten der Allee wechselten sich wundervolle alte Villen mit weit weniger ansehnlichen zwei- oder dreistöckigen Funktionsgebäuden aus den siebziger und achtziger Jahren ab – ebenso mit einer Handvoll architektonisch auffälliger Neubauten. In diesem Viertel der Stadt residierten Konsulate einiger exotischer Länder wie Trinidad und Tobago oder Mauritius. In anderen Villen lebten reiche Frankfurter Bankiers oder Unternehmer mit ihren Familien. Und zwischendrin waren mehrere Institute der Universität zu finden – allerdings nur solche, die keinen großen studentischen Laufverkehr hatten, denn dafür lag das Viertel zu weit weg vom zentralen Campus. In der Zeppelinallee und ihren Nebenstraßen hatten sich vielmehr kleine wissenschaftliche Einheiten angesiedelt, an denen maximal eine Handvoll Dozenten forschten, die meist nur über eine überschaubare Bibliothek verfügten und die deshalb ihre Pforten für den Publikumsverkehr allenfalls zwei oder drei Tage die Woche öffneten.

Oskar hatte Glück. Das Institut für Banken- und Börsenwesen hatte, obwohl die Semesterferien schon angefangen hatten, montags sogar durchgängig von neun bis 16 Uhr geöffnet. Darüber klärte ein kleines Messingschild den Besucher bereits vorne an der hölzernen Gartenpforte auf, durch die man zum Haupteingang gelangte, wenn man eine kleine Rasenanlage durchquerte.

Das zweistöckige Institut wirkte in der Umgebung der benachbarten Prachtbauten zwar grau und karg, zumal der Putz bröckelte und die Fassade einen Neuanstrich gut vertragen hätte. Andererseits war es bestimmt angenehmer, als Dozent oder Doktorant hier in diesem Altbau mit dem Charme vergangener Tage zu arbeiten als in den modernen Hasenkästen, in denen sich wissenschaftliche Hilfskräfte ein paar Ecken weiter in den Hochhäusern rund um die Bockenheimer Warte und auf dem früheren IG Farben-Gelände auf wenigen Quadratmetern Fläche drängelten.

Oskar parkte seinen Roller auf dem Bürgersteig direkt vor dem Gartentor und strich sich aus Gewohnheit durch seinen lockigen Schopf, obwohl er ja ausnahmsweise gar keinen Helm aufgehabt hatte.

Auf dem Weg zum Haupteingang kam ihm eine bildhübsche Studentin mit langen braunen Haaren und einem weißen Sommerhut entgegen, die ihn freundlich anlächelte und grüßte, obwohl er sie zuvor noch nie gesehen hatte.

Oskar grüßte überrascht zurück – und sog, nachdem sie an ihm vorbeigegangen war, mit einem tiefen Atemzug den wunderbar frischen Duft ihres Parfums ein. Ja, genau darum hatte er damals immer schon die Kommilitonen beneidet, die in kleineren Fachbereichen oder an überschaubaren Lehrstühlen studierten. Hier war alles ein wenig wie auf dem Dorfe. Man kannte sich und grüßte sich oder grüßte sich sogar, wenn man sich nicht kannte. Man lächelte sich an, tauschte sich aus – ganz anders als drüben bei den Juristen, wo sie zwischenzeitlich Messehallen anmieten mussten, um Klausuren schreiben zu lassen. Oskar war deshalb seinerzeit im Hauptstudium dem Juridicum so oft es ging entflohen und hatte sich stattdessen in der Bibliothek der Altphilologen eingerichtet. Dort gab es zwar keine

Handapparate mit einschlägigen Gesetzestexten, dafür aber jede Menge freie Plätze – und zwar sowohl in der Bibliothek und nebenan im Kopierraum als auch vorne in der Instituts-Cafeteria. Vor allem aber, und davon war er nach neun Semestern eingehender empirischer Forschung überzeugt, gab es unter denen, die sich mit Latein, Griechisch und Hebräisch befassten, den mit Abstand höchsten Anteil wahrhaft gutaussehender Studentinnen – wunderschöner junger Frauen ohne Pagenschnitt, ohne graues Kostüm, ohne hellblaue Bluse und ohne weißsilbrige Perlenkette, den Insignien der ‚Perlhühner', wie die typischen Jurastudentinnen abschätzig genannt wurden.

Oskar hatte schon damals den beneidenswerten Vorteil, dass er Frauen schnell gefiel. Das lag gewiss an seinem markanten Gesicht und seiner sportlichen Figur, aber wahrscheinlich noch viel mehr an dem gesamten Auftritt des 32-Jährigen. Fernsehleute sprechen in solchen Fällen etwas technisch von einer ‚guten Präsenz', wenn sie sagen wollen, dass jemand einfach gut rüberkommt. Weil sein Blick aufmerksam ist, aber seine Augen nicht stechend. Weil sein Lächeln freundlich ist, aber sein Ausdruck nicht anbiedernd. Sein Freund Benjamin Beckmann hatte irgendwann einmal über ihn gesagt: „Oskar hat dieses verdammte Schulsprecherlächeln." Man habe schnell Vertrauen in das, was er sagt – ohne dass es dafür einen vernünftigen Grund gebe. Quasi nach dem Motto: Wer solche Grübchen hat, kann doch gar nicht lügen.

Und auch wenn Oskar das, was Ben und auch die anderen da über ihn behaupteten, energisch zurückwies, wusste er, dass er es wesentlich einfacher als viele andere Jungs in seinem Alter hatte, Frauen kennenzulernen. Die letzten zwei Jahre vor dem Abi und die ersten vier Semester an der Uni hatte er davon ziemlich ausgiebig profitiert und sich, was Freundinnen anging, ausgetobt. Er hatte lange Nächte in den Clubs und Lounges an der Hanauer, am Osthafen und im Bahnhofsviertel durchgelumpt. Zwischenzeitlich hatte die Art und Weise, wie Oskar und seine damaligen Kumpel neue Kontakte knüpften, geradezu sportliche Züge angenommen. Einer von ihnen erfand für das nächtliche Ausschwärmen und Kennenlernen sogar eine eigene Bezeichnung: Frauen pflücken gehen.

Die wilden und manchmal auch recht wirren Ausflüge nahmen ein jähes Ende, als Oskar 23 Jahre alt wurde – nicht etwa, weil er im Zuge innerer Reife sein Temperament zügelte. Sondern weil er sich bis über beide Ohren verliebte. Die Frau, die sein Herz eroberte, hieß Valentina, war 22 – und anders als die meisten anderen Mädchen, die Oskar kennenlernte, anfangs überhaupt nicht von ihm beeindruckt. Valentina studierte Mathematik, liebte die Astronomie, genau wie amerikanische Liebeskomödien und nächtliche Ausflüge auf heimelige Lichtungen oder an einsame Badeseen im Hintertaunus. Dies hatte zur Folge, dass sich das Leben des total in sie verschossenen Oskar komplett änderte. Um Valentina nah zu sein, hatte er im fünften Semester mehr Stunden in der Universitätsbibliothek und im großen Lesesaal der Deutschen Nationalbibliothek verbracht als im gesamten Vorstudium. Wahrscheinlich musste er Valentina nachträglich dafür dankbar sein, dass er am Ende überhaupt sein Erstes Staatsexamen bestanden hatte. Außerdem verbrachte er weder vorher noch nachher mehr Stunden abends unter freiem Himmel oder bei den Vortragsabenden in der Sternwarte statt in überfüllten Kneipen und Tanzschuppen. Vier Monate, in denen er kaum schlief, brauchte es, bis es Oskar tatsächlich gelungen war, Valentina für sich einzunehmen. Und er liebte das Mädchen mit den unglaublich feinen Gesichtszügen, den rückenlangen braunen Haaren und der unverwechselbaren Hornbrille auch noch immer über alle Maßen, als sie sich fünfeinhalb Jahre später von ihm trennte. Vier Wochen lang ertränkte er anschließend seine Traurigkeit in viel zu vielen Cuba Libre und kam eigentlich erst dann wieder richtig auf die Beine, als Valentina wegen eines Jobs bei Siemens von Frankfurt nach Barcelona umsiedelte und aus seinem Blickfeld verschwand. Oskar versuchte es ein Jahr später noch einmal mit einer jungen Ärztin, Helena. Aber noch vor seinem 30. Geburtstag ging die Geschichte wieder auseinander. Und seither hatte er – abgesehen von ein paar Abenteuern hier und da – keine Freundin mehr gehabt.

Oskar öffnete die Hauptpforte des Instituts für Banken- und Börsenwesen und ging auf eine Übersichtstafel zu, um sich zu orientieren. Das Haus beheimatete drei Lehrstühle. Darunter war auch derjenige, der sich mit Marktmissbrauch und Insiderhandel befasste, der Schautafel zufolge von Prof. Dr. F. Böhning geleitet wurde und sich im ersten Obergeschoss in Raum 110 befand.

Oskar stieg die breite halbrunde Treppe hinauf und machte sich auf die Suche nach Böhnings Büro. Nach kurzer Zeit stand er davor, klopfte und trat ein, da er keine Antwort erhielt. Das Zimmer war unerwartet groß, fast so geräumig wie ein Seminarraum. Links boten ein länglicher Tisch und ein Dutzend Stühle genug Platz für Konferenzen und rechts luden ein Sofa und mehrere bequeme Sessel zu informellen Runden ein. Den Mittelpunkt des Büros bildete eine Kombination aus mehreren Schreibtischen, die ausreichend Platz für drei komplette Arbeitsplätze boten. An einem der Schreibtische saß eine schlanke Frau mit blondem Pferdeschwanz, die, wenn überhaupt, nur wenige Jahre älter als er sein konnte und der Studentin, die er gerade vor der Tür getroffen hatte, an Attraktivität in nichts nachstand.

Offenbar handelte es sich um die Sekretärin des Lehrstuhls. Sie telefonierte und wies Oskar mit einem freundlichen Augenaufschlag an, am Tisch Platz zu nehmen und sich einen Moment zu gedulden.

Oskar signalisierte ihr, dass sein Anliegen dringlich war, doch die Sekretärin ließ sich nicht aus der Ruhe bringen. Sie machte wenig Anstalten, ihr Telefongespräch abzukürzen oder gar abzubrechen. Oskar indes war viel zu unruhig, um sich zu gedulden. Der Anruf von Benjamin und dessen Warnung, vor Nowitzki und seinen Kumpeln auf der Hut zu sein, hatten ihm aufs Neue Angst eingejagt. Er lehnte sich deshalb über den Schreibtisch hin zur Sekretärin oder Assistentin oder wer auch immer diese Frau war und sagte mit gedämpfter, aber bestimmter Stimme: „Bitte, es ist sehr dringend."

Die Frau verdrehte ihre hübschen Augen, seufzte laut und signalisierte ihrem Gesprächspartner am anderen Ende der Telefonleitung, dass sie den Anruf beenden müsse. „Tut mir leid, aber hier ist jemand, der scheint es ganz furchtbar eilig zu haben", sagte sie in den Hörer, verabschiedete sich und legte auf. Dann blickte sie Oskar mit spitzen Lippen an und fragte keck: „Na, Mister Wichtig, was bitte schön ist denn so bedeutend, dass es keinen Aufschub duldet?"

„Hören Sie", bemühte sich Oskar um eine freundliche Ansprache, denn er hatte nicht die geringste Lust, sich mit der Vorzimmerdame herumzuzanken, „es tut mir leid, dass ich störe, aber ich muss wirklich dringend mit Professor Böhning sprechen, bitte."

„Haben Sie denn einen Termin?"

„Nein, also zumindest nicht konkret. Ein enger Vertrauter von Böhning, mein Kollege Carl Stolberg, hat mir gesagt, ich solle so schnell wie möglich Kontakt mit ihm aufnehmen", erklärte Oskar und schob etwas misslaunig nach: „Bitte, sagen Sie mir doch einfach, ob Herr Böhning da ist – und wenn ja, dann lassen Sie mich doch verdammt nochmal endlich zu ihm."

Er atmete tief durch, und es wurmte ihn selbst, dass seine Stimme etwas lauter geworden war, aber angesichts der Ungewissheit, ob man ihm nicht längst auf der Fährte war, fiel es selbst dem sonst recht gelassenen Oskar schwer, Ruhe zu bewahren.

„Na gut", antwortete die Frau am Schreibtisch, „dann sage ich Ihnen: Herr Böhning ist nicht da, Sie müssen schon mit mir vorliebnehmen."

Oskar winkte enttäuscht ab. „Nein, nein, nichts für ungut, aber ich muss direkt mit ihm sprechen."

Die Tür ging einen Spaltbreit auf und ein Student, erkennbar ein fortgeschritteneres Semester, streckte den Kopf ins Zimmer. „Tschuldigung, nur ganz kurz: Auf wie viel Uhr ist morgen das Doktoranden-Kolloquium verlegt?"

„Auf zwei Uhr nachmittags."

Der Student nickte freundlich und verabschiedete sich wieder aus dem Zimmer: „Vielen Dank, Frau Professor Böhning."

Oskar, der sich bereits Richtung Ausgang bewegt hatte, drehte sich mit überraschtem Blick zu der Frau um, die er fälschlicherweise für eine Sekretärin gehalten hatte. „Sie sind …?"

„Ja, ich bin", fiel ihm die Frau ins Wort. „Franziska Böhning, Professorin hier am Lehrstuhl. Wissen Sie, mein Lieber, auch wenn das über die Vorstellungskraft von so mancher Flitzpiepe wie Ihnen scheinbar hinausgeht – nicht alle, die hier im Seminar herumlaufen und jünger als 50 sind, studieren noch. Und nicht alle Frauen, die Ihnen hier an der Universität begegnen, sind Sekretärinnen oder Putzfrauen."

Das war unmissverständlich und verfehlte nicht seine Wirkung. Oskar wurde puterrot und wäre vor Scham am liebsten im Boden versunken. „Es tut mir leid, wirklich. Aber Sie müssen mir dieses Missverständnis bitte verzeihen, Frau Böhning. Wissen Sie: Stolberg hat gesagt, dass er Sie schon Ewigkeiten kennt?"

„Das stimmt ja auch", entgegnete ihm die junge Professorin und ein kurzes Lächeln huschte über ihr Gesicht. „Er kennt mich fast 35 Jahre. Ich bin seine Tochter."

Diese Auskunft brachte Oskar endgültig durcheinander. Er bemühte sich noch einmal um Erklärung und Entschuldigung, kam dabei aber ins Stottern und musste schließlich über sich und die Situation lachen. „Bitte, Frau Böhning, ich hatte da eben einen denkbar schlechten Start, verzeihen Sie mir bitte – aber ich brauche unbedingt Ihre Hilfe."

Auch Böhning musste lachen – und war, so empfand es Oskar, dabei noch schöner anzuschauen. Ihre lustigen grünen Augen glänzten, als sie Oskar die Hand entgegenstreckte: „Na gut, Schwamm drüber. Und nennen Sie mich doch bitte Franziska."

Oskar stand noch ganz neben sich und musste deshalb noch einmal nachhaken: „Aber ich verstehe trotzdem nicht: Stolberg, Böhning?"

„Meine Mutter hat bei der Heirat mit meinem Vater ihren Namen behalten", antwortete sie, „und mir haben sie dann den Nachnamen meiner Mutter gegeben. Ist doch in Ordnung, oder?"

Oskar, der unbedingt jeden Verdacht gesellschaftlicher Rückständigkeit vermeiden wollte, konnte gar nicht so schnell nicken, wie er es gerne getan hätte: „Ja, na klar."

Franziska fragte ihn, woher er ihren Vater kannte – was Oskar Gelegenheit gab, sich vorzustellen und direkt auf die Merkwürdigkeiten der vergangenen Tage und Stunden überzuleiten. „Ihr

Vater hat gesagt, dass niemand so viel über Kapitalmarktdelikte weiß wie Sie – und deshalb würde ich Ihnen gerne alle Details der Geschichte berichten, die mich in diese unerfreuliche Lage gebracht hat. Vielleicht gelingt es Ihnen ja, darin Zusammenhänge zu entdecken. Wann hätten Sie dafür Zeit, Franziska?", fragte Oskar – und allein die Tatsache, dass sich seine Stimme dabei immer wieder überschlug, war ein Hinweis dafür, wie dringend er sich jemandem anvertrauen wollte.

„Naja, so wie es aussieht, duldet die Angelegenheit ja tatsächlich keinen Aufschub." Sie nahm ihre Jeansjacke von der Stuhllehne und griff nach einer großen braunen Handtasche. „Kommen Sie, hinter dem Institut gibt es einen kleinen Grünstreifen mit ein paar bequemen Gartenmöbeln, da kann ich rauchen und Sie können mir alles erzählen."

14

Im August war es in der Bundesbank deutlich ruhiger als im sonstigen Jahresverlauf. Sachbearbeiter, Volkswirte, Statistiker, Kassenangestellte und Bankaufseher gaben gerade an der Ostsee oder auf den Balearen das Geld aus, das sie den Rest des Jahres hüteten. Die meisten Flure waren menschenleer, und selbst unten in der Kantine war es zur Mittagszeit sehr übersichtlich. Viele Bundesbanker nutzten die Tatsache, dass das Tagesgeschäft recht unaufgeregt verlief, zu längeren Pausen in dem kleinen Park im Frankfurter Diebsgrund. Nachmittags sah man rund um den Weiher kleine Gruppen von Männern mit blauen oder weißen Hemden und gelben oder roten Schlipsen, die ihr Sakko über die Schulter gelegt hatten, und Frauen in beigen oder grauen Kostümen – beim Sonnenbad, beim Kaffee oder bei einem kleinen Spaziergang.

Von der Führungsriege waren jetzt im August nur Präsident Berenbrink und zwei andere Mitglieder des Vorstands im Hause. Deshalb hatte die regelmäßige montägliche Vorstandssitzung auch eine ungewöhnliche Zusammensetzung. Denn daran nahmen stellvertretend für die fehlenden Chefs der einzelnen Einheiten Vertreter der zweiten oder sogar der dritten Führungsebene teil. Da sie sich für gewöhnlich mit Wortmeldungen und Ausführungen zurückhielten, konnte Berenbrink die Tagesordnung bereits nach 20 Minuten abhaken. „Gibt es denn noch irgendetwas unter Verschiedenes?", fragte er in die Runde – und war überrascht, dass tatsächlich ein Arm in die Höhe ging.

„Wenn Sie erlauben, will ich Sie alle kurz darüber ins Benehmen setzen, dass uns eine Warnung der Wirtschaftsstaatsanwaltschaft und der Kriminalpolizei übermittelt worden ist", erklärte der Unterabteilungsleiter aus dem Ressort *Finanzmärkte und Aufsicht*. „Sie halten es für möglich, dass augenblicklich der Versuch einer weitreichenden Marktmanipulation vorbereitet wird."

Berenbrink wurde hellhörig.

„Also, eigentlich", fuhr der Beamte fort, „ist das alles nur ein sehr vager Verdacht, es gibt keine konkreten Anhaltspunkte. Aber vielleicht ist ja doch etwas dran und ich wollte es auf jeden Fall angesprochen haben."

Berenbrink verdrehte heimlich die Augen, weil er genau diesen gestelzten bürokratischen Ton nicht ertragen konnte, der ja nichts anderes war als Ausdruck des defensiven Selbstverständnisses des klassischen Behördenangestellten. *Vager Verdacht, keine konkreten Anhaltspunkte, aber ich wollte es angesprochen haben* – so oder ähnlich redeten viele im Haus, wenn sie die Verantwortung mal eben abladen wollten, ohne sich selbst zu einer wirklichen Bewertung durchzuringen. Entsprechend gereizt spielte Berenbrink den Ball zurück: „Ja, was denn nun? Halten Sie die bisherigen Hinweise für ausreichend stichhaltig, dass wir uns ernsthafter damit beschäftigen sollen – oder nicht?"

Der Unterabteilungsleiter wollte allerdings zusätzlicher Arbeit entgehen oder vielleicht auch vermeiden, sich gar noch für seine Einschätzung rechtfertigen zu müssen und antwortete lediglich: „Das entzieht sich meiner Urteilskraft." Er hätte auch ehrlicher sagen können: Was geht es mich an, kümmert ihr euch doch drum, die ihr mehr Geld verdient als ich.

Freilich hatte er nicht mit Berenbrink gerechnet. Denn der wurde wegen des feigen Herumdrucksens des Beamten richtig fuchsig und ordnete, da er ohnehin ausgesprochen sensibel auf den Verdacht einer großflächigen Marktmanipulation ansprang, eine ausgiebige Untersuchung an. „Ich finde, das sollten wir uns durchaus genauer ansehen", erklärte der Bundesbankchef mit entschlossener Stimme – und legte, weil ihn die anderen überrascht ansahen, zur Begründung nach: „Wir können uns unsere ganze Arbeit – die Zinspolitik, die Marktpflege, die Finanzaufsicht – doch schenken, wenn wir zulassen, dass irgendein krimineller, rücksichtsloser Zocker dafür sorgt, dass das Vertrauen in die Integrität des Markts und des Handels schwindet." Berenbrink redete sich in Schwung. „Wissen Sie, es ist mir ziemlich schnuppe, wenn da einer mit unsauberen Methoden eine Million für sich abgreift – offen gesagt, kann sowieso niemand da draußen behaupten, er habe das Geld ehrlich verdient, das er mit Aktien, Credit Default Swaps, Calls oder Puts macht. Aber wenn zutage tritt, dass jeder halbwegs clevere Betrüger im Wertpapierhandel mit simplen Taschenspielertricks einen Schnitt machen kann, dann kriegt die Angelegenheit schnell eine volkswirtschaftliche Dimension, weil darunter die Glaubwürdigkeit der gesamten Veranstaltung leidet und irgendwann ein Streik der Investoren droht."

Berenbrink blickte ernst in die kleine Runde – und weil er das Gefühl hatte, dass die Sache mindestens die Hälfte seiner Kollegen ziemlich gleichgültig ließ, wandte er sich direkt an den Unterabteilungsleiter *Märkte und Aufsicht*: „Ich kann mich, geschätzter Herr Kollege, des Eindrucks nicht erwehren, dass Sie der Überzeugung sind: Hey, die Bundesbank soll sich gefälligst um das große Ganze kümmern, um stabiles Geld und stabile Märkte. Aber bitte schön doch nicht auch noch um irgendwelche kleinen Ganoven, die mit Marktmanipulationen oder Insiderhandel einen kleinen, unverdienten Profit machen. Habe ich recht?"

Da der angesprochene Fachbeamte nicht sofort widersprach, setzte der Bundesbankchef nach: „Natürlich habe ich recht, die Meisten von ihnen halten Kapitalmarktdelikte für schlechtere Lausbubenstreiche, denen man keine große Beachtung schenken muss – die Bundesbank schon gar nicht. Aber das halte ich für eine fatale Fehleinschätzung. Denn das wichtigste Vermögen der Bundesbank, liebe Kollegen, sind nicht die Goldbarren im Keller oder die Geldscheine, die wir in Umlauf geben. Unser wichtigstes Aktivum ist unsere Glaubwürdigkeit."

Der Bundesbankpräsident wandte sich wieder an die gesamte Runde – und seine Stimme war laut und ernst: „Und unsere Glaubwürdigkeit ist eng gekoppelt an die Integrität des von uns beaufsichtigten Geldverkehrs. Jeder Skandal am deutschen Kapitalmarkt fällt auf uns zurück, weil wir ihn nicht verhindert haben. Jede Manipulation des Markts, die zu einer augenscheinlich völlig ungerechten Bereicherung Einzelner führt, korrumpiert die Akzeptanz des Finanzsystems und seiner Aufsicht. Deshalb kann es uns überhaupt nicht schnuppe sein, wenn sich da irgendwer gerade aufmachen sollte, den Wertpapierhandel zu entern. Mal abgesehen davon, dass der materielle Schaden, selbst wenn er volkswirtschaftlich wahrscheinlich überschaubar bleibt, für einzelne Marktteilnehmer erheblich sein kann – wenn Sie Pech haben zum Beispiel für den Pensionsfonds der Bundesbankbeschäftigten."

Man konnte es dem Unterabteilungsleiter am Gesicht ablesen, wie sehr er bereute, sich zu Wort gemeldet zu haben. Jetzt hoffte er, zumindest ohne aufwendigen Arbeitsauftrag wieder aus der Sache rauszukommen. Aber auch daraus wurde nichts.

„Ich möchte Sie bitten", sprach ihn Berenbrink nochmals direkt an, „mir bis heute Nachmittag um halb vier alles Wichtige in einem Dossier auf zwei oder drei Seiten zusammenzustellen. Und, ach ja, Sie haben ja angedeutet, Ihnen fehle es an Urteilskraft, um das Risiko einzuschätzen. Ich würde mich freuen, wenn sich das bis heute Nachmittag geändert hätte und Sie mir ein paar Zeilen mit ihrem persönlichen Resümee mitschicken."

Damit war die Sitzung beendet.

Beim Herausgehen bat Berenbrink seinen Pressesprecher und Büroleiter Heinen, er möge den Polizeipräsidenten Christian Herzog anrufen. „Fragen Sie ihn, ob er morgen um 17.30 Uhr Zeit hat, um hier in der Bank vorbeizuschauen. Ich treffe Lampertsberger von der Bankenaufsicht, und es wäre sicher gut, wenn er mit von der Partie wäre."

15

"Das ist zu wenig, um daraus irgendwelche Schlüsse ziehen zu können", sagte Franziska Böhning, nachdem sie sich ausführlich von Oskar über die Geschehnisse hatte unterrichten lassen. „Tja, das ist wirklich leider zu wenig", wiederholte sie, zündete sich eine neue Zigarette an und präsentierte Oskar ihre vorläufige Sicht der Dinge. „Also, na klar, der ein oder andere Verdacht drängt sich auf. Anscheinend sind die Leute bei dieser Momentum daran interessiert, sich in den Ticker einer Nachrichtenagentur einzuklinken – sonst gäbe es ja keinen Grund für sie, sich den Laptop zu angeln. Solche Versuche hat es schon mal vor neun Jahren bei Dow Jones gegeben, aber die Agentur hat die Meldungen einfach sofort dementiert und konnte die Nachrichtenpiraten bereits innerhalb einer Minute wieder aus dem Ticker herausdrängen." Zudem, fuhr Franziska in ihrer Zusammenfassung fort, gebe es jede Menge Hinweise, dass das eigentliche Verbrechen – womöglich eine gezielte Manipulation von Kursen – wohl erst noch vorbereitet werde. Hätte die Bande bereits erreicht, was sie wollte, wäre sie ja gewiss schon auf dem Absprung oder auf der Flucht, dann würde sie wohl nicht diesen Aufwand treiben, um Oskar nachzuspüren oder seinem Freund Benjamin nach dem Leben zu trachten. „Gut möglich, dass da irgendwer gerade einen kriminellen Coup vorbereitet, aber das ist …" – weiter kam sie nicht in ihrem Satz, denn der laute Klingelton von Oskars Handy unterbrach das Gespräch jäh.

„Verdammt – entschuldigen Sie bitte." Er zog das Telefon aus seiner Hosentasche und schaute auf das Handydisplay, um herauszufinden, wer ihn anrief. Die Nummer war unterdrückt. Er bat Franziska noch einmal um Nachsicht, drehte sich leicht zur Seite und nahm den Anruf entgegen: „Ja, hallo? Halloooo? Hey, wer ist da?" Er wartete noch einige Sekunden, doch niemand antwortete. „Na gut, dann eben nicht." Er beendete den Anruf und wandte sich wieder der jungen Professorin zu.

„Wie gesagt", fuhr Franziska Böhning fort, „das ist reine Spekulation."

Oskar lauschte der Jungprofessorin aufmerksam und war einerseits erleichtert, andererseits enttäuscht. Erleichtert, weil er endlich jemanden hatte, mit dem er sich über sein Vorgehen austauschen konnte. Enttäuscht, weil Franziska ihm nicht wirklich weiterhelfen konnte. „Naja", räumte Oskar schließlich ein, „vielleicht liegt es gar nicht daran, dass wir zu wenig Informationen haben. Sondern vielleicht ist die Sache ja tatsächlich harmlos – einfach ein paar Jungs, die einen schnellen Euro machen wollen. Vielleicht mache ich da viel zu viel Wirbel drum, denn letztlich geht es ja nur um ein bisschen Geld."

„Quatsch, Oskar", hielt Franziska sofort dagegen. „Das, was da gerade vorbereitet wird, ist ganz sicher alles andere als ein Kavaliersdelikt. Und es geht in diesen Fällen fast immer um viel mehr als um Geld."

„Komisch", entgegnete Oskar, „genau das Gleiche hat Ihr Vater gesagt. Was für ein Zufall!"

„Das ist kein Zufall", erwiderte Franziska mit ernster Stimme. „Das liegt daran, dass unsere Familie einige Erfahrungen diesbezüglich gemacht hat und leider nur zu gut weiß, was es heißt, wenn Betrüger Märkte manipulieren."

„Was waren das denn für Erfahrungen, die Sie gemacht haben?", fragte Oskar zurück, dem sofort wieder in den Kopf schoss, wie impulsiv Carl Stolberg vorhin im Gespräch in der

Chefredaktion auf den Verdacht einer Marktmanipulation reagiert hatte.

Franziska blickte ihm fest in die Augen: „Das ist eine verwickelte Sache. Wollen Sie das wirklich hören?"

„Na klar", antwortete Oskar, „Sie haben mich neugierig gemacht."

Die junge Akademikerin drückte ihre Zigarette im Aschenbecher aus, lehnte sich auf dem Gartenstuhl zurück und begann mit ihrer Erzählung, die eine Erklärung dafür lieferte, warum ihr Vater vorhin so aufgebracht reagiert hatte – und die auch Anlass zur Vermutung gab, dass es kein Zufall gewesen war, warum Franziska sich in ihrer universitären Laufbahn ausgerechnet auf Kapitalmarktverbrechen konzentriert hatte. „Sagt Ihnen der Arzneimittelname Farodril etwas?"

„Tut mir leid", entgegnete Oskar, „von Farodril habe ich noch nie etwas gehört."

Franziska nickte bestätigend, so als habe sie die Antwort erwartet. „Und ist Ihnen schon einmal das Präparat Lisidin begegnet?"

„Ja, sicher", schoss es aus Oskar heraus, „Lisidin kenne ich. Das habe ich schon zweimal als Malaria-Prophylaxe empfohlen bekommen, bevor ich nach Afrika gereist bin. Ist nicht ganz billig gewesen, wenn ich mich recht erinnere."

Franziska warf Oskar einen missbilligenden Blick zu: „Was heißt ‚nicht ganz billig'? Drei Tabletten kosten 68 Euro – das ist reiner Wucher! Vor 20 Jahren zählte meine Mutter, Viola Böhning, zu den bedeutendsten Immunologen in Europa. Sie hatte in der Berliner Charité den Lehrstuhl für Medizinische Immunologie und erzielte vor allem in der Malariaprävention herausragende Forschungsergebnisse. Anfang der Neunziger gelang es ihr, gemeinsam mit ihren wissenschaftlichen Mitarbeitern den Wirkstoff Farodril zu entwickeln. Die Tabletten hatten das Zeug zum Blockbuster, denn meine Mutter hatte es geschafft, die Nebenwirkungen der Prophylaxe auf ein Minimum zu beschränken. Zudem war Farodril in seinen Bestandteilen und seiner Produktion unvergleichbar günstig."

Franziska versicherte sich mit einem kurzen Blick, dass Oskar ihr tatsächlich zuhörte. Sein halboffener Mund zeugte jedoch davon, dass er der Geschichte konzentriert lauschte. Deshalb fuhr Franziska fort.

„Meine Mutter hatte allerdings ein Problem. Die Pharmakonzerne, denen sie das Produkt präsentierte, boten ihr zwar großzügige Kaufpreise an. In dem für meine Mutter viel gewichtigeren Punkt aber zeigten sie sich einheitlich stur. Kein Unternehmen war bereit, ihr irgendein Mitspracherecht bei der Festlegung des Preises, der Anwendungsempfehlungen oder des Vertriebs einzuräumen – was ja auch in der Tat bei börsennotierten Gesellschaften rechtlich kompliziert und überhaupt ungewöhnlich gewesen wäre. Kurz und gut: Meine Mutter hätte sich damals zwar eine goldene Nase verdienen können, wenn sie die Rechte an Farodril irgendeinem Pharmariesen überlassen hätte. Aber sie hätte anschließend mit ansehen müssen, wie das Unternehmen sich nicht an dem orientiert hätte, was medizinisch angemessen ist, sondern den maximalen Gewinn bringt."

„Das muss", lenkte Oskar ein, „im Ergebnis ja nicht unbedingt etwas anderes sein. Ich meine, langfristig rechnet es sich doch sicherlich auch wirtschaftlich, wenn man den Preis nicht maximal ausreizt und damit riskiert, viele Kunden zu vergrätzen."

Franziska seufzte. „Leider ist alles viel komplizierter. Meine Mutter hatte beispielsweise vor Augen, dass das Präparat, zumal ja sowieso günstig in der Produktion, endlich einmal auch der ländlichen, meist armen Bevölkerung in den von Malaria betroffenen Ländern einen Schutz bieten könnte, nicht nur den reichen Touristen, die dorthin reisen. So etwas funktioniert allerdings nur, wenn man eine Packung Pillen für einen Euro verkauft statt für zehn und wenn man den Vertrieb auf genau diese Länder konzentriert. Dort wäre übrigens auch eine viel niedrigere Dosis des Präparats angemessen, weil die heimische Bevölkerung immunologisch gesehen andere Voraussetzungen mitbringt als irgendein Heiopei aus Europa, der einmal in seinem Leben für zwei Wochen nach Ostafrika reist und dafür aber am liebsten einen zweihundertprozentigen Schutz möchte."

„Ich verstehe allerdings – mit Verlaub – nicht wirklich, was das nun alles mit Kursmanipulation und Marktmissbrauch zu tun hat", wandte Oskar ein.

„Nun, meine Mutter fand damals zwar keinen Pharmakonzern, dem sie die Rechte für Farodril hätte abtreten wollen. Aber es gab einen mittelständischen Arzneimittelhersteller, die Firma Klettner. Klettner interessierte sich für das Malaria-Präparat und war bereit, meiner Mutter langfristig umfangreiche Mitentscheidungsbefugnisse einzuräumen. Eine Vereinbarung kam zustande und Klettner produzierte erfolgreich die ersten Lagen Farodril, die auch glänzenden Absatz fanden. Recht schnell wurde deutlich, dass man viel mehr Kapital brauchen würde, um das Präparat in dem benötigten Umfang in Afrika anbieten zu können. Also entschied sich Klettner – nach monatelangen Abwägungen zwischen Konsortialkrediten, Schuldscheindarlehen und Anleihen – letztendlich für den Börsengang. Naja, die Premiere am Kapitalmarkt ging gerade noch gut. Aber als die Firma dann bei ihrer ersten Kapitalerhöhung als börsennotiertes Unternehmen das dringend benötigte Geld für die Ausweitung des Geschäfts ziehen wollte, wurde sie binnen weniger Tage zum ohnmächtigen Spielball einer Handvoll krimineller Zocker."

„Wieso, was ist denn passiert?", fragte Oskar mit drängelnder Stimme nach, die verriet, wie wissbegierig er den Erzählungen folgte.

„Unmittelbar nachdem Klettner die Kapitalerhöhung angekündigt hatte, bauten einige Investoren, ohne dass dies auffiel, gewaltige Short-Positionen auf, indem sie eine Menge verschiedener Wertpapierleihgeschäfte abschlossen. Mit anderen Worten: Einige im Markt wetteten darauf, dass der Kurs von Klettner abschmieren würde. Das Unternehmen selbst und natürlich auch meine Mutter bekamen eine erste böse Ahnung, als in Internet-Diskussionsforen auf einmal Lügengeschichten über Klettner und über Farodril verbreitet wurden. Mal ging es um angebliche Betrügereien des Finanzvorstands, mal um vermeintliche Vorbehalte der Arzneimittelaufsicht gegen das Medikament, weil es angeblich karzinogen wäre. Selbstverständlich waren diese Revolvergeschichten frei erfunden. Aber es ist verdammt schwer, sie wieder aus der Welt zu bekommen – zumal beispielsweise die Pharmaaufseher ja keinen öffentlichen Freibrief für eine Arznei ausstellen können, um die Meldungen über die erfundenen Einwände gegen Farodril glaubwürdig zu dementieren. Richtig haarig wurde es dann am Tag vor der geplanten Kapitalaufnahme am Markt. Da machte auf einmal eine angebliche interne Research-Studie der Deutschen Eurokredit die Runde, die das Kursziel für Klettner bei gerade einmal zwei Drittel des damals aktuellen Tageskurses verortete – und entsprechend vehement vom Kauf neuer Aktien in der vorgesehenen Preisspanne abriet. Ich habe diese Studie damals selbst gesehen, sie war sehr gut gemacht, man hätte sie zweifellos für echt halten können."

„Aber sie war es nicht?"

„Nein, natürlich war sie es nicht", entgegnete Franziska bestimmt. „Vielmehr ein Fake, eine Lüge, eine Fälschung. Aber eine, die dramatische Auswirkungen hatte. Der Aktienkurs ging in die Knie, die Kapitalerhöhung musste in letzter Sekunde abgesagt werden. Da sich die Firma allerdings in ihren strategischen Planungen logischerweise fest darauf eingestellt hatte, geriet Klettner umgehend in Schieflage. Die Geschäftsführung musste sich sehr schnell Geld beschaffen, um den auf Expansion eingestellten Betrieb am Laufen zu halten – aufgrund der Situation, in der sich die Gesellschaft befand, waren die Finanzierungen aber natürlich extrem teuer. Um eine lange Geschichte kurz zu machen: Während die Short-Investoren viel Geld einsackten, war Klettner letztlich nicht in der Lage, den Finanzierungsengpass aus eigener Kraft zu meistern. Um eine Pleite zu verhindern, wurde Klettner nach wenigen Wochen an den italienischen Pharmariesen Mondofarmacia verramscht, selbstverständlich inklusive aller Patente. Farodril wurde vom Markt genommen, dafür lancierten die Italiener ein halbes Jahr später ein ähnliches Präparat unter dem Markennamen Lisidin – wobei Darreichungsform, Dosis und Vertrieb, und damit folglich auch der Preis, auf die Zielgruppe von kaufkräftigen Geschäftsreisenden oder Touristen aus Europa abgestimmt wurden."

Oskar hatte Franziska gespannt zugehört – und die Geschichte war erkennbar nicht ohne Wirkung auf ihn geblieben. „Und Ihre Mutter?", fragte er vorsichtig nach.

„Die Geschichte hat meine Mutter viel Kraft gekostet. Wie gesagt: Dass sie von ihrer wirklich bedeutenden Entdeckung nicht finanziell profitieren konnte, war ihr ziemlich schnurz.

Aber zu wissen, dass viele Menschen weiter unter Malaria litten, nur weil das von ihr mitentwickelte wirkungsvolle Medikament zu prohibitiv hohen Preisen verkauft wurde, damit irgendwelche Kapitalgeber einen größeren Schnitt machten, das hat meiner Mutter schwer zugesetzt. Sie hat sich anschließend aus der Forschung zurückgezogen und sich nur noch auf die Lehre konzentriert. Und sie hat damals viel von ihrer früheren Fröhlichkeit und Zuversicht verloren."

Oskar registrierte, dass Franziskas Stimme im Verlauf ihres Vortrags immer dünner geworden war. Es war offenkundig, wie sehr sie die Geschichte, obwohl nun schon lange zurückliegend, noch immer plagte. Oskar ließ deshalb erst einmal einen Moment verstreichen, damit Franziska in Ruhe durchatmen konnte, bevor er noch einmal vorsichtig nachhakte: „Und Ihr Vater?"

„Meinen Vater haben die Geschehnisse damals ebenfalls ziemlich mitgenommen", setzte Franziska ihre Ausführungen mit ernstem Blick fort. „Zumal er sich Vorwürfe machte, weil er in den Gesprächen mit meiner Mutter und den Vorständen von Klettner stets für die Option eines Börsengangs geworben hatte. Er gab sich eine Mitschuld daran, dass Klettner zwangsverkauft werden musste und Farodril eingestellt wurde."

„Moment, Moment", wandte Oskar ein. „Das eine hat ja nur bedingt mit dem anderen zu tun. Ich meine, an die Börse zu gehen und zum Spielball von Kriminellen zu werden, die Unwahrheiten über ein Unternehmen lancieren, sind doch zwei paar Schuhe."

Franziska seufzte hörbar und schaute Oskar fest in die Augen. „Na klar, Schlaumeier. Klar sind das zwei unterschiedliche Dinge. Es ist ja auch wahrlich nicht so, dass mein Vater seither Börsengänge verteufelt hat. Sie wissen ja wahrscheinlich besser als die meisten, dass er ganz im Gegenteil bis heute ein Verfechter von Börsen als Brücke zwischen anlagesuchendem Geld und unternehmerischen Ideen ist – und ganz sicher alles andere als ein radikaler Kapitalismuskritiker. Sonst wäre er wohl kaum in der Lage, ausgerechnet die Redaktion des Finanzblatts zu leiten. Und trotzdem hat sich mein Vater damals natürlich mitverantwortlich gefühlt. Seither reagiert er sehr sensibel auf jeden Verdacht, dass da irgendwer am Markt mit gezinkten Karten spielt."

Das konnte Oskar nach seinem Gespräch heute Vormittag nur bestätigen: „Oh ja, extrem sensibel, das habe ich bereits gemerkt." Oskar war zwar erst seit wenigen Wochen beim *Finanzblatt* und arbeitete daher bisher nur eine kurze Zeit mit Chefredakteur Carl Stolberg zusammen. Trotzdem glaubte er inzwischen besser zu verstehen, warum sein Chef ein ausgesprochen ernster Mensch war, der sich nur ganz selten heiter zeigte. „Na, ich kann mir gut vorstellen, dass Ihre Mutter Ihrem Vater später noch ganz schön oft aufs Butterbrot geschmiert hat, dass er zum Börsengang zugeraten hat", sagte Oskar bewusst flapsig und mit lauter Stimme, um die mittlerweile sehr ernste Stimmung des Gesprächs zu durchbrechen.

Doch dieser Versuch ging kräftig daneben.

„Nein", entgegnete Franziska, „meine Mutter hat mit meinem Vater nie gekeift oder geschimpft. Sie hat aber ohnehin nicht mehr viel mit ihm geredet. Die beiden haben sich damals in den ganzen Wirren immer weiter voneinander entfremdet und bald darauf getrennt."

„Autsch", sagte Oskar erschrocken. „Das tut mir leid."

Franziska räusperte sich, und man merkte ihr an, dass sie nicht mehr länger über ihre Familie sprechen wollte. Sie lenkte das Gespräch deshalb jäh wieder zum Ausgangspunkt zurück.

„Tja, schade, dass ich Ihnen bei Ihrer Geschichte mit den dubiosen Herrschaften von Momentum nicht viel weiterhelfen kann."

Eine Nachfrage hatte sie dann aber doch noch. „Sagen Sie, diese zwei Handlanger, die den Laptop gestohlen haben, beschreiben Sie sie doch bitte noch einmal ganz genau."

Oskar berichtete ihr alle Einzelheiten, die ihm zu Nowitzki und Vito einfielen – er beschrieb detailliert deren kurioses Äußeres und ahmte, so gut er es konnte, ihren Gang, ihre Stimmen und ihren Dialekt nach. „Der Große muss in Thüringen oder Nordhessen aufgewachsen sein, denn er hat mich, in der Art und Weise, wie er die Sätze betont hat, an meinen Großvater erinnert – und der hat fast sein ganzes Leben in einem Dorf unmittelbar nahe der ehemaligen Zonengrenze, nicht weit von Bad Hersfeld, verbracht."

Franziska kniff die Augen und presste die Lippen zusammen, so wie man es tut, wenn man angestrengt überlegt. „Verdammt", sagte sie, „irgendetwas klingelt da bei mir. Ich habe diesen Riesen schon einmal in irgendeinem Gerichtsverfahren als Zeugen auftreten sehen, aber mir fällt nicht ein, in welchem es …" – mitten im Satz unterbrach sie sich plötzlich selbst und hatte es auf einmal ganz eilig. „Ich habe eine Idee, wie ich das rausbekomme – rufen Sie mich morgen wieder an", sagte die junge Professorin und reichte Oskar ihre Visitenkarte.

Damit stand sie auf, drückte ihre Zigarette im Standaschenbecher aus und ging einige Schritte in Richtung der großen Glastür, bevor sie sich umdrehte: „Na, kommen Sie, ich begleite Sie noch bis zum Ausgang."

16

„Ich habe sie!", jubelte Vito und schwenkte ein kleines Zettelchen durch die Luft, kaum dass er das Büro der Momentum Gesellschaft für Finanzberatung und Vermögensverwaltung betreten hatte. „Ich habe seine Handynummer!"

In der Zentrale hielten sich um diese Uhrzeit nur Hakan und Nowitzki auf, denn der Schatzmeister hatte sich auf der anderen Seite des Mains im Holzhausenviertel auf einen schnellen Kaffee mit einem der Anwälte verabredet.

Vito stürmte auf den Software-Spezialisten zu und drängelte: „Komm, Hakan, sag mir, dass du ihn damit orten kannst, damit sich Mikail endlich um ihn kümmern kann." Der kleine Mann war erkennbar ungeduldig, seine Augen sprangen hektisch hin und her, auf seinen Schläfen standen Schweißtropfen und er atmete schwer, weil er die letzten Meter zur Zentrale gerannt war: „Na, sag schon!"

Hakan, der gerade dabei war, einzelne Systemdateien des gestohlenen Realtime-Laptops auf andere Rechner zu überspielen, um sie dann im Einzelnen auseinanderzunehmen, ließ sich davon aber nicht aus der Ruhe bringen und antwortete geradezu behäbig: „Ich muss erstmal mein Handy aus dem Auto holen, aber dann wird es ein Kinderspiel sein, dir die Adresse seines aktuellen Standorts zu besorgen – zumindest, wenn er abhebt."

Vito hatte allerdings keine Nerven, um sich auf später vertrösten zu lassen. „Hier", sagte er zu seinem Kollegen und hielt ihm sein eigenes Mobiltelefon hin. „Nimm mein Handy, damit muss es doch auch gehen, also beeil dich."

Hakan nahm das Mobiltelefon, schloss es über ein USB-Kabel an seinen Laptop an und rief mehrere Programme auf, während ihm Vito und mittlerweile auch dessen neugierig gewordener Partner Nowitzki über die Schulter schauten.

„Das Ortungsprogramm hast du wahrscheinlich damals in deiner Zeit beim Nachrichtendienst mitgehen lassen?", mutmaßte der lange Blonde.

„Quatsch", antwortete Hakan. „Diese Anwendung kriegst du mittlerweile problemlos bei jeder Tauschbörse, schließlich ist die heutzutage auf jeden Computer einer Rotkreuz-Rettungsstation auf dem Lande aufgespielt, damit die bei Unfällen schnell rausbekommen können, wo Autos gegen Bäume gefahren sind. Aber jetzt haltet mal kurz die Klappe", sagte Hakan in strengem Ton. Er wählte die Nummer, die Vito ihm gegeben hatte und das Freizeichen ertönte.

Kurz darauf nahm tatsächlich jemand ab und fragte auf der anderen Seite in den Hörer: „Ja, hallo? Halloooo? Hey, wer ist da? Na gut, dann eben nicht."

Auf dem Bildschirm von Hakan baute sich währenddessen eine Stadtkarte von Frankfurt auf – und ein kleiner roter Pfeil blinkte nicht weit vom Palmengarten.

Die Leitung war bereits tot, als Hakan stolz verkündete: „Zeppelinallee 152. Na, was ist los mit euch? Ihr seid ja noch hier."

Nowitzki packte seine Jacke und sprintete gemeinsam mit Vito zur Tür und dann weiter zu ihrem Auto. Sofern man bei der Geschwindigkeit, mit der sich die beiden unsportlichen Mitdreißiger bewegten, von Sprinten reden konnte. Der Plan war klar. Zunächst wollten sie selbst die Fährte von Oskar aufnehmen und sich vergewissern, dass sie an ihm dran waren, um dann Mikail hinzuzulotsen und an ihn abzugeben, damit er den Rest besorgen sollte.

Oskar folgte Franziska Böhning schlendernd zum Ausgang des Instituts. Einerseits war er enttäuscht, weil ihm die Tochter des Chefredakteurs nicht wirklich weiterhelfen konnte. Andererseits hatte es ihm gutgetan, sich mit jemandem auszutauschen, der erkennbar zwei und zwei zusammenzählen konnte. Und – auch wenn er sich das nicht eingestand – es war auch nicht ganz unerheblich, dass ihm Franziska Böhning gefiel. Das machte es ihm, der oft ein wenig eigenbrötlerisch war und zu viele Dinge alleine zu lösen versuchte, deutlich einfacher, sich in dieser gefährlichen Angelegenheit helfen zu lassen.

Als sie das Foyer im ersten Stock erreichten und sich dem Geländer der Empore näherten, von wo aus die große, halbrunde Treppe nach unten zum Ausgang führte, hielt Oskar an, atmete tief durch und fragte in ernstem Ton: „Sie glauben mir nicht, oder?"

„Ehrlich gesagt", setzte Franziska zur Antwort an und blickte Oskar ebenfalls mit ernster Miene ins Gesicht, „weiß ich noch nicht, was ich glauben soll und was nicht." Sie habe, versicherte sie, natürlich keine Zweifel am tatsächlichen Verlauf der Ereignisse – am Diebstahl des Laptops ebenso wenig wie an der aggressiven Fahrweise des Mannes im goldenen BMW. „Aber ich weiß nicht, ob die Dinge wirklich etwas miteinander zu tun haben oder nur eine unglückliche Verkettung sind."

„Tut mir leid, dass ich Ihnen so viel Zeit geraubt und mich wie ein aufgeregtes Kind aufgeführt habe", entschuldigte sich Oskar bei seiner neuen Bekannten. „Vielleicht haben Sie recht damit, dass ich mehr Zusammenhänge zu erkennen glaube, als es in Wirklichkeit gibt."

Franziska wollte etwas Freundliches oder sogar Aufmunterndes sagen, denn sie hatte durchaus Verständnis dafür, dass ihr Gegenüber nervös war. Und gemessen an dem, was er zuletzt erlebt hatte, benahm er sich alles andere als kindisch. In ihren Augen gelang Oskar bei aller innerer Unruhe sogar noch ein einigermaßen gelassener Auftritt, der Franziska durchaus ansprach. Allerdings war sie nicht besonders gut darin, wenn es darum ging, ein paar warme Worte zu sagen. Um nicht verlegen zu wirken, setzte sie sich rasch wieder in Bewegung.

Sie hatten die Treppe in Richtung Ausgang fast schon erreicht, als Oskar jäh stoppte und Franziska mit einem festen Griff am Arm bremste. „Verdammt!", zischte er und zog sie hinter eine Säule. „Der Klingelton!"

Von unten aus der Eingangshalle des Erdgeschosses drang zwar leise, aber doch gerade noch vernehmbar der Klingelton eines Mobiltelefons. Er wurde sogar noch kurzzeitig etwas lauter, wahrscheinlich weil der Angerufene das Handy aus irgendeiner Tasche zog, um das Telefonat anzunehmen. Jetzt war die Melodie ganz eindeutig zu erkennen: Rocky Balboas Eingangsmarsch – *bammm … bamm-bamm-bamm*.

Franziska war sichtlich verwirrt und erschrocken. Aber auch wenn sie nicht verstand, was da gerade vor sich ging, musste sie doch nur in Oskars völlig verängstigtes Gesicht sehen, um zu verstehen, dass im Erdgeschoss Gefahr lauerte. Ihr Gegenüber hatte nach einigen Schrecksekunden wieder zu sich zurückgefunden und ordnete seine Gedanken neu.

„Hören Sie, Franziska", flüsterte er ihr in gepresstem Ton ins Ohr. „Komme ich durch den Garten irgendwie hinten herum aus dem Gebäude zurück auf die Allee?"

Franziska nickte.

„Dann möchte ich Sie bitten, dass Sie nach unten gehen und diejenigen, die mich dort abfangen wollen, einen Moment ablenken."

Wieder bestätigte Franziska mit einem energischen Nicken.

Oskar verlor keine weitere Zeit, sondern rannte zurück in den Garten, während sich Franziska Richtung Ausgang bewegte und die Treppe hinabschritt. Sie merkte schnell, dass sie das Geländer fassen musste, denn der Schreck, der sich von Oskar auf sie übertragen hatte, ließ ihren Puls in die Höhe schnellen. Sie spürte ein mulmiges Gefühl im Magen und versuchte, sich die Unruhe nicht anmerken zu lassen. Sie war die halbrunde Treppe gut zur Hälfte hinabgegangen, als sie zwei Männer wartend im unteren Foyer entdeckte – einen hageren Blonden mit üppiger Mähne, der ihr bekannt vorkam, und einen kleinen dickeren Schwarzhaarigen. Nowitzki und Vito.

Franziska nahm ihren Mut zusammen und schritt auf die beiden zu. „Suchen Sie jemanden? Kann ich Ihnen helfen?", fragte sie freundlich, wobei sie ihre Aufregung nicht völlig verbergen konnte.

Der große Blonde blickte auf seinen Partner, weil er scheinbar nicht wusste, was er sagen sollte. Der Kleinere antwortete kurz: „Nein, wir warten auf einen Kollegen."

Franziska bemühte sich, das Gespräch noch einen Augenblick zu verlängern. Schließlich konnte es nur von Nutzen sein, wenn die beiden Männer auf sie schauten – und nicht durch die Glasfront auf die Straße hinaus. „Sehen Sie, wir haben hier an der Seite eine neue Orientierungstafel, da finden Sie …" Weiter kam Franziska zunächst nicht, denn anders als die beiden ihr gegenüber, die ihr zugewandt standen, konnte sie in diesem Moment beobachten, wie Oskar seinen Roller erreichte und ihn eilig aufschloss. Sie strengte sich an, sich davon nicht durcheinanderbringen zu lassen, und setzte ihre Erläuterungen über die Orientierungstafel fort: „Ähm ... da finden Sie alle Namen der Dozenten und wissenschaftlichen Hilfskräfte sowie die dazugehörigen Seminarräume."

Das Geräusch des startenden Rollers drang zu ihnen herüber, worauf der Große sich umdrehte und Oskar auf seiner Vespa entdeckte.

„Scheiße!"

Sofort stürmten beide Männer nach draußen, ohne Franziska noch eines Blickes zu würdigen. Doch schon wenige Meter vor der Tür mussten die beiden Verfolger erkennen, dass Oskar ihnen abermals entwischt war. Er war mit dem Roller längst in einer Nebenstraße verschwunden. Und selbst wenn sie ins Auto gesprungen und mit dem Wagen hinter ihm hergejagt wären, wäre sein Vorsprung viel zu groß gewesen, um seine Spur wieder aufzunehmen. Wütend machten sie sich gegenseitig Vorwürfe, stiegen in ihren Wagen und verschwanden Richtung Stadtmitte.

Franziska stand unten im Foyer und blickte ihnen durch die Glasfront nach. Sie verstand nur ansatzweise, was da gerade passiert war. Sie begriff lediglich, dass sie da in etwas hineingerutscht war. Etwas, das nichts Gutes bedeutete.

17

Griesheim zählte nicht gerade zu den Vorzeigevierteln Frankfurts. Und so ziemlich jeder hätte recht schnell nachvollziehen können, wäre er an einem Sommerabend wie diesem durch den Stadtteil gefahren, warum Griesheim von nicht wenigen Frankfurtern des Öfteren als ‚Griesgram' verspottet wurde. Es gab wenige romantische Ecken, dafür reichlich soziale Brennpunkte. Und während an lauen Sommerabenden in anderen Stadtteilen auf Plätzen oder in Gartenkneipen die Nacht zum Tag gemacht wurde, traf man in Griesheim nach neun Uhr abends nur noch an den Tankstellen auf Menschen – oder allenfalls an Bushaltestellen, wenn diese mal wieder von mopedfahrenden 16-Jährigen zu Jugendzentren umfunktioniert worden waren.

Aber Oskar hatte sich Griesheim ja auch nicht wegen seiner Sehenswürdigkeiten oder seines Nachtlebens zur temporären Wahlheimat erkoren, sondern wegen eines unschlagbar günstigen Unterschlupfs im Studentenwohnheim. Den größten Teil des Abends hatte er in einem Internet-Cafe verbracht. Oskar hatte versucht, mehr über diese ominöse Momentum Finanzberatung herauszufinden – mit sehr überschaubarem Erfolg. Eine eigene Internetseite gab es nicht, was den Verdacht erhärtete, dass das Unternehmen wohl anderen Zwecken diente als einem ordentlichen Geschäftsbetrieb. Momentum war zudem nicht als GmbH oder GbR bei der Handelskammer gemeldet, sodass sich eine dortige Abfrage nach Geschäftsführern oder Gesellschaftern erübrigte. Womöglich war die Firma als angelsächsiche Limited angemeldet, vielleicht auch überhaupt nicht registriert – aber alle diese Überlegungen brachten Oskar bei seiner Recherche nicht weiter. Immerhin gab es einen Festnetz-Telefonanschluss, doch dieser ließ seinen Argwohn nur noch mehr wachsen, denn es waren weder ein Anrufbeantworter angeschlossen noch eine Weiterleitung auf Mobilgeräte vorgesehen – für ein Unternehmen mehr als ungewöhnlich. Nach zwei Stunden des Surfens, drei Cola-Dosen und einem Snickers-Riegel hatte Oskar seine Nachforschungen aufgegeben. Zumal der Besitzer des Internet-Cafés nach Sonnenuntergang damit begann, seine Kunden mit den Top-Ten der marokkanischen Hitparade zu unterhalten, was von fast allen Besuchern des Internet-Kiosks durch lautes Mitklatschen und Mitsingen begeistert gefeiert wurde – an eine besonnene oder gar konzentrierte Recherche war da nicht mehr zu denken.

Es war Viertel vor elf, als Oskar in seiner Kammer im Studentenwohnheim ankam und sich aufs Bett fallen ließ. Im Liegen streifte er sich mit den Füßen seine Turnschuhe aus und schnickte sie neben das Bett. Dann schloss er die Augen und versuchte, sich nicht länger mit einzelnen Fragen zu beschäftigen, sondern den Blick aufs Ganze zu richten. Natürlich sprach immer mehr dafür, die Polizei einzuschalten. Denn möglicherweise würde bereits der Besuch einer Streife bei Momentum die andere Seite verunsichern und ihnen vor Augen führen, dass eine weitere Attacke wie mit dem goldenen BMW unweigerlich die Spur zu ihnen lenken würde. Andererseits hatte Oskar nicht den Eindruck, dass es sich bei der kriminellen Clique, die ihm auf den Fersen war, um ein paar Lausbuben handelte, die man durch eine polizeiliche Nachfrage nur aufscheuchen musste, um sie zur Aufgabe ihrer Pläne zu bewegen. Und was mindestens genauso schwer wog: Oskar konnte sich noch nicht einmal sicher sein, dass sich irgendein Polizeiwachtmeister in

Marsch setzen würde, nur wegen eines merkwürdigen Austauschs eines Computers, eines missglückten Überholmanövers auf einer Landstraße oder einiger Ungereimtheiten einer vermeintlichen Briefkastenfirma. Hatte nicht sogar die ihm wohlgesonnene Franziska zu Recht festgestellt, dass sich aus den bisherigen Kenntnissen nicht einmal ein konkreter Verdacht auf eine bevorstehende Strafhandlung ableiten ließe? „Das ist zu wenig, um daraus irgendwelche Schlüsse ziehen zu können", hatte sie gesagt – und immer wieder gingen ihm diese Worte durch den Kopf.

Als er am frühen Abend alle Optionen sondiert hatte, war er noch absolut sicher gewesen, dass er auf jeden Fall *nicht* in das Büro von Momentum einbrechen würde, um dort herumzuspionieren. Aber je länger er über seine aktuelle Lage nachdachte, desto vernünftiger erschien ihm diese Idee. Im schlimmsten Falle würde er nichts Interessantes entdecken und nach zehn Minuten wieder verschwinden. Dass die Polizei ihn erwischen würde, schloss Oskar aus. Nicht einmal tagsüber waren viele Menschen im Malerviertel unterwegs, nachts schon gar nicht. Und während oben am Lerchesberg nach Sonnenuntergang häufig Polizeistreifen patrouillierten, weil dort die Politprominenz wohnte, war das Malerviertel nur ein Quartier wie viele andere.

Um halb zwölf stand schließlich sein Entschluss fest, bei Momentum einzusteigen. Um Mitternacht hatte er entschieden, damit nicht erst bis zum Wochenende zu warten, sondern schon diese Nacht zu nutzen. Um Viertel vor eins schließlich folgte eine dritte folgenschwere Entscheidung: Oskar beschloss, niemand anderen in die Sache mit einbeziehen zu wollen, sondern allein in das Büro zu gehen. Zum einen gab es keine natürlichen Kandidaten für die Rolle des Komplizen: Benjamin Beckmann wollte er auf gar keinen Fall schon wieder in eine brenzlige Situation bringen, und seine anderen Freunde und Mannschaftskameraden wollte er noch immer nicht in die Geschichte einweihen. Ohnehin wäre ihnen wohl auch nicht klar gewesen, wonach sie im Büro hätten suchen sollen. Oskar hätte sie daher nur zum Schmiere stehen gebrauchen können – und das war seiner Überzeugung nach nicht unbedingt nötig.

Oskar legte sich, nachdem er alles Nötige zusammengesucht hatte, kurz aufs Ohr, um sich noch etwas auszuruhen, stellte sich den Wecker aber bereits knapp zwei Stunden später auf 3.00 Uhr. Denn in seinen Zeiten als freier Gerichtsreporter hatte er einmal eine Studie von Kriminalisten in die Hände bekommen, die untersucht hatten, wann die Chance, unbeobachtet zu sein, am höchsten ist. Während der absolute Ruhepunkt etwa im benachbarten Bad Vilbel, wo viele pendelnde Frühaufsteher wohnten, auf nachts um Viertel vor zwei fiel, bewegte sich in Frankfurt erst um kurz vor vier so gut wie nichts mehr. Wer es also darauf anlegte, von möglichst wenigen Passanten gesehen zu werden, für den war in Frankfurt die Zeit zwischen 3.30 Uhr und 4.15 Uhr das ideale Zeitfenster.

Um kurz vor halb vier parkte Oskar seinen Roller in der Städelstraße, gut 400 Meter entfernt vom Bürohaus der Momentum. Es war eine sehr milde Nacht und Oskar hätte eigentlich nur T-Shirt und kurze Hosen gebraucht. Tatsächlich aber trug er eine lange Sporthose, einen Kapuzenpulli, Baumarkthandschuhe und seine Bergsteigerschuhe, einerseits um besser an Außenwänden herumklettern zu können, andererseits um nicht so einfach erkannt zu werden. Im Malerviertel war es geradezu gespenstig ruhig, kein Auto, keine Fußgänger, nicht einmal Licht in irgendeinem der Häuser. Als Oskar nach einem dreiminütigen Spaziergang das Bürohaus in der Rubensstraße erreichte, war er gleich aus mehreren Gründen erleichtert. Erstens war die erste Etage niedriger, als er befürchtet hatte. Zweitens gab es vorne eine Handvoll Plastikmülltonnen, die er wirkungsvoll als Ersatz für eine Leiter einsetzen konnte, um sich zum Fenster zu hangeln. Und drittens lag die Hausfront mit den Fenstern etwas verdeckt durch Büsche und Bäume, sodass der Ein- und Ausstieg dort vom Bürgersteig aus nur zu sehen war, wenn man sich etwas Mühe gab. Oskar drückte die Klingel von Momentum mehrere Male hintereinander und schließlich eine halbe Minute am Stück. Da sich nichts rührte und kein Licht anging, konnte er sicher sein, dass sich tatsächlich niemand in der Büroetage befand. Anschließend ging alles recht zügig. Er rollte zwei Mülltonnen nebeneinander vor die Hauswand, kletterte mit ihrer Hilfe auf das Fenstersims im ersten Stock und drückte mit der Hand feste gegen die Fenster. Fenster eins und zwei, die mittags noch sperrangelweit offen gestanden hatten, waren verriegelt, aber beim dritten Fenster, das Stunden zuvor nur einen Spaltbreit geöffnet gewesen war, spürte Oskar sofort, dass es sich öffnen ließ.

Zwanzig Sekunden später war er im Flur der Momentum Finanzberatung, und da die internen Türen nicht verschlossen waren, gelangte Oskar ohne Probleme in das Großraumbüro. Dort standen mehrere Tische mit Computern, deren Bildschirmschoner wie kleine Nachttischlampen wirkten und dafür sorgten, dass es gar nicht so schwer war, sich auch ohne Taschenlampe zu bewegen. Oskar musterte die einzelnen Arbeitsplätze. Überall lagen Papiere, nur ein einziger Schreibtisch war leer, hatte aber – ebenfalls als einziger – zwei Rollcontainer mit vier abgeschlossenen und zwei aufziehbaren Schubladen neben sich. Oskar war sofort davon überzeugt, dass es sich dabei nur um den Schreibtisch des Chefs oder zumindest eines leitenden Angestellten handeln konnte. Er nutzte sein Handy als Taschenlampe und durchsuchte die beiden unverschlossenen Schubladen. Erneut hatte Oskar Glück. Denn seine Vermutung erwies sich als richtig, dass er darin das Versteck für die Schlüssel der anderen Schubladen finden würde – klassischerweise in einer blechernen Bonbondose.

Aller inneren Anspannung zum Trotz musste Oskar grinsen. Warum führten Computerfirmen Passwörter ein, wenn 80 Prozent aller Nutzer anschließend doch nur wieder den Vornamen ihres Ehepartners oder den Rufnamen ihres Hundes auswählten – und es deshalb denkbar einfach machten, das Codewort zu knacken? Warum wurden Haustüren abgeschlossen, wenn gleichzeitig in vielen Fällen ein Ersatzschlüssel unter dem nächsten großen Blumentopf im Garten deponiert wurde – wenn nicht gar unter dem Fußabtreter? Und warum wurden Schubladen gesichert, wenn der Schlüssel dafür in Dosen oder der Stiftebox auf dem gleichen Schreibtisch oder in einer anderen unverschlossenen Schublade verwahrt wurde?

Oskar öffnete die weiteren Schubladen und fand dort allerlei, was ihm erst einmal nicht weiterhalf: Autoschlüssel, 400 Euro Bargeld, ein iPad, Traubenzucker. Durchaus interessant hingegen waren einige Mietverträge für Autos, die Oskar eilig mit seinem Handy abfotografierte. Noch interessanter war eine handgeschriebene Liste mit Handynummern – für einen Hakan, einen Robert, einen Mikail und noch einer Vielzahl anderer Namen. Auch diese Liste fotografierte Oskar. Schließlich fand er mehrere Flugtickets einer Fluggesellschaft namens Air Svizzera – wohl ein italienischer oder schweizerischer Regionalcarrier, dachte er bei sich. Anschließend verstaute er wieder alles –

die Tickets, die Liste, die Auto-Mietverträge, das Bargeld, das iPad – in den jeweiligen Schubladen. Den Schlüssel legte er in die Bonbondose zurück. Danach widmete er sich den Papieren auf den anderen Tischen. Dabei fiel ihm auf, dass in den Stapeln immer wieder Jahres- und Quartalsberichte sowie Pressemitteilungen von vier Firmen auftauchten: von Siemens und von RWE, vom Gashersteller Linde und dem Dialysespezialisten Fresenius Medical Care.

Und noch etwas fiel Oskar ins Auge: Es gab auch einige Ausdrucke von nachrichtlichen Texten über diese vier Unternehmen, einige davon waren nicht einmal zu Ende formuliert. Oskar fotografierte diese halbfertigen Texte eifrig und machte sich dann auf zu den anderen Tischen, um die dortigen Stapel zu durchstöbern. Auch hier stieß er auf angefangene Manuskripte und vorläufige Fassungen – alle im klassischen Ton einer Nachrichtenagentur gehalten: *US-Arbeitslosenanträge plus 128.000 (Prognose: 41.000). Washington. Die Zahl der Erstanträge auf Arbeitslosenunterstützung in den USA ist in der Berichtswoche überraschend deutlich gestiegen.* Oskar entdeckte Meldungen über den Rücktritt von Giacomo Benzetti, des italienischen Mitglieds des Direktoriums der Europäischen Zentralbank – ziemlich verrückt, denn Benzetti war gerade erst im Mai ins Führungsgremium der EZB eingezogen. Ein anderer Artikel, der sich auf unternehmensnahe Kreise berief, meldete, dass die Fusion von Lufthansa und Qantas Air nun wider Erwarten doch nicht von den EU-Kartellbehörden abgesegnet werden würde. „Was soll das?", murmelte Oskar vor sich hin, „ist das hier eine Journalistenschule, in der Wirtschaftsnachrichten geübt werden?" Als er auf eine Eilmeldung über den vermeintlichen Eintritt von US-Kampfflugzeugen in den syrischen Luftraum stieß, fiel ihm auf, dass erneut von Freitag die Rede war.

Am Freitag waren auch die angeblichen Bedenken gegen die Fluglinien-Fusion bekannt geworden. Und auch Benzettis vermeintlicher Rücktritt wurde in den Nachrichten auf den *späten Freitagvormittag* datiert.

Gerade war Oskar dabei, sich noch einmal die US-Arbeitsmarkt-Meldung herauszusuchen, als er das Geräusch eines Autos wahrnahm, das augenscheinlich in die Rubensstraße einbog und näher zu kommen schien. Er hielt kurz inne und erschrak, als er registrierte, dass das Fahrzeug ziemlich nah vor dem Haus zum Stehen kam. Er hörte das Öffnen der Fahrzeugtüren, die anschließend wieder zugeschlagen wurden – und er nahm wahr, dass sich zwei Männer unterhielten. Der Schreck fuhr Oskar in alle Glieder – und für einen ganz kurzen Moment brachte die Angst sein Gleichgewichtsgefühl so durcheinander, dass er rasch mit der Hand nach der Tischkante tastete. Wenige Sekunden später hatte Oskar traurige Gewissheit, dass das alles kein Zufall war, sondern dass dort gerade jemand aufgetaucht war, um den nächtlichen Einbrecher zu stellen. Denn im Hausflur ging die Treppenbeleuchtung an – und es war nicht zu überhören, dass zwei Männer die Aufzugkabine betraten, um sich auf die kurze Fahrt in die erste Etage zu machen. Oskar hatte eben noch Zeit, um sein Handy in der Hosentasche zu verstauen und sich neben einem Schrank zu verschanzen, der direkt hinter der Eingangstür stand. Kaum war er dort angelangt, als die Stimmen lauter wurden.

„Na, sag ich doch: Fehlalarm!", sagte ein Mann mit nordhessischem Dialekt – Nowitzki, wer sonst. „Das ist mittlerweile das vierte Mal, dass ich umsonst nachts in dieses blöde Büro rasen muss, nur weil dieser billige Bewegungsmelder verrückt spielt", ärgerte sich Nowitzki weiter, während er den großen Büroraum betrat und das Licht anknipste.

Oskar kauerte hinter dem Schrank und hielt den Atem an. Nowitzki hätte nur drei oder vier Schritte nach vorne gehen müssen, dann hätte er ihn unweigerlich gesehen. Zu Oskars großer Erleichterung drehte sich Nowitzki jedoch um, schaltete das Licht im Raum wieder aus und schloss die Tür hinter sich. Erst jetzt wagte Oskar wieder auszuatmen. Er griff sich mit seiner Hand an die Stirn und spürte nassen, kalten Schweiß.

Gerade als sich seine Anspannung zu lösen begann, hörte er draußen, wie sich Nowitzkis Stimmung auf einen Schlag veränderte: „Moment mal, Geida, wieso ist denn dieses Fenster hier offen?"

Es folgten fünf lange Sekunden absoluter Stille. Dann hörte Oskar, wie Nowitzki einige Schritte im Flur machte und seinem Komplizen zuzischte, er möge draußen zum Auto gehen, um den Ausgang abzusichern und bei Bedarf mit dem Wagen schnell die Verfolgung aufnehmen zu können. Kurz darauf öffnete sich die Tür zum Großraumbüro erneut. Nowitzki betrat den Raum zum zweiten Mal, schaltete das Licht an und ging auf den Schreibtisch seines Chefs zu, um ihn genauer zu inspizieren.

Oskar war klar, dass sich Nowitzki nun nur noch umzudrehen brauchte – dann würde er ihn entdecken. Oskar schlich deshalb zwei Schritte um den Schrank herum Richtung Ausgangstür und startete durch.

Er raste aus dem Büro, quer durch den Flur auf das geöffnete Fenster zu und sprang mit einem schnellen Satz aufs Fensterbrett. Dann drehte er sich blitzschnell, und ließ sich, die Arme aufs Fensterbrett gestützt, eilig auf die Mülltonnen herab, um in den Garten zu gelangen. Weil alles so schnell gehen musste, verfehlte sein linker Fuß die Plastiktonnen knapp, was seinen Ausstieg in den Garten ungewollt beschleunigte. Er stürzte auf den

Rasen und riss dabei noch die Mülltonnen um. Zu seinem großen Glück blieben bei dem Sturz aber Knie, Fußgelenke und Bänder unversehrt. Er spürte lediglich einen leichten Schmerz im Po, auf den er geplumpst war, was ihn aber nicht daran hinderte, eilig wieder auf die Beine zu kommen und seinen Ausreißversuch fortzusetzen.

Glück hatte Oskar auch deshalb, weil Nowitzki ihm zwar sofort hinterhergejagt war, der Vorsprung aber gerade ausreichend groß war, sodass ihn der Verfolger am Fenster nicht mehr zu fassen bekam. Der blonde Hüne fackelte nicht lange, stieg ebenfalls in den Fensterrahmen und sprang in den dunklen Garten. Dabei bewies er aber wenig Geschick, landete auf einer der herumliegenden Plastiktonnen und verdrehte sich bei diesem Manöver den rechten Fuß. Nowitzki schrie zunächst vor Schmerz, dann vor Wut und versuchte, sich wieder aufzurappeln. Humpelnd nahm er die Verfolgung wieder auf.

Oskar war zwischenzeitlich zum Eingang des Grundstücks gesprintet, als er wenige Meter vor sich Nowitzkis Komplizen Geida entdeckte. Geida war zwar etwas kleiner und gedrungener als Oskar, wirkte aber mit seiner Lederjacke, seinen zotteligen Haaren und den stechenden Augen trotzdem durchaus angsteinflößend. Einer dieser halbstarken Türstehertypen, deren Körperhaltung und strenger Blick wie eine permanente Drohung wirkten: Achtung, ich verstehe überhaupt keinen Spaß – und die Sache hier kann ziemlich unangenehm für dich enden! Oskar bremste, einem Reflex folgend, seinen schnellen Lauf zwar zunächst ab. Dann aber kamen ihm die Worte wieder in den Sinn, mit denen ihn vor wenigen Tagen sein Rugbytrainer angestachelt hatte: *Trau dich, Oskar, und zieh einfach gerade!* Und so wie er das beim Rugbyspiel im Niddapark getan hatte, nahm Oskar sofort wieder Tempo auf und lief kerzengerade auf

Geida zu. Nowitzkis Komplize hatte gar nicht mehr die Zeit, um zu kapieren, was geschah. Der Versuch, Oskar irgendwie zu packen oder zu halten, misslang. Denn Oskar raste mit ausgestrecktem Arm frontal auf ihn zu, und der Schwung der Attacke schleuderte Geida auf den Asphalt. Er landete hart neben seinem Auto, durch das Abbremsen auf dem Asphalt zog er sich Schürfwunden an den Händen zu.

Oskar war zwar bei dem Angriff ins Straucheln geraten, kam aber nicht zu Fall – ziemlich genauso wie zwei Tage zuvor beim Ligaspiel gegen Heusenstamm. Er fand rasch wieder zu hohem Tempo zurück, sprintete einige Meter die Rubensstraße entlang und wagte erst dann einen kurzen Blick zurück. Zu seiner großen Erleichterung erkannte er, dass Nowitzki erst jetzt humpelnd den Bürgersteig erreicht hatte, während sich Geida noch immer am Boden krümmte. Oskar bog in die nächste Querstraße ein, spurtete danach ins benachbarte Thorvaldsenviertel und lief anschließend und in etwas gemächlicherem Tempo zick-zack zum Südbahnhof. Von dort schlich er unentdeckt zu seinem Roller, den er glücklicherweise einige Straßenzüge entfernt von Momentum abgestellt hatte, und fuhr zurück nach Griesheim.

War verdammt knapp gewesen. Aber es hatte gereicht.

18

Normalerweise hatte Franziska Böhning einen gesegneten Schlaf und schlummerte so fest, dass sie sich mindestens zwei Wecker stellen musste, um nicht zu verschlafen. Aber heute Nacht war alles anders. Sie hatte eine halbe Ewigkeit gebraucht, um einzuschlafen.

Das unvermittelte Zusammentreffen mit den beiden Männern, die zweifellos jener Vito und jener Nowitzki gewesen sein mussten, von denen Oskar zuvor berichtet hatte, hatte ihr doch ziemlich viel Angst eingeflößt – auch wenn sie es sich nicht so recht eingestehen wollte. Ihre innere Unruhe sorgte dafür, dass sie bereits frühmorgens ab Viertel nach vier wieder wach lag und über alles und jedes nachdachte.

Von draußen fiel bereits dämmerndes Morgenlicht in ihr Schlafzimmer, sodass Franziska von ihrem Bett aus die Konturen der Einrichtung erkennen konnte. Ihr direkt gegenüber, an der Wand am Fußende des Bettes, hatte sie ihr Lieblingsplakat aufgehängt, das nun bereits seit 25 Jahren zum festen Inventar ihres unmittelbaren Lebensumfelds gehörte – ein Farbdruck der Maus aus der gleichnamigen Kindersendung. Noch heute hatte die schlichte Zeichnung der freundlich dreinblickenden Maus balsamische Wirkung auf Franziska, etwas Beruhigendes ging von ihr aus. Links davon, entlang der Wand zum Arbeitszimmer, hatte die junge Akademikerin eine lange, stabile Stange montieren lassen, an der ein Dutzend bunte Sommerkleider auf Bügeln hingen, dazu einige wenige feine Blusen für feierliche Anlässe oder Prüfungen und daneben Jeans-, Kapuzen- und Lederjacken. Franziska hatte keine besonders große und nicht einmal besonders teure Garderobe. Aber fast alle ihre Sachen waren schick und ausgesprochen jugendlich. Sie war deshalb regelmäßig modischer gekleidet als ihre Studentinnen.

Ganz außen hing schließlich noch ein schwarzes Sakko. Es gehörte Frederik. Er hatte es hier im Winter einmal vergessen. Und es war eher unwahrscheinlich, dass er es noch einmal abholen würde. Franziska dachte darüber nach, was Frederik in diesen Tagen wohl gerade machte. Sie waren lange ein Paar gewesen, sehr lange. Sie hatten sich als Erstsemester in der Universitätsbibliothek kennengelernt, saßen oft bis abends am gleichen großen Holztisch im Lesesaal und musterten sich ausgiebig, wie es fast alle in der Bibliothek tun. „Nirgendwo", hatte Frederik Jahre später einmal behauptet, „lernt man einfacher Frauen kennen als in Bibliotheken: Du siehst sie täglich, sie sehen dich täglich, aber wegen des Redeverbots gibt es keine Möglichkeit, sich auszutauschen. Also fängt man an, sich im Kopf vorzustellen, was die unbekannte Tischnachbarin so tut, wie sie wohl ihre Wochenenden verbringt und ob sie einen Freund hat. Wenn man irgendwann richtig neugierig auf sie geworden ist, dann – schwupps – taucht sie urplötzlich einmal irgendwo jenseits der Bibliothek auf – ‚Ach, wir kennen uns doch.' Und man fängt ohne jeden Vorlauf an, mit ihr, die einem ja eigentlich schon recht vertraut ist, zu quatschen."

Tatsächlich waren auch Franziska und Frederik erst miteinander ins Gespräch gekommen, als sie zufällig einmal außerhalb der Universität aufeinandertrafen, und zwar im Foyer der Oper nach einer Aufführung des Frankfurter Balletts. Sie hatten sich in Rekordgeschwindigkeit ineinander verliebt und waren mehr als 13 lange Jahre ein Paar. Da er jedoch keine Kinder haben wollte und er noch dazu einer Hochzeit nichts abgewinnen konnte, blieben Fred und Zis, wie er sie nannte, immer ein

Stück vom Eintritt in ein gemeinsames bürgerliches Leben entfernt. Sie zogen nie zusammen, fuhren an Weihnachten nicht gemeinsam zu den Eltern, tüftelten nicht an einem konkreten Fahrplan für die Zukunft. Als sich Franziska schließlich vor einem Jahr bei einer Tagung kurzzeitig einem anderen Mann zuwandte und sogar ein kleines Abenteuer mit ihm hatte, zerbrach die Geschichte mit Frederik. Sonderbarerweise gab es auf beiden Seiten wenig Tränen. Scheinbar war ihre gemeinsame Zeit tatsächlich abgelaufen.

Da Franziska viel zu wach war und die Hoffnung aufgegeben hatte, noch einmal für ein paar Stunden entspannt einzuschlummern, entschied sie sich trotz der frühmorgendlichen Uhrzeit für eine Runde an der frischen Luft. Sie schlüpfte in ihre blaue Jogging-Shorts, streifte sich ihren *University of Cornell*-Sweater über, zog ihre bunten Laufschuhe an, griff nach dem Springseil und machte sich auf den Weg Richtung Grüneburgpark. Draußen waren es angenehme 20 Grad, die Stadt lag noch im Schlaf, alles wirkte aufgeräumt und friedlich. Durch die Baumkronen im Park sah man die ersten schüchternen Lichtstrahlen schimmern, da sich die Sonne gerade aufmachte, als großer roter Feuerball aufzusteigen. Franziska lief eine gemütliche Runde ohne Hast und kam erst beim anschließenden Seilspringen ins Schwitzen.

Nach 200 Schlägen drehte sie zum Auslaufen noch eine kleine Runde barfuß über den frischen Rasen, bevor sie nach Hause zurückkehrte, sich eine kurze Dusche genehmigte und sich im gemütlichen Schlafmantel eingekuschelt und mit einer großen Tasse Kaffee in der Hand vor den Computer lümmelte. Ein Gedanke ließ sie seit gestern nicht los: Wann und wo war sie dem blonden nordhessischen Riesen von gestern schon einmal begegnet? Seine Gestalt, sein Auftreten, sein Tonfall kamen ihr wenn nicht vertraut, so doch zumindest irgendwie bekannt vor. Allerdings musste ihre Begegnung bereits einige Jahre zurückliegen. Franziska rief deshalb die Dateien auf, die sie damals anlässlich ihrer Doktorarbeit angelegt hatte – also noch lange vor ihrer Habilitation. Sie vertiefte sich in eigene Protokolle von Gerichtsverfahren über Marktmanipulation und Insiderhandel und wurde aus diesem Studium erst herausgerissen, als sie anderthalb Stunden später – und immer noch sehr früh am Morgen – eine E-Mail erhielt.

Es war Viertel nach sechs, als Oskar endlich das Ortsschild von Griesheim passierte, nachdem er vorsichtshalber einen kleinen Umweg von Sachsenhausen über Isenburg gemacht hatte, um ganz sicher zu gehen, in dieser Nacht nicht noch einmal zufällig irgendwelchen Nowitzkis oder Geidas zu begegnen. Zudem hatte er zwischenzeitlich frisches Geld an einem Automaten gezogen und sich in einer Bäckerei, die gerade ihr Ladengeschäft öffnete, mit ein paar Hörnchen versorgt.

Zurück in seinem kleinen studentischen Verlies, beeilte sich Oskar, seinen Laptop hochzufahren und die Fotodateien auf den Computer zu überspielen, die er mit dem Handy geschossen hatte. Er warf erneut einen raschen Blick auf die Texte. Allem Anschein nach bereitete da irgendwer eine bewusste Täuschung der Märkte an einem der nächsten Freitage vor. Wobei allerdings ein Rätsel blieb, an wen und auf welche Weise diese Meldungen verschickt und gestreut werden sollten.

Oskar packte jeweils vier Fotos in eine E-Mail und sendete das Material an Franziska – in der Hoffnung, dass sie, wenn sie die Mails später am Vormittag in ihrem Postfach vorfinden würde, damit mehr anfangen konnte als er.

Er war gerade kurz davor, den Laptop wieder herunterzufahren, nachdem er die letzte der sieben Mails an Franziska abgeschickt hatte, als ihm ein kurzer Ton signalisierte, dass in diesem Moment eine Antwort in seinem Posteingang eingetroffen war.

Ich bin schon wach, ruf mich an. F

Oskar war überrascht. Es war gerade einmal halb sieben – aber umso besser. Er griff nach dem Mobiltelefon, kramte aus seiner Hosentasche den Zettel mit Franziskas Telefonnummer und wählte ihre Nummer.

Franziska hielt sich nicht lange mit Freundlichkeiten auf, sondern legte gleich los: „Er hat damals als Zeuge ausgesagt, in einem Verfahren gegen einen jungen Makler, und er hat ihm ein Alibi verschafft."

Oskar ging das alles zu schnell. „Von wem zum Teufel reden Sie?"

„Na, von diesem Nowitzki. Also eigentlich heißt er Wilfried König. Und der Makler, um den es damals ging, heißt Sebastian Achenbacher."

Was? Oskar war völlig überrumpelt von dem, was ihm Franziska mitzuteilen versuchte. König? Achenbacher? Aber Franziska war noch lange nicht fertig.

„Du hast übrigens recht gehabt. Diese beiden Kerle gestern im Institut waren hinter dir her. Und sie waren auch ziemlich sauer, dass du ihnen entwischt bist", erzählte Franziska – und der aufgeregte Ton in ihrer Stimme ließ erahnen, dass ihr der Auftritt der beiden Kerle eine gehörige Angst eingejagt hatte.

Oskar spürte ihre Anspannung und versuchte es mit einem Kompliment, um sie zu beruhigen: „Ich weiß nicht, ob ich ohne Ihr Ablenkungsmanöver da so einfach rausgekommen wäre, Franziska. Das war ein cooler Einsatz von Ihnen."

„Ach was, cooler Einsatz", wiegelte sie ab. „Quatsch doch nicht so blöd rum. Und hör endlich auf, mich immer noch zu siezen. Ich hab mir fast in die Hose gemacht und mein Puls geht immer noch durch die Decke, wenn ich nur an die Sache denke." Und mit geradezu entwaffnender Offenheit fügte sie an: „Ich habe schreckliche Angst."

Oskar hielt es für gescheiter, darauf erst einmal nichts Neunmalkluges zu sagen, sondern die Klappe zu halten. Er hörte durchs Telefon, wie sie tief durchatmete, um nicht zu weinen. Sie schien tatsächlich verängstigt – also doch nicht so gelassen, wie es Oskar geglaubt hatte. Er startete eine Entschuldigung, kam aber nicht sehr weit. „Es tut mir wirklich ..."

„Ach, papperlapapp", unterbrach ihn Franziska. „Das ändert ja alles nichts daran, dass wir uns über alles austauschen müssen, was ich in meinen alten Dateien aufgestöbert habe – und was du mir da eben zugesandt hast. Wo hast du diese Fotos geschossen?"

Oskar erinnerte sie daran, dass sie gestern doch gesagt habe, die Informationen reichten noch nicht aus, um Schlüsse zu ziehen – und dass er deshalb vor wenigen Stunden in das Büro eingebrochen sei.

„Was?" Dieses Mal war es Franziska, die offensichtlich völlig überrumpelt wurde und erschrak. „Sag mal, hast du noch alle Kisten auf dem Laster?", bellte sie ins Telefon. „Hör mal", nahm Franziska mit bedeutungsvoller Stimme Anlauf zu einer ernstgemeinten Ermahnung. „Du magst das hier alles ja von mir aus für ein spannendes Räuber-und-Gendarm-Spiel halten, aber mir geht der Arsch auf Grundeis – und du kannst dir aus dem Kopf schlagen, dass ich mich noch jemals mit dir treffe oder mit dir beratschlage oder mit dir austausche, wenn du nicht einige Vorsichtsmaßnahmen akzeptierst, verstanden?"

Oskar wartete gar nicht erst ab, was sie konkret vorschlug, sondern willigte sofort ein: „Okay, schon gut. Ich hab verstanden."

„Irgendwie", fuhr Franziska fort, „scheint das zum Beispiel ein Fehler zu sein, Gespräche mit dem Handy anzunehmen. Am besten benutzen wir die Mobiltelefone nur noch in absoluten Notfällen."

„Okay", gab Oskar zurück. „Und wo können wir uns heute sehen, wo wir sicher vor ungewollten Begegnungen sind?"

„Ich habe für zwei Monate eine persönliche Arbeitskabine in der Deutschen Nationalbibliothek gebucht, da treffen wir uns am besten um halb eins mittags, okay?"

„Alles klar", bestätigte Oskar. „Um halb eins in der Nationalbibliothek in deiner Box. Welche Nummer ist das?"

„19b", antwortete Franziska und schob hinterher: „Kannste dir bestimmt gut merken, denkste einfach an dich: B wie Bürschchen."

Na also, es schien ihr also doch nicht ganz so schlecht zu gehen, dachte Oskar. Und lächelte über ihre kleine Frotzelei. Es war sein erstes richtiges Lächeln seit Tagen.

19

„Bin ich denn nur von Idioten umgeben?" Der Schatzmeister war völlig außer sich. Nowitzki und Geida hatten ihn um Viertel vor sieben angerufen, um ihm zu beichten, dass ihnen Oskar Willemer erneut durch die Lappen gegangen war. Nun saßen sie gemeinsam mit Hakan, den sie eilig verständigt hatten, zu einer Krisensitzung in den Büroräumen von Momentum zusammen. Besser gesagt: Nowitzki und Geida saßen, Hakan hatte es sich auf dem kleinen Ledersofa neben der Tür bequem gemacht. Nur den Schatzmeister hielt es nicht auf dem Stuhl. Er stand am Fenster, die Arme verschränkt, und blickte mit eisigem Blick nach draußen, um die beiden anderen nicht ansehen zu müssen.

„Ich schwöre dir, Chef", erklärte Geida mit dem ernstesten Blick, den er draufhatte. „Wenn ich den Kerl in die Finger bekomme, dann haue ich ihm so eins auf die Fresse …"

„Ach, halt einfach das Maul, Versager", unterbrach ihn der Schatzmeister. Er rieb sich mit Daumen und Zeigefinger die Augen und versuchte sich zu konzentrieren. Es war mittlerweile zu gefährlich, Willemer einfach laufen zu lassen. Immerhin war er in ihrem Büro gewesen und hatte womöglich genug gesehen, um zu erahnen, was sie vorhatten. „Verdammt, wir müssen ihn finden", sagte er schließlich beschwörend, „und zwar finden, bevor der Aufsichtsrat unruhig wird."

„Ich habe versucht, ihn auf dem Handy anzurufen, um ihn zu orten", berichtete Nowitzki, „aber er hebt nicht ab. Und vorhin war eine Viertelstunde lang besetzt."

„Besetzt? Hakan, vielleicht kannst du dann ja …", setzte der Schatzmeister zur Frage an.

„Ja, na klar kann ich herausfinden lassen, mit wem er vorhin telefoniert hat", antwortete Hakan, noch bevor der Schatzmeister ausgesprochen hatte. „Aber das kostet", fügte er schnell hinzu, „schließlich muss ich meinen Kontakt bei der Telefongesellschaft bei Laune halten."

„Reichen Tausend Euro?", fragte der Schatzmeister.

„Es hätten wahrscheinlich auch 500 getan, aber Tausend Euro machen es deutlich einfacher", sagte Hakan. Er ließ sich von Nowitzki die Mobilnummer von Oskar geben und verschwand in den Flur, um ungestört zu telefonieren. Nicht einmal zwei Minuten später kam er zurück: „Franziska Böhning, Beethoven 140."

Der Schatzmeister übernahm sofort wieder die Regie. Er schickte Nowitzki zu der Wohnung von Böhning los: „Ruf Vito an, er soll sofort zu dir ins Westend kommen, damit ihr sie besser verfolgen könnt. Heftet euch an ihre Fersen und meldet euch dann sofort zurück, damit Mikail kommen und die Sache übernehmen kann."

Geida schickte der Schatzmeister vor das Universitätsinstitut, obwohl er wenig Hoffnung hatte, dass Oskar oder Franziska dort heute auftauchen würden. Schließlich wies er Hakan an, Informationen über Böhning zusammenzustellen. „Krieg mir alles über dieses Mädchen raus!"

Geida erhob sich mit schmerzverzerrtem Gesicht vom Stuhl, die Schürfwunden taten immer noch ziemlich weh. Nowitzki hingegen spürte die überdehnten Bänder in seinem linken Fuß kaum mehr. Er konnte sich wieder einigermaßen schnell bewegen.

In der Tür wurde er allerdings noch einmal vom Schatzmeister gebremst: „Ach ja, Nowitzki, langsam ist übrigens das Guthaben, das du bei mir wegen deiner Aussage vor Gericht gut hast, aufgebraucht." Und mit strenger Stimme schob er hinterher: „Ich hoffe, dass dir nicht noch einmal jemand aus dem Netz schlüpft."

Franziska ging im Kopf noch einmal ihre Termine durch – und war heilfroh, als sie feststellte, dass sie zumindest in den nächsten vier Tagen schwänzen durfte. Beim Doktoranden-Kolloquium heute Nachmittag konnte sie einfach ohne Entschuldigung fehlen, das würde ihr Assistent auch allein hinbekommen. Für die Sprechstunde am Donnerstag hatten sich nur zwei Studentinnen mit allgemeineren Fragen angemeldet, die ließen sich auf kommende Woche vertrösten. Und da gerade vorlesungsfreie Zeit war, fielen ihre beiden Hauptseminare und das Proseminar ohnehin aus. Naja, und den Aufsatz, den sie bis Ende des Monats für eine Enzyklopädie zugesagt hatte, würde sie halt am Wochenende schreiben. Oder noch später. Ganz bestimmt hatten die Herausgeber großzügige Zeitpuffer eingeplant, immerhin sammelten sie ja Texte von Akademikern ein, von denen die meisten bekanntermaßen nicht pünktlich liefern. Kurzum: Es gab in dieser Woche nichts, was Franziska unbedingt erledigen musste und was sie davon abhielt, sich intensiver mit dieser merkwürdigen Geschichte zu befassen, an die sie sowieso die ganze Zeit denken musste.

Einen kurzen Moment lang dachte sie darüber nach, ob sie ihren Vater verständigen und um Rat fragen sollte – schließlich hatte er Oskar zu ihr geschickt. Aber sie fürchtete, den alten Mann nur unnötig zu beunruhigen. Sie beschloss, diesen Anruf erst noch einmal zu vertagen, bis sie ein etwas klareres Bild gewonnen hatte, in was sie da hineingeraten war.

Mittlerweile war es Viertel nach neun geworden. Franziska hatte noch eine ganze Zeit lang in ihren alten Gerichtsprotokollen herumgestöbert und versucht, mehr über diesen Wilfried König herauszubekommen, also den Mann in ihren alten Akten, von dem sie annahm, dass er der blonde Hüne mit dem Spitznamen Nowitzki sein musste. Allerdings hatte sich die Durchsicht der alten Unterlagen nur als sehr mäßig erfolgreich erwiesen. Anschließend war sie die Texte durchgegangen, die Oskar bei seinem nächtlichen Einbruch in den Büroräumen von Momentum fotografiert und ihr elektronisch zugesandt hatte. Dabei waren ihr in der Tat einige Dinge aufgefallen, die es lohnte, näher anzuschauen – am besten in der Nationalbibliothek, wo sie schnellen Zugriff auf alle möglichen Verzeichnisse und Sammlungen hatte und wo sie sich ja sowieso in ein paar Stunden mit Oskar treffen würde.

Sie packte Handy, Portemonnaie, Schlüssel und Zigaretten ein und machte sich auf den Weg zur U-Bahn, um auf dem schnellsten Weg zur Bibliothek zu gelangen. Im Treppenhaus zog sie die *Frankfurter Nachrichten* aus ihrem Briefkasten und studierte eilig die Titelseite, während sie rechts in die Beethovenstraße bog. Da es um neuen Ärger um die Rentenreform ging, verlor sie rasch das Interesse, faltete, während sie ihr Tempo leicht beschleunigte, die Zeitung und klemmte sie unter den Arm, blickte nach vorne – und erstarrte im gleichen Augenblick vor Schreck. Etwa 80 Meter vor ihr stand, wie zufällig an die Haltestelle des Stadtbusses gelehnt, der blonde Riese, nach dem sie gerade so eifrig in ihren alten Dateien gefahndet und den sie als Wilfried König ausgemacht hatte.

Franziska merkte, wie ihr der Atem kurz wurde. Sie drehte sich so unauffällig, wie es ihr möglich war, um, hatte aber das mulmige Gefühl, dass König sie längst ins Visier genommen hatte. Eilig flog ihr Blick hin und her, in der Hoffnung, einen Nachbarn oder ein vertrautes Gesicht auf der Straße auszumachen. Es kam aber noch schlimmer: denn statt eines Freundes oder Bekannten, bei dem sie eilig Schutz hätte suchen können, entdeckte sie auf der anderen Straßenseite den kleinen italienisch aussehenden Mann, der gestern mit seinem blonden Kumpan im Institut aufgetaucht war – und dieser bewegte sich direkt auf sie zu.

Franziska spürte, wie ihr Herz raste und ihr die Knie weich wurden. Doch nach einer kurzen Schrecksekunde startete sie trotzdem ohne jedes weitere Nachdenken durch. Sie rannte über die Straße in die gegenüberliegende Einfahrt, die eine italienische Kfz-Werkstatt beherbergte. Franziska raste auf den Besitzer, Marco Aiello, zu, der gerade die Beulen in einem Cinquecento inspizierte, und beschränkte sich auf das Allernötigste: „Bitte, helfen Sie mir. Ich werde von widerlichen Kerlen verfolgt."

Mehr musste sie gar nicht sagen. Marco mochte kein großer Geist sein. Seine intellektuellen Kapazitäten waren überschaubar, zumindest jenseits der Kühlerhaube. Das aber, was ihm Franziska da in wenigen Worten mitteilte, war eine Sprache, die er sofort verstand. Eilig schob er sie hinter den firmeneigenen Kleinlaster und befahl seinem Neffen Carlo, sich um sie zu kümmern. Franziska kannte ihn zwar nur flüchtig von gelegentlichen kurzen Plaudereien und vom Zuwinken beim Vorübergehen. Ehrlich gesagt, ging es ihr sogar ein wenig auf die Nerven, wenn Marco oder sein Bruder Mario ihr am frühen Abend, wenn sie nach Hause kam und die Mechaniker vor der Werkstatt eine Zigarette rauchten, quer über die Straße dieses dämlich-primitive „Ciao bella donna" zuriefen. Aber jetzt hätte sie ihn am liebsten dafür umarmt und geküsst, dass Marco ihr Unterschlupf gewährte.

Der Mechaniker stieß einen schrillen Pfiff aus und rief laut nach Mario, Silvio und Giovanni, die sich im hinteren Teil der Werkstatt gerade mit einem Lamborghini beschäftigten. Es war gut, dass sie – vom ungewöhnlich lauten Rufen ihres Chefs alarmiert – gleich anmarschiert kamen. Denn Nowitzki war direkt auf Marco zugeschossen, hatte ihm ohne Anlauf seine Faust ins Gesicht gerammt und den ziemlich verdutzten Garagisten damit niedergestreckt.

„Wo ist das Mädchen?", brüllte er Marco an, während sein kleinerer Partner sich bereits daran machte, die Werkstatt zu durchsuchen. Statt auf eine hilflose Franziska traf dieser allerdings zu seiner Überraschung auf die durchaus kampfeslustigen Mario und Giovanni, die noch dazu mit einem Radkreuz und einigen schweren Schraubenschlüsseln bewaffnet waren. Damit versetzten die Monteure dem unerwünschten Eindringling mehrere harte Schläge. Einer davon traf mitten in seine Kniekehle, sodass Vito jäh zu Boden ging. Es entwickelten sich zwei ziemlich ungleiche Kämpfe, denn einer der Mechaniker kam seinem Kollegen im Ringen mit Nowitzki zur Hilfe, während dessen Partner von den anderen zwei Reparaturprofis kräftig vermöbelt wurde.

Das Kfz-Quartett ließ erst von ihnen ab, als sie flüchteten. Das Duo rannte aus der Werkstatt und schaute sich erst wieder um, nachdem es sich ein ganzes Stück entfernt hatte. Genau in diesem Moment schoss ein weißer Golf aus dem Werkstatttor, scherte in die Beethovenstraße und verschwand Richtung Messe. Auf der Rückbank lag Franziska, die sich von Carlo eilig aus der Gefahrenzone bringen ließ – an einen Ort, auf den ihre Verfolger ganz sicher nicht kommen würden: die Deutsche Nationalbibliothek.

20

Das Café Seiler war ein kleines Paradies in der Mitte Frankfurts. Es war fast immer überfüllt, aber man wartete trotzdem nur kurze Zeit auf seinen Kaffee. Und obwohl sich Banker, Studenten und Rentner um den Tresen und die Tische drängelten, war es dort niemals stickig, sondern duftete herrlich nach Arabica und Robusta. Eine eigene Zeitung brauchte man nicht unbedingt, denn normalerweise stand man so eng mit den Tischnachbarn Fuß an Fuß, dass man problemlos die Rückseiten der Blätter studieren konnte, die ringsherum gerade gelesen wurden. Außerdem wurden die wichtigsten und kuriosesten Meldungen ohnehin meist von irgendwem laut vorgetragen – ‚Horsche ma, des gibt's doch gar net, des muss ich euch vorlese.' Das Seiler war sozusagen das einzige Café in Frankfurt, das es ernsthaft mit den Stehcafés in Mailand oder Rom aufnehmen konnte.

Carl Stolberg mochte das Café um die Ecke der Hauptwache seit Jahren sehr gerne. Oft machte er einen kleinen Umweg auf dem Weg zur Redaktion, um hier noch rasch einen Espresso zu sich zu nehmen. Wenn er alleine war, stellte er sich gerne mitten ins Gedränge. Wenn er jedoch im Seiler jemanden traf, zog sich Stolberg mit seinem Gesprächspartner – und bewaffnet mit zwei Milchkaffees – schräg gegenüber auf eine Bank auf dem Stoltze-Platz zurück, wo man sich ungestört besprechen konnte.

Es war fünf nach zehn Uhr morgens, als Polizeipräsident Christian Herzog vom Kleinen Hirschgraben in den Kornmarkt einbog. Obwohl das Thermometer gerade einmal 23 Grad zeigte, hatten sich bereits wieder dicke Schweißperlen auf seiner Stirn gesammelt. Herzog war deshalb froh, als er entdeckte, dass Stolberg für die beiden auf dem Stoltze-Platz ein kühles Eckchen im Schatten reserviert hatte. Die zwei Männer kamen eilig zur Sache.

„Und?", fragte Herzog in ungeduldigem Ton. „Was ist nun?"

Er hatte Stolberg um die Auswertung einer Liste mit Transaktionen des Wertpapierhändlers gebeten, der tot vor dem Hypo-Union-Tower gefunden worden war.

Der Finanzjournalist zog die Liste aus der Brusttasche seines Jacketts, faltete sie auf und wies Herzog auf einige Geschäfte hin, die er mit gelbem Textmarker eingekreist hatte.

„Sehen Sie hier", begann er seine Erläuterungen. „Diese zwölf Transaktionen sind ungewöhnlich. Dieser Konstantin Winter – so heißt er doch? –, also dieser Winter hat ein paar unglaubliche Wetten auf fallende Kurse abgeschlossen. Oder besser gesagt: auf einen dramatischen Kurseinbruch."

Man sah dem Polizeipräsidenten an, dass er Stolbergs Ausführungen nur bedingt folgen konnte.

Stolberg versuchte es deshalb mit einem Beispiel: „Na, nehmen Sie dieses Geschäft hier. Da kauft er gerade einmal zwei Wochen vor dem Verfallstag bei einem DAX-Stand von 12.700 Zählern die Verkaufsoption für ein Aktienpaket, die sich erst lohnt, wenn der DAX bis dahin auf 12.000 Punkte abschmiert. Oder hier, sehen Sie: Da investiert er 40.000 Euro für Put-Turbozertifikate auf den DAX mit einem Knock-out von 11.900. Das ist doch völlig gaga."

Herzog verstand noch immer nicht recht, was ihm Stolberg mitzuteilen versuchte.

Der Chefredakteur holte deshalb noch einmal zum ganz großen Bogen aus: „Stellen Sie sich doch einmal vor, Herr Herzog, Sie würden den Pensionsfonds der hessischen Polizeibeamten verwalten, ja. Sagen wir: 300 Millionen Euro. Das Geld würden Sie ja bestimmt nicht in exotische Aktien aus Schwellenländern stecken oder in langlaufende ukrainische Staatsanleihen, richtig? Vielmehr würden Sie 250 Millionen in deutsche Bundeswertpapiere investieren und 50 Millionen in liquide europäische Standardwerte, so wie Siemens oder Lufthansa oder Louis Vuitton oder Royal Dutch Shell. Denn dann könnten Sie einigermaßen ruhig schlafen und hätten trotzdem gute Aussichten, dass sich das Vermögen des Pensionsfonds vermehrt – nicht um sehr viel, aber immerhin genug, um mindestens die Inflation auszugleichen. So weit alles verstanden?", fragte Stolberg und fuhr, nachdem der Polizeipräsident nickend bestätigt hatte, dass er bis hierhin noch gut folgen konnte, fort: „Aber selbst wenn die Risiken bei liquiden Blue Chips wie Siemens oder Lufthansa überschaubar sind, wäre Ihnen die Sache trotzdem zu heikel. Was, wenn der DAX in diesem Jahr fünf oder zehn Prozent einbüßen würde, sie aber ja trotzdem die Pensionen in voller Höhe zahlen müssten? Aus diesem Grund würden Sie zusätzlich noch eine Versicherung abschließen, die Sie dann zumindest vor deutlichen Kursverlusten schützt. An der Börse machen Sie so etwas zum Beispiel über ein Termingeschäft. Sie kaufen für eine niedrige Gebühr das Recht, einem anderen in sechs Monaten alle Ihre Siemens- oder Lufthansa-Aktien für ungefähr den Preis andienen zu dürfen, den sie aktuell kosten."

Herzog trank seine Tasse zur Hälfte aus, lauschte dem Vortrag und nickte zur Bestätigung, dass er den Ausführungen zu folgen vermochte.

„Sie suchen sich also," sagte Stolberg, „einen spekulativen Investor, der überzeugt ist, dass die Kurse von Siemens und

Lufthansa steigen oder zumindest stabil bleiben – und der deswegen bereit ist, Ihnen diese Versicherung für eine Gebühr zu verkaufen."

Stolberg kramte nun wieder die Liste mit den Aufträgen des jungen, getöteten Händlers hervor.

„Was dieser Winter nun getan hat, ist etwas ungewöhnlicher. Er hat sich nämlich über Optionsgeschäfte für einen extrem unwahrscheinlichen Fall abgesichert – hier, sehen Sie!"

Der Zeitungsmann reichte dem Polizeipräsidenten das Papier und lenkte mit dem Zeigefinger die Aufmerksamkeit seines Gegenübers auf die wenigen markierten Aufträge.

„Das ist ungefähr so, als wenn Sie auf einem Bergkamm wohnen, aber sich trotzdem eine Versicherung gegen Hochwasserschäden leisten. Entweder haben Sie übertriebene und fast schon krankhafte Angst. Oder Sie wissen als einziger Mensch, dass eine Sintflut naht – und zwar schon in wenigen Tagen."

Herzog nahm die Lesebrille aus der Einstecktasche seines Sakkos hervor und setzte sie auf, um die einzelnen Orders sorgfältiger studieren zu können.

Stolberg half ihm dabei mit präzisen Erläuterungen: „Schauen Sie beispielsweise auf dieses Geschäft, das gerade einmal vier Tage alt ist. Da kauft Winter sich das Recht, ein DAX-Standardpaket für einen Preis zu verkaufen, der einem DAX-Stand von 11.900 entspricht – und zwar schon am kleinen Hexensabbat."

„Hexensabbat?", fragte Herzog nach und machte ein verwirrtes Gesicht.

„Ja, also am nächsten Verfallstag der DAX-Optionen, das ist jetzt am nächsten Freitagmittag. Das ist schwer nachvollziehbar, warum er sich mit diesen Versicherungen eindeckt – und noch dazu in relativ großem Umfang. Schließlich ist es fast ausgeschlossen, dass der Aktienmarkt in so kurzer Zeit von den aktuell 12.600 Punkten um mehr als 700 Zähler abrutscht – und nur dann würde sich die Verkaufsoption lohnen."

Herzog hatte sein Stofftaschentuch ausgepackt und wischte sich den Schweiß von Stirn und Nacken. „Ich verstehe. Diese Engagements wären also nur dann sinnvoll, wenn Winter hätte ahnen können, dass es einen großen Knall gibt – einen Crash, oder?", versuchte er sich zu vergewissern.

„Ja, genau so ist es", antwortete Stolberg und führte seine Erläuterungen aus: „In der Tat hätte Winter, so er noch lebte, natürlich ein Vermögen machen können, wenn der DAX bis überübermorgen tatsächlich wegbrechen würde. Denn er hat ja so gut wie nichts für diese Optionen zahlen müssen, weil das Risiko der Gegenpartei, dass Winter sie wirklich einlösen würde, so gering ist."

Herzog runzelte die Augenbrauen: „Ja, aber das verstehe ich nicht an dem Deal. Winter hat doch gar keine Aktienpakete, deren Preis er hätte absichern können."

Stolberg lächelte den Polizeipräsidenten freundlich an und erklärte ihm: „Bingo, ja eben. Er zockt nur, aber falls der DAX wirklich abschmiert, dann kauft er sich Siemens, Lufthansa und Co. zu günstigen Kursen und verschachert sie mit Hilfe seiner Option anschließend sofort wieder zu höheren Kursen. Oder er lässt sich direkt von seinem Kontrahenten auszahlen, in Form eines reinen Differenzgeschäfts."

Herzog machte es sich auf seinem Schattenplätzchen etwas bequemer und fragte zur Sicherheit noch einmal nach: „Also, es geht bei diesen Geschäften gar nicht unbedingt um die Absicherung von Positionen, sondern manchmal auch nur um bloße spekulative Wetten auf die Kursentwicklung?"

„Sogar fast immer", entgegnete ihm Stolberg. „Sie müssen sich das so vorstellen: Terminbörsen sind Märkte, an denen Sie verkaufen, was Sie nicht besitzen, um zu kaufen, was Sie nicht haben wollen."

Der Polizeipräsident trocknete mit seinem Stofftaschentuch Stirn, Wangen und Nacken, nippte noch einmal an seinem Kaffee und brachte dann das Gespräch wieder auf den Fall Winter zurück. „Was ich nicht verstehe, ist: Niemand kann doch einen Crash voraussagen. Woher sollte Winter denn wissen, was kein anderer am Markt ahnt?"

„Naja", antwortete Stolberg, „hier wird die Sache spannend – und möglicherweise sehr gefährlich. Vielleicht wusste Winter von irgendetwas, was nicht nur Börsen durcheinanderbringen würde."

Herzog blickte irritiert: „Ich verstehe kein Wort, was meinen Sie?"

„Tja, das führt jetzt reichlich weit, aber: Nach den Anschlägen auf das World Trade Center am 11. September 2001 hat die US-Finanzmarktaufsicht bestätigt, dass es wenige Tage zuvor ungewöhnliche Positionierungen in Terminkontrakten auf Fluggesellschaften gegeben hatte. Da hatte irgendwer auf schwere Kursverluste amerikanischer Fluglinien gewettet – und hat anschließend dick abgesahnt. Es ist zwar nie bewiesen, aber auch nie widerlegt worden, dass die Terroristen nicht nur brutal gemordet, sondern die Anschläge sogar noch an US-Derivatebörsen rückfinanziert haben, natürlich über den Umweg anonymer Konten auf den Cayman-Inseln oder in Macau, sodass die US-Ermittler die Spur später nicht bis zum Ende zurückverfolgen konnten."

Herzog atmete noch schwerer, als er es ohnehin schon tat. Der Polizeichef rieb sich den Nasenrücken, um sich zu konzentrieren und die richtigen Worte zu finden. Denn er wollte seinen Gesprächspartner einerseits nicht verstimmen. Andererseits hatte er eine tiefe Aversion gegen alle Formen von Verschwörungstheorien und war der festen Überzeugung, dass Mutmaßungen über politische Hintergründe und mafiöse Netzwerke meist nur vom eigentlichen Kern der Ermittlungen ablenkten.

„Hören Sie, Stolberg, nehmen Sie es mir nicht übel, aber geht es nicht auch eine Nummer kleiner? Ich kann mir ehrlicherweise nicht vorstellen, dass unser toter Winter in engem Verhältnis zu fundamentalistischen Terroreinheiten oder Freischärlern stand."

Der Finanzjournalist stellte rasch klar, selbstverständlich gehe er ebenfalls nicht davon aus, dass sie es mit Al-Qaida oder einer anderen Terrorgruppe zu tun hatten: „Ja, ja, ja – ich sage ja auch nicht, dass da gerade eine gewaltige Anschlagserie vorbereitet wird. Das ist im Übrigen ja auch gar nicht nötig. Es würde unter Umständen schon reichen, wenn sie die Händler in den Bankhochhäusern für einen Moment glauben machen könnten, ihre Welt gerate gerade aus den Fugen."

Herzog blickte ihn fragend an.

„Was ich meine, ist, dass jemand Nachrichten manipuliert und Ereignisse simuliert, die es gar nicht gegeben hat", legte Stolberg nach. „Das ist gar nicht so selten, wie man glaubt, wird aber hinterher fast nie an die große Glocke gehängt, weil Medien lieber über andere berichten als über sich selbst und darüber, wie anfällig sie für Falschmeldungen und Lügengeschichten sind. Schauen Sie, Herr Herzog, zum Beispiel gestern: Da hat einer unserer Jungredakteure zufällig beobachtet, wie ein Rechner der Nachrichtenagentur Realtime gestohlen wurde. Er vermutet nun, dass sich irgendein Schurke in den Nachrichtenticker einklinken will. Ich meine, wer weiß? Vielleicht liegt mein Kollege ja sogar richtig und irgendwer ist tatsächlich gerade dabei, die wichtigste Nachrichtenagentur der Welt zu entern und mit manipulierten Meldungen zu füttern."

Herzog quittierte die Ausführungen nur mit einem: „Ja, ja, bestimmt" – im Sinne von: Na klar, und die Erde ist eine Scheibe. „Und was bitte schön", fügte der Polizeipräsident an, „hat Ihr Jungredakteur an belastbaren Beweisen für einen bevorstehenden kriminellen Coup aufzubieten?"

„Okay, okay, Herr Herzog", gab Stolberg zu. „Sie haben ja recht, wenn sie solchen Revolvergeschichten gegenüber skeptisch sind. In der Tat hat mein Kollege keine wirklich belastbaren Indizien für eine Straftat. Er steht wahrscheinlich nur etwas neben sich, weil ein guter Freund von ihm von einem goldenen BMW in den Straßengraben gedrängelt ..."

„Ein goldener BMW?", fiel ihm Herzog mit lauter und plötzlich aufgeregter Stimme ins Wort.

Stolberg erschrak. Er verstand zwar nicht, warum der Polizeichef so alarmiert reagierte, aber er ahnte sofort, dass die beiden Geschichten wohl doch einen Zusammenhang haben könnten. Vor seinem geistigen Auge sah er Oskar Willemer, wie der ihn tags zuvor aufgesucht, um eine Woche Urlaub gebeten und ihm über die Vorkommnisse in der Alten Oper, im Malerviertel und auf der Niederurseler Landstraße berichtet hatte. Und – verdammt nochmal – wie Stolberg ihm daraufhin empfohlen hatte, sich an seine Tochter zu wenden.

„Um Gottes Willen, Franziska", murmelte der alte Journalist vor sich hin, während ihn Polizeipräsident Herzog drängelte, ihm detailliert zu schildern, was er alles über den goldenen BMW wusste. Das tat Stolberg, so gut er es konnte, und die beiden Männer brauchten noch eine gute Viertelstunde, um alle wichtigen Informationen untereinander auszutauschen.

Dann versuchte Stolberg seine Tochter auf dem Handy anzurufen, aber sie ging nicht dran.

„Es ist wichtig, dass Sie von alledem nichts weitererzählen und schon gar nicht in der Zeitung schreiben", mahnte der Polizeichef, wofür er aber nur ein ungläubiges Kopfschütteln seines Gesprächspartners erntete.

„Sie haben mich wohl nicht richtig verstanden: Es geht jetzt um meine Tochter, Herzog. Natürlich werde ich das alles für mich behalten, ich will sie doch nicht noch mehr in Gefahr bringen."

Zum Abschied vereinbarten die beiden, dass Stolberg den Polizeichef am späteren Nachmittag in die Bundesbank begleiten sollte, wo er den Bundesbankpräsidenten und den Vize der Bankenaufsicht treffen wollte.

21

Die Deutsche Nationalbibliothek zählte – neben dem Café im Liebieghaus, der großen Liegewiese im Palmengarten und dem Garten des Himmlischen Friedens im Bethmannpark – zu den wenigen Oasen der Stille in Frankfurts Innenstadt. Selbst in Schachcafés oder Saunas herrschte nicht so eine balsamische Ruhe wie im großen Lesesaal. Der Kontrast hätte kaum größer sein können. Draußen vor der Bibliothek der Lärm der Stadt, das Hupen der Autos auf dem Alleenring, die Martinshörner der Rettungswagen vom nahen Bürgerhospital, das Gelächter und Gequatsche der Studenten, die auf dem Vorplatz kaffeetrinkend oder einfach nur sonnenbadend herumlungerten. Und drinnen kein Laut, so als hätte man sich die Ohren mit Bienenwachs zugestopft. Kein Gekicher oder Geplapper, nicht einmal knarrende Böden oder klappernde Stühle wie in anderen Bibliotheken. Allenfalls das sanfte und nur bei aufmerksamem Hinhören wahrnehmbare Rauschen der Klimaanlage.

Oskar empfand die Ruhe als angenehm, als er in den großen Lesesaal trat. Und auch wenn es dafür keinen Grund gab, so fühlte er sich in dieser Umgebung doch sicherer aufgehoben als in seiner Griesheimer Bleibe oder unterwegs auf dem Motorroller. Es war für ihn unvorstellbar, dass sie ihn hier, an diesem so friedlich anmutenden Ort, suchen und aufspüren könnten.

Er ging an Regalen voller dicker Lexika vorbei, passierte die Ständer mit den Handapparaten und die Ablagen für die aktuellen Ausgaben der größeren deutschen Tageszeitungen. Dann stieg er die Treppe hinauf in die Zwischenetage und bog in den

Flur mit den reservierten Einzelkabinen ab. Er lunste über die halbhohen Türen in die Kabinen und sah auf jede Menge Hinterköpfe von Menschen, die sich in dicke Bücher vergraben hatten. Endlich erreichte er Kabine 19b.

Er klopfte absichtsvoll leise an die Tür – und konnte doch nicht verhindern, dass Franziska erschrocken zusammenzuckte.

„Verdammt", flüsterte sie ihm zu und atmete erst einmal tief durch, um sich zu beruhigen. Das aber gelang ihr nicht wirklich, denn sie war wohl nach allem, was in den zurückliegenden Stunden geschehen war, viel zu verängstigt, um gelassen zu sein. Deshalb ließ sie, nachdem Oskar die Kabine betreten und neben ihr Platz genommen hatte, erst einmal Dampf ab: „Bist du eigentlich bescheuert, mich da mit reinzureißen?", zischte sie vorwurfsvoll dem Mann zu, den sie gestern noch gar nicht gekannt hatte und mit dem sie nun auf eine so schicksalhafte Art und Weise verbunden war. „Die haben mir heute früh vor meinem Haus aufgelauert", berichtete Franziska aufgeregt – und sofort schien sie vor Angst und Nervosität erstarrt zu sein.

Oskar war blass und erschrocken: „Das tut mir unendlich leid, dass du da …"

„Ach, verdammt, spar dir deine Entschuldigungen." Sie blickte ihn mit großen, unruhigen Augen an. „Ich habe Angst, verdammt nochmal."

„Ich auch", antwortete Oskar in ebenso ernstem Ton. „Was denkst du denn? Ich habe so viel Angst wie noch nie zuvor in meinem Leben." Dabei griff er, ohne darüber nachzudenken, ihre Hand, die auf dem Tisch lag und hielt sie fest.

Gerade als er ihre Hand wieder loslassen wollte, rutschte Franziska nach vorne, legte ihren Kopf auf seine Schulter, umklammerte ihn fest und fing leise an zu weinen. Es schien ihr gut zu tun. Und nicht nur ihr. Oskar empfand es als wohltuend, Franziska im Arm zu halten. Es gefiel ihm, wie sie sich an ihn schmiegte. Er mochte ihren Duft und fand es angenehm, wie ihn ihre weichen, langen Haare am Hals kitzelten.

Beide ließen sich deshalb Zeit – und erst nach einigen Minuten hob Franziska ihren Kopf, rückte zurück und lehnte sich wieder in ihren Stuhl. Sie wischte sich eine letzte Träne aus den Augen, blickte Oskar direkt an, während ein flüchtiges Lächeln über ihr Gesicht huschte, und fragte: „Und nun?"

Oskar zuckte mit den Achseln, um klarzustellen, dass er noch keinen ausgefeilten Plan vor Augen hatte. Er schlug vor, dass sie sich beide erst einmal gegenseitig auf den neuesten Stand bringen sollten, um danach über das weitere Vorgehen zu beratschlagen.

Franziska erzählte im Flüsterton von ihrer überraschenden morgendlichen Begegnung und ihrer Flucht in die Werkstatt der Auto-Aiellos. Danach präsentierte sie ihrem neuen Weggefährten die jüngsten Ergebnisse ihrer Recherche in der Bibliothek.

„Hier", sagte sie, nahm ein dickes Buch vom Stapel, den sie neben dem Schreibtisch aufgetürmt hatte und schlug es auf. „Im aktuellen Band des Wertpapier-Anzeigers habe ich die Firmen nachgeschlagen, über die du im Büro von Momentum vorbereitete Nachrichten gefunden hast: Siemens, Linde, RWE und Fresenius Medical Care. Und siehe da, alle vier Unternehmen haben angekündigt, entweder an diesem Freitag nach Börsenschluss oder zu Beginn der kommenden Woche über ihr Quartal zu berichten."

Oskar lauschte den Erläuterungen Franziskas aufmerksam.

„Das alles stützt unsere Annahme", fuhr Franziska fort, „dass jemand gerade eine bewusste Irreführung der Investoren vorbereitet – und zwar für den kleinen Hexensabbat am Freitag. Als guter Finanz-Zeitungsredakteur weißt du ja hoffentlich, was das ist."

Oskar nickte, fügte aber sofort einschränkend hinzu: „Also, ja, zumindest so ungefähr. Ich weiß, dass an diesem Tag eine Reihe Termingeschäfte ausläuft und deshalb der DAX-Stand zur Mittagsstunde darüber entscheidet, ob Anleger mit ihren Wetten richtig oder falsch gelegen haben. Wenn ich zum Beispiel eine Verkaufsoption besitze, aber der DAX am Freitagmittag so hoch notiert, dass ich für ein DAX-Aktienpaket zum Stichtermin am Markt mehr bekomme als mit meiner Verkaufsoption, dann wird das Papier wertlos – dann habe ich mich verzockt. Wenn der DAX aber am Freitag tief abschmiert, dann mache ich richtig Kohle."

Franziska nickte beifällig, während sie einige selbst beschriebene Zettel aus ihren Unterlagen kramte und sie nebeneinander auf dem Schreibtisch ausbreitete.

„Siehst du das?", fragte sie Oskar. „Ich habe mir einmal die Arbeit gemacht, für diese vier Unternehmen die Prognosen von Aktienanalysten rauszusuchen, hier aus den üblichen Gazetten." Sie zeigte auf eine Sammlung von Zeitschriften, die links neben ihr am Boden lagen und Titel wie *Anleger-Journal*, *Börsenblitz* oder *Ahead of the Curve* trugen. „Wenn du beispielsweise RWE nimmst, dann liegen die Schätzungen für den Quartalsgewinn alle bei etwa 3,1 Milliarden Euro, mal etwas höher, mal etwas tiefer."

Oskar nickte.

„Unsere Freunde von Momentum hingegen berichten in ihrer Meldung – oder was immer das da auch sein soll – von einem Profit nach Steuern von lediglich 2,1 Milliarden Euro. Und schlimmer noch: In ihrer Nachricht kassiert der Finanzvorstand gleichzeitig die Prognose für das Gesamtjahr, angeblich wegen unerwarteter Absatzschwierigkeiten in den Beneluxstaaten. Sonderbarerweise gibt es aber weder im Netz noch in den Börsenblättern irgendwelche Hinweise auf Probleme in den Niederlanden oder Belgien."

„Naja gut", antwortete Oskar, „da steht ja auch, dass die Schwierigkeiten unerwartet aufgetaucht sind."

Franziska blickte ihren Nachbarn kopfschüttelnd an: „Sag mal, willst du mich für doof verkaufen? Das ist doch völlig offensichtlich, dass diese Leute von Momentum irgendeine Geschichte fingieren, um den Kurs zu drücken – und zwar kräftig."

Die Jungprofessorin präsentierte Oskar auch ihre Auswertungen für Siemens, Linde und Fresenius Medical Care. Das Muster war ähnlich, auch wenn sich die Vorgehensweise von Fall zu Fall unterschied. Bei FMC etwa war von Rückstellungen in dreistelliger Millionenhöhe wegen eines Rechtsstreits mit Dialysepatienten in den USA die Rede. Linde wiederum machten Sonderabschreibungen auf eine Großanlage in Südamerika und wechselkursbedingte Einbußen so schwer zu schaffen, dass die Dividende ausfallen sollte – angeblich. Und Siemens präsentierte schlicht einen unerwartet trüben Ausblick auf die Geschäftsentwicklung.

„Es wirkt", fuhr Franziska fort, „tatsächlich äußerst realistisch, wenn ein Unternehmen solche unerfreulichen Wahrheiten bereits einige Stunden oder Tage früher als angekündigt öffentlich macht. Es würde deshalb bei kaum jemanden Argwohn erregen, wenn die eine oder andere Ad-hoc-Mitteilung auf Freitagvormittag vorgezogen würde." Und quasi als Fazit ihrer Ausarbeitungen sagte sie: „Also meiner Einschätzung nach würden Investoren die Stories kaufen – und die Titel in großem Volumen abstoßen, was deren Kurse in den Keller schicken würde."

Oskar hatte ihr aufmerksam zugehört, war aber noch längst nicht überzeugt. „Das mag ja alles sein, aber die Firmen werden doch solche Falschmeldungen sofort dementieren."

Franziska schüttelte den Kopf: „Nein", sagte sie, „das werden sie nicht. Jedenfalls nicht sofort. Sie werden erst einmal mindestens zehn Minuten brauchen, um zu verstehen, was da gerade vor sich geht. Dann ruft die Investor-Relations-Abteilung aufgeregt beim Finanzvorstand an, fünf Minuten. Der schaltet sich noch einmal mit dem Vorstandschef kurz, wieder fünf Minuten – im besten Falle. Und bis dann die Pressesprecher ein Dementi formuliert haben und es abgesegnet wurde, um es endlich rauszuschicken, sind gut und gerne 45 Minuten rum. Der Aktienkurs ist bereits tief im Keller – und wenn es die Jungs bei Momentum einigermaßen geschickt anstellen, ist genau dann schon der Abrechnungspreis für den Verfallstermin festgestellt. Dass es im Anschluss an irgendeine Gegendarstellung also womöglich wieder bergauf geht, juckt eine Viertelstunde nach dem Hexensabbat keinen mehr, der gerade mit seinen Optionen gewonnen oder verloren hat."

„Und was heißt das nun für uns?", fragte Oskar.

„Dass wir noch exakt ..." – Franziska schaute auf ihre Uhr im Handy – „... 71 Stunden und 40 Minuten haben, um uns etwas einfallen zu lassen. Ansonsten machen diejenigen, die deinen Freund von der Straße abdrängen wollten, womöglich ein Vermögen. Und haben dann noch mehr Geld, um solche Kerle zu bezahlen, wie die, die mir heute morgen aufgelauert haben, um was weiß ich mit mir anzustellen."

Oskar nahm beide Hände vor die Stirn und massierte sich das Gesicht, um konzentrierter nachzudenken. Dann drehte er sich Franziska zu und sagte mit einer Stimme, die keinen Widerspruch duldete: „Es sieht so aus, dass die es wirklich ernst meinen. Wir müssen deshalb noch viel vorsichtiger sein. Keine Gespräche mehr mit dem Handy, ich würde sogar sagen: komplett ausschalten, damit uns niemand orten kann. Und nicht mehr ins Institut gehen, nicht mehr nach Hause zurückkehren, am besten raus aus der Stadt. Ich schlage vor, dass wir in ein Hotel umziehen. Ins Comfort Inn nach Gravenbruch, das kenne ich ganz gut. Dort gibt es Computer und WLAN und alles, was wir eventuell brauchen. Sogar einen kleinen Park hinterm Haus, wo du rauchen kannst. Und die Zimmer sind gar nicht so teuer. Einverstanden?"

Franziska zuckte mit den Achseln: „Na gut, von mir aus." Und dann fügte sie mit einem milden Lächeln hinzu: „Dann gehöre ich auch mal zu den Frauen, die sich von wildfremden Männern in ein Hotel abschleppen lassen."

22

Bundesbankchef Berenbrink hatte Lenard Lampertsberger, den stellvertretenden Präsidenten der Bankaufsichtsbehörde, bereits – soweit es ihm möglich war – auf den Stand der Dinge gebracht, als Berenbrinks Vorzimmerdame an die Tür des kleinen Konferenzraums im 13. Stockwerk der Bundesbank klopfte, um weitere Besucher zu melden.

„Herr Präsident, Christian Herzog und Carl Stolberg sind da."

Berenbrink war verwirrt. „Warum denn Stolberg? Das ist hier doch keine Pressekonferenz."

Diese letzten Worte hatte Polizeichef Herzog beim Betreten des Konferenzraums gerade noch aufgeschnappt. Deshalb eilte er gleich auf Berenbrink zu und bemühte sich um Aufklärung: „Keine Bange. Sie werden gleich verstehen, Herr Präsident, warum ich Stolberg gebeten habe, an dieser kleinen Besprechung teilzunehmen. Er – oder besser gesagt: seine Tochter – ist mehr in diese Geschichte verwickelt als ihm und ihr lieb ist."

Berenbrink verstand nur Bahnhof.

Stolberg war in den Besprechungsraum eingetreten und schritt schnurstracks auf ihn zu: „Glauben Sie mir, Herr Berenbrink, ich bin heute bestimmt nicht als Journalist unterwegs. Sondern als jemand, der ganz besonders daran interessiert ist, dass diese vertrackte Geschichte aufgeklärt wird."

Die vier Männer tauschten, nachdem sie sich begrüßt hatten, ausführlich alle Informationen aus, die sie gesammelt hatten. Und während sich Polizeipräsident Herzog kurz für ein Telefonat zurückzog, präsentierte Bankenaufseher Lampertsberger einen Zettel mit fünf Namen.

„Wir haben heute Vormittag gemeinsam mit den Kollegen von der Marktaufsichtsbehörde unsere Köpfe zusammengesteckt und Händler ermittelt, die in den vergangenen Tagen vergleichbare Geschäfte wie dieser Konstantin Winter abgeschlossen haben. Es war gar nicht so einfach, diese fünf Händler ausfindig zu machen. Denn ihre Einsätze sind überschaubar und spielen im Gesamtmarkt kaum eine Rolle. Zudem bedeutet ihr Engagement ja noch lange nicht, dass sie etwas mit der Sache zu tun haben. Aber" – und man konnte schon an Lampertsbergers Mimik und Gestik erkennen, dass er auf etwas gestoßen war – „interessanterweise gibt es ungewöhnliche Übereinstimmungen in den beruflichen Viten von drei der fünf Finanzmarktprofis."

Er legte den Zettel in die Mitte des Tischs und seine beiden Gesprächspartner rückten näher, um die Namen auf dem Papier besser lesen zu können.

„Die drei letztgenannten Personen – Höller, Feisel und von Witzleben – haben Mitte der Neunziger in der gleichen Wertpapierfirma gearbeitet, nämlich bei Margin Trade. Die Gesellschaft war damals in eine ganze Reihe von krummen Geschäften verwickelt: Insiderhandel, Marktmanipulation, Frontrunning. Allerdings liegen uns und den Ermittlungsbehörden keinerlei Hinweise darüber vor, dass diese drei Händler daran aktiv beteiligt waren", berichtete Lampertsberger.

Polizeipräsident Herzog hatte mittlerweile einen Anruf beendet und war wieder zu seinen Kollegen hinzugetreten. Lampertsberger fuhr mit seinem Bericht fort: „Meine Leute sind gerade in enger Zusammenarbeit mit Herzogs Ermittlern dabei, herauszufinden, wer von dem ehemaligen Margin-Trade-Team noch in der Branche tätig ist. Vielleicht stoßen wir dabei ja auf noch mehr auffällige Transaktionen – aber natürlich gebe ich zu, dass das schon ein ziemlicher Glückstreffer wäre."

Herzog machte mit einem stummen Nicken deutlich, dass er mit der Vorgehensweise voll einverstanden war. Dann wandte er sich Stolberg zu und sagte mit einfühlsamer Stimme: „Es tut mir leid, aber ich bin eben darüber unterrichtet worden, dass Ihre Tochter Franziska wie vom Erdboden verschwunden ist. Meine Männer haben sie weder zu Hause noch im Institut angetroffen – und erste Befragungen bei Kollegen und Nachbarn haben ergeben, dass sie weder zu ihrem Kolloquium erschienen ist noch sich bei irgendjemand dafür hat entschuldigen lassen. Zudem können wir ihr Handy nicht orten, sie muss es wohl komplett ausgeschaltet haben." Und mit einem Ton des Bedauerns fügte Herzog an: „Da das alles, lieber Herr Stolberg, etwas ungewöhnlich ist, wäre es fahrlässig, wenn wir ausschließen würden, dass ihr womöglich etwas zugestoßen ist."

Der Finanzjournalist nahm den Hinweis stumm und bewegungslos zur Kenntnis. Und doch konnte man ihm natürlich ansehen, wie betroffen und mitgenommen er war. Welche Vorwürfe er sich gerade machen musste, dachte Berenbrink, diesen Oskar Willemer auch noch an seine Tochter vermittelt und sie dadurch in die Sache verwickelt zu haben.

23

Franziska Böhning war schon Jahre nicht mehr auf einem Motorroller mitgenommen worden. Da weder sie noch Oskar einen Helm trugen, hatten sie darauf verzichtet, den schnellen Weg über die Autobahn zu nehmen, sondern sich für die gemächlichere Route über kleinere Landstraßen hin zum Langener Waldsee und von dort aus nach Gravenbruch entschieden.

Nach einer guten halben Stunde Fahrt erreichten sie das Comfort Inn. Sie hatten Glück. Die Tatsache, dass gerade einmal drei Autos auf dem Parkplatz standen, deutete bereits an, dass es nicht schwer werden dürfte, ein Zimmer zu finden. Und da keine Messezeit war, konnten sie sogar auf einen günstigen Übernachtungspreis hoffen.

Das Comfort Inn war zwar schlicht, aber im Vergleich zu vielen anderen Häusern von Hotelketten ausgesprochen schön. Das Gebäude hatte, wie man einem Messingschild am Eingang entnehmen konnte, früher einmal als Försterei gedient. Es war deshalb keiner der hässlichen rechteckigen Kästen, die sonst rund um Frankfurt als Mittelklassehotels genutzt wurden, sondern hatte den Charme eines alten Gebäudes mit dickem Putz und hohen Fenstern, das mitten im Grünen lag. Jetzt, da die Temperaturen fast mediterran waren, hatte das Hotel viele Fenster und auch die Eingangs- und Verandatüren sperrangelweit geöffnet, was dazu führte, dass ein leichter, angenehmer Sommerwind die Rezeption und das Eingangsfoyer kühlte. Mit etwas Fantasie konnte man sich vormachen, dass man eine Herberge in der Toskana oder in Ligurien betrat – und nicht acht Kilometer südöstlich des Offenbacher Kreuzes.

Franziska und Oskar passten in ihrem Aufzug ausgezeichnet in dieses hochsommerliche Stillleben. Franziska wirkte mit ihrer großen, braunen Sonnenbrille, ihrer flatternden, weißen Baumwollbluse, ihren Jeans und ihren hellblauen Segeltuchschuhen wie eine junge Frau, die unterwegs in die Sommerfrische ist. Und Oskar machte mit seiner beigen Shorts, seinem dünnen, blau-weiß geringelten Bretonen-Pulli und seinen schwarz-weißen Hallenfussballschuhen ganz gewiss auch nicht den Eindruck eines Geschäftsreisenden, eher schon eines Studenten auf Reisen.

Es war tatsächlich wenig los im Comfort Inn, was sich nicht zuletzt in einer entsprechend gelockerten Arbeitsmoral des Personals widerspiegelte. Das Foyer war leer und es dauerte gefühlte drei Minuten, bis Rezeptionistin und Concierge gemeinsam die Halle betraten und sich um die neue Kundschaft kümmerten. Allem Anschein nach hatten sie die ungewohnte Ruhe im Haus und das prächtige Wetter ausgenutzt und sich eine gemütliche Pause auf den Sonnenstühlen der Veranda gegönnt.

„Wie kann ich Ihnen helfen?", fragte eine sichtbar gut gelaunte Empfangsdame die beiden Neuankömmlinge.

„Wir wollen gerne bei Ihnen übernachten, eine Nacht", antwortete Franziska.

„Womöglich auch zwei oder drei, wir wissen das noch nicht genau", korrigierte Oskar – und wirkte dabei verlegen.

Die Rezeptionistin gab sich alle Mühe, ihr Schmunzeln zu unterdrücken. Denn natürlich reimte sie sich wahrscheinlich gerade im Kopf zusammen, dass es sich bei ihren neuen Gästen um ein Paar handeln musste, das ein Abenteuer suchte. Schließlich hatten die beiden kein Gepäck dabei und wussten nicht einmal genau, wie lange sie es gemeinsam im Hotel aushalten würden.

„Ich kann Ihnen ein ausgezeichnetes Angebot machen", fuhr die Dame hinter der Empfangstheke freundlich, aber zugleich augenzwinkernd fort, „denn wir haben unser so genanntes Flitterwochen-Zimmer frei – mit Herzbadewanne und einem weichen, bequemen Doppelbett mit Baldachin."

Franziska beugte sich zu Oskar herüber und zischte streng und leise: „Falls du nur daran denkst, bin ich dir schon sauer."

Dann wandte sie sich wieder der Rezeptionistin zu und sagte in nüchternem Ton: „Vielen Dank, aber wir sind eher an zwei getrennten Betten interessiert, vorzugsweise in zwei miteinander verbundenen Räumen."

Die Empfangsdame warf einen kurzen mitleidsvollen Blick auf Oskar, tippte danach einige Ziffern- und Buchstabenkombinationen in ihren Computer und vermeldete anschließend mit freundlicher Stimme: „Kein Problem, ich kann Ihnen eine der zwei Business-Suiten zum Sonderpreis von 129 Euro anbieten: Zwei Räume, zwei Betten, zwei Schreibtische und sogar einen Computer – dafür allerdings weder Sofa noch Balkon."

„Ausgezeichnet", erwiderte Franziska sofort, bevor Oskar einen Ton sagen konnte. Er nickte nur stumm, aber es war ihm ja auch tatsächlich egal, in welchen Räumlichkeiten sie übernachten würden – Hauptsache, sie waren sicher.

Auf dem Weg nach oben in die zweite Etage musste Franziska vor sich hin lachen: „Die hat allen Ernstes geglaubt, wir wären ein Liebespaar", sagte sie schmunzelnd.

Oskar drehte sich zu ihr um und fragte überrascht: „Na ja, und? So abwegig ist das doch gar nicht." Und kokettierend fügte er an: „Ich meine, du siehst nicht schlecht aus – und man könnte sich doch vorstellen, dass du dir mit etwas Glück sogar einen so sündigen und appetitlichen Kerl wie mich geangelt hast."

Franziska lachte laut auf: „Sag mal, du hast ja wohl aus dem Becher des Dorftrottels getrunken? Du könntest vielleicht mein kleiner Cousin sein, okay. Oder vielleicht sogar ein sehr junger Doktorand – obwohl, dafür siehst du nicht schlau genug aus. Aber ganz im Ernst: Warum sollte eine kluge, talentierte und begehrenswerte Frau wie ich sich mit so einem Backfisch wie dir einlassen? Ich kann mir jedenfalls nicht vorstellen, dass deine Welt auch meine Welt wäre. Weißt du, für mich ist das einfach nicht mehr so prickelnd, samstagabends erst ins Kino zu rennen, um den neuen Ryan-Gosling-Streifen anzuschauen, und sich mitternachts vor dem Drive-in-McDonald's mit einer Horde hormongetriebener Jungs und gickelnder Mädchen mit Alcopops zu betrinken."

Oskar überlegte eine Sekunde, ob er diese ziemlich unverschämten Spitzen einfach so stehen lassen sollte. Aber ihm fehlte jeder Ehrgeiz, sich zu wehren. Und immerhin war das ja ganz unterhaltend, was seine neue Übernachtungspartnerin da alles vor sich her quasselte. Außerdem war Oskar glücklich darüber, dass sie hier, in sicherer Entfernung zu ihren Verfolgern, wieder zu ein wenig Entspannung zurückzufinden schien.

Die Suite war tatsächlich wie gemacht für sie beide. Jeder hatte ein einigermaßen geräumiges Zimmer. Die Einrichtung war nüchtern, aber geschmackvoll. Und die Schreibtische boten großzügigen Platz zum Arbeiten.

„Ich würde gerne ein Bad nehmen", sagte Franziska und beanspruchte die Suite damit unausgesprochen erst einmal eine ganze Weile für sich allein.

„Das passt prima", antwortete Oskar. „Ich wollte ohnehin noch einmal in das nächste Städtchen fahren, um Zahnbürsten und ein paar andere Dinge für den täglichen Bedarf zu besorgen." Damit war er auch schon aus der Tür.

Als Oskar anderthalb Stunden später wieder zurückkehrte, saß Franziska im Bademantel und mit einem aus einem Handtuch gewickelten Turban vor dem Computer. Sie hatte die Fenster weit aufgerissen, und der Duft des Badeschaums hatte sich angenehm mit der frischen Waldluft von draußen vermischt.

„Hier", sagte Oskar, und reichte ihr eine große Plastiktüte. „Darin findest du Zahnbürste und Zahnpasta, Socken, zwei billige T-Shirts und zwei Teile Unterwäsche – ich habe mich für Medium entschieden, auch wenn du natürlich schlank genug bist, um auch Small zu tragen. Aber ich dachte, das ist gemütlicher."

Franziska packte die Tasche aus und begutachtete den Einkauf. Dann bemerkte sie anerkennend: „Respekt, du hast dir ja sogar gemerkt, dass ich Stuyvesant rauche." Und mit einem freundlichen Lächeln setzte sie nach: „Vielen Dank, Oskar, dass du dich kümmerst. Du machst das hier alles echt gut." Es schien, als habe die Badewanne tatsächlich eine balsamische Wirkung auf sie gehabt.

„Und was machen wir nun als nächstes?", fragte Oskar, während er seine eigene Tüte auspackte und die Wäsche, die er für sich besorgt hatte, in seinen Schrank räumte.

Franziska hatte dazu sehr konkrete Vorstellungen. „Ich habe nichts dagegen, dass wir alle weiteren Recherchen erst einmal von hier aus durchführen. Schließlich haben wir Internet und Festnetztelefon – und niemand kann ahnen, dass wir uns hier verstecken. Aber ich brauche unbedingt meinen Laptop, auf dem ich fast alle meine alten Dateien gespeichert habe. Und wenn ich sowieso nach Hause muss, würde ich auch mein Auto mitnehmen. Dann sind wir einfach beweglicher."

Oskar ließ sich einen Moment Zeit, bevor er darauf antwortete. Er wusste, dass es gefährlich werden könnte, wenn sie sich noch einmal zu ihr nach Hause wagten. Andererseits konnte er sich nicht wirklich vorstellen, dass ihre Gegner sowohl beide Wohnungen als auch die Redaktion und das Universitätsinstitut rund um die Uhr bewachen würden, nur um sie zu erwischen. Das wäre viel zu aufwendig. Außerdem hatte Franziska natürlich recht. Ohne ihre Dateien würde es wesentlich schwieriger werden, bei ihren Nachforschungen voranzukommen.

„Einverstanden", sagte er schließlich, „wir fahren zu dir nach Hause und holen Auto, Laptop und Akten. Aber nicht jetzt, sondern erst heute Nacht. Bis dahin will ich noch duschen – und wir sollten jeder eine Portion Schlaf nehmen."

„Genauso machen wir's", willigte Franziska ein.

24

„Mein Mandant ist beunruhigt", sagte der älteste der vier Anwälte, die am späten Nachmittag mit dem Schatzmeister zu einer außerordentlichen Sitzung des ‚Aufsichtsrats' in einem Hinterzimmer im Clubhaus des Bad Homburger Golfclubs zusammengetroffen waren.

Die Sache, fuhr der Anwalt mit seiner Beschwerde fort, laufe seit Tagen aus dem Ruder. Sein Mandant sei entsetzt, wie unprofessionell und „tollpatschig" – das war das Wort, das er in diesem Zusammenhang benutzte – der Schatzmeister und seine Truppe derzeit agierten, beklagte der Jurist, den sie hier in diesem Kreis nur mit Nummer drei ansprachen.

Neben ihm saßen Nummer zwei und Nummer vier, die zustimmend nickten und, ebenso wie die gegenüber platzierte Nummer eins, dem Schatzmeister den wachsenden Unmut ihrer Auftraggeber über die jüngsten Entwicklungen deutlich machten. Nummer drei sah ziemlich genauso aus wie Nummer eins, zwei und vier – wie man sich eben Karrierejuristen vorstellt, die an der Taunusanlage oder in der Neuen Mainzer bei einer der großen, mittlerweile meist von angelsächsischen Partnern geführten Sozietäten tätig waren. Bernstein Lieberman Collins. Oder Blackmill Barkwitz. Oder Fitch Sanders Partner. Alle, die hier am Tisch saßen, arbeiteten hauptberuflich für eine dieser Adressen oder waren in den vergangenen Jahren für mindestens eines dieser Häuser tätig gewesen, was sie freilich nicht davon abhielt, nebenbei noch kleinere Mandate auf eigene Rechnung anzunehmen – so wie dieses hier. Sie alle kauften ihre Hemden bei Termeeren oder bei Jung & Schanz auf der Goethestraße.

Sie alle gingen mittags auf einen Teller Pasta und ein Glas teuren Rotwein in die Villa Lombardia oder zu Alessandro oder ins Sardegna. Und abends gegen neun oder zehn fuhren sie mit ihren Mercedes C-Klassen oder Porsche 911ern wieder in den Taunus nach Königstein, Falkenstein oder Friedrichsdorf, wo auf die meisten von ihnen eine Frau und zwei Kinder in einem völlig überdimensionierten Haus warteten, die den ganzen Tag damit verbrachten, das viel zu viele Geld auszugeben, das die Kanzleien ihnen großzügig überwiesen.

„Ich versichere Ihnen, im Wesentlichen läuft alles nach Plan", setzte der Schatzmeister zu seiner Verteidigung an. Und was den herumschnüffelnden Journalisten angehe, so habe er ja bereits Mikail eingeschaltet, um sich „abschließend" um ihn zu kümmern. „Im Übrigen sollten wir nicht vergessen, dass dieser Kerl ohnehin viel zu wenig mitbekommen hat, um ahnen zu können, was wir vorhaben – und bis übermorgen ganz sicher auch nicht mehr dahinterkommen wird." Nichtsdestotrotz habe er Mikail beauftragt, die Angelegenheit zu erledigen.

„Was ist mit der Frau?", fragte Nummer zwei nach. „Auch wenn Sie uns dazu bisher nichts gesagt haben, so verstehen wir das doch richtig, dass sich dieser Journalist eng mit irgendeiner Frau von der Universität austauscht."

Der Schatzmeister versuchte, sich nicht anmerken zu lassen, wie sehr es ihn überraschte und wie sehr es ihn wurmte, dass der Aufsichtsrat auch über Franziska Böhning informiert war. Denn er selbst hatte keinen Anlass gesehen, den Rechtsanwälten von ihr zu berichten. Schließlich wollte er seine Auftraggeber nicht noch nervöser machen als sie ohnehin schon waren. Wahrscheinlich hatten sie Vito oder Nowitzki ausgefragt, vielleicht auch Geida. Oder möglicherweise ließ sich ja Hakan von ihnen doppelt bezahlen und meldete all das an sie weiter, was der Schatzmeister lieber für sich behielt. Er ahnte, dass er in die Offensive gehen musste, um jeden Verdacht der Vertuschung auszuräumen.

„Es ist gut, dass Sie es ansprechen", sagte der Schatzmeister, „denn ich wollte Ihnen ohnehin vorschlagen, dass wir Mikails Mandat um diese Frau erweitern. Dazu brauchen wir allerdings einen Nachschuss von 25.000 Euro pro Partei."

Die Anwälte tauschten sich kurz untereinander aus und bestätigten anschließend ihre Zustimmung: „Agreed."

„Bitte haben Sie immer vor Augen", bemühte sich der Schatzmeister zum Abschluss der Sitzung darum, die Stimmung unter allen Anwesenden zu heben, „dass wir, sollten wir jetzt abbrechen, fast vier Millionen Euro in den Sand gesetzt hätten. Wenn wir aber unsere Pläne lediglich noch drei Tage durchhalten, kassieren wir einen mittleren zweistelligen Millionenbetrag – und zwar jede der beteiligten Parteien."

Zu seiner Enttäuschung sorgte aber selbst diese Aussicht nicht für bessere Laune. Ganz im Gegenteil. Nummer drei blickte den Schatzmeister ernst an.

„Und bitte haben Sie immer vor Augen, dass von nun an besser nicht noch einmal etwas schiefgeht. Denn ansonsten sehen wir uns gezwungen, das Mandat von Mikail auch auf Sie zu erweitern."

25

Es war bereits zwanzig nach zwei in der Nacht, als Oskar seine neue Gefährtin auf möglichst sachte und sanftmütige Weise weckte. „Bitte, Franziska, es geht los!"

Die Jungprofessorin hatte erstaunlicherweise recht fest schlafen können, was wohl auch daran lag, dass sie nach der kurzen Nacht zuvor noch einigen Nachholbedarf hatte. Beide machten sich rasch fertig und zogen sich mehrere T-Shirts und Sweatshirts übereinander an, denn es war absehbar, dass es selbst in einer so lauen Sommernacht wie dieser auf dem Motoroller etwas frischer werden würde.

Die Uhren am Hauptbahnhof zeigten Viertel nach drei an, als sie auf dem Roller in die Karlstraße einbogen und sich dem Westend näherten. Wenig später erreichten sie die Schumannstraße und man konnte den Eindruck gewinnen, die ganze Stadt sei in ein Koma gefallen. Kein einziger Mensch war auf der Straße, kein Auto weit und breit – und in gerade einmal zwei Wohnungen brannte überhaupt noch Licht.

„Da vorne, der dunkelblaue Polo", sagte Franziska, die sich auf der Rückbank des Motorrollers sitzend bis dahin mit beiden Armen eng an Oskar geschmiegt hatte, jetzt aber die Umklammerung löste, um mit ihrem Finger auf ihr Auto zu zeigen, das sie zwei Straßen entfernt von ihrer Wohnung auf einem Seitenstreifen geparkt hatte.

Oskar hielt direkt neben dem Wagen und stellte den Roller auf dem Bürgersteig ab. Sie hatten ausgemacht, dass sie gemeinsam mit dem Auto zu Franziskas Wohnung fahren wollten. Oskar würde vor der Tür auf sie warten, während sie oben rasch ihren Laptop und einige Unterlagen zusammenpackte. Danach wollten sie wieder zum Roller rückkehren und getrennt – er auf dem Roller, sie im Auto – zurück ins Hotel fahren. Oskar setzte sich deshalb hinter das Steuer, Franziska nahm auf dem Beifahrersitz Platz. Vorsichtshalber fuhren sie erst zweimal an der Wohnung vorbei und spähten in die vor dem Eingang parkenden Wagen, um sich zu überzeugen, dass die Haustür von niemandem beschattet wurde. Als sie sich recht sicher waren, dass vor dem Haus keine bösen Überraschungen auf sie lauerten, fuhr Oskar ein drittes Mal an der Beethoven 87 vorbei und brachte den VW wenige Meter daneben vor der nächsten Einfahrt zum Stehen. „Bitte beeile dich", bat er seine Partnerin, die ihm mit einem entschlossenen Kopfnicken deutlich machte, dass auch sie keine Lust hatte, mehr Zeit als nötig in ihrer Wohnung zu verbringen.

„Ich brauche höchstens fünf Minuten", antwortete sie und war mit diesen Worten bereits aus dem Auto gestiegen.

Oskar musterte die Beethovenstraße mit Blicken nach links und rechts – und war heilfroh, dass er weiterhin nichts und niemanden entdecken konnte. Die Beleuchtung im Hausflur sprang an, und wenig später auch das Licht in der Küche und im Arbeitszimmer von Franziskas Wohnung in der zweiten Etage.

Oskar nutzte die Wartezeit, um sich ein wenig im Innenraum des Polos umzuschauen. Schon als er eingestiegen war, hatte er gemerkt, dass es im Wageninneren nach Franziskas Parfum duftete – nicht aufdringlich, sondern dezent, aber eben doch wahrnehmbar. Vielleicht Chanel oder Issey Miyake, so richtig sicher war er sich nicht. Er betrachtete die vielen Knöpfe vor ihm am modernen Cockpit. Firlefanz, dachte er bei sich – was ihn aber nicht daran hinderte, die eine oder andere Funktion einmal auszuprobieren. Er drückte den linken Knopf der oberen Reihe und beobachtete, wie sich die beiden Außenspiegel in langsamem Tempo nach innen klappten. Mit dem zweiten Knopf ließ sich die Kindersicherung aktivieren, was vom Geräusch mehrerer ins Schloss fallender Türen begleitet wurde. Der dritte Knopf schließlich diente dazu, den Beifahrer-Airbag auszuschalten, was umgehend ein erleuchtetes rotes Logo auf dem Handschuhfach deutlich machte.

Gerade war Oskar dabei, sich der zweiten Reihe an Funktionsknöpfen zu widmen, als jäh die Beifahrertür aufgerissen wurde und ein schwergewichtiger Mann in einer Bomberjacke in das Fahrzeuginnere eindrang. Oskar konnte sich vor Schreck nicht bewegen – geschweige denn dagegen wehren. Erst recht nicht, als er das lange Messer mit der scharfen Klinge vor sich entdeckte, mit dem ihn der glatzköpfige Kerl bedrohte, indem er die Spitze gegen Oskars Oberschenkel presste.

In gebrochenem Deutsch befahl ihm eine tiefe, slawische Männerstimme: „Wir erwarten Frau, dann fahren!" Dabei bohrte der Mann, der nach dem kalten Rauch schwarzer Zigaretten roch, wie zum Nachdruck das Messer einige Millimeter durch die Jeans hindurch in den Schenkel, sodass Oskar einen kurzen, spitzen Aufschrei von sich gab. Es dauerte einige Sekunden, bis Oskar begriffen hatte, was passiert war. Der kahle, übergewichtige Osteuropäer neben ihm musste der Mann aus dem goldenen BMW sein, der seinen Freund Benjamin vorgestern auf der Landstraße fast in den Tod gedrängt hatte. Das war also sicherlich jemand, der wenig Gewissensbisse hatte, sondern kaltblütig Aufträge auszuführen bereit war.

Der Fremde hatte mittlerweile die Beifahrertür zugeschlagen und das Seitenfenster einen Spalt geöffnet. Sein Blick wanderte zwischen Oskar und den erleuchteten Fenstern in Franziskas

Wohnung hin und her. Ach, ja, um Gottes willen: Franziska! Oskar versuchte, sich zu konzentrieren, aber die Angst vor dem Glatzkopf und seinem Dolch hatte ihn so sehr im Griff, dass er nicht wirklich klar denken konnte. Sein Körper war noch immer so paralysiert wie ein Kaninchen, das von einer Schlange bedroht wurde. Das änderte sich erst, als oben in Franziskas Wohnung das Licht aus- und im Treppenflur anging. Oskar war plötzlich klar, dass sie den gewaltbereiten Osteuropäer geschickt hatten, um sich um beide zu kümmern – um Oskar und Franziska in einem Aufwasch. Die Gedanken rasten immer schneller durch seinen Kopf. Vor seinem geistigen Auge wechselten die Bilder wie im Zeitraffer: Franziska mit aufgerissenen Augen, Carl Stolberg mit erschütterter Miene, Benjamin Beckmann wild gestikulierend und warnend. Oskars Blick fiel auf den fiesen Glatzkopf, der in Seelenruhe auf sein zweites Opfer wartete, und der gerade in diesem Augenblick ein zufriedenes Lächeln aufsetzte, weil sich die Haustür öffnete und Franziska heraustrat, die noch gar nicht ahnte, welche Gefahr auf sie nur wenige Meter entfernt lauerte.

Es war wohl der Anblick der ahnungslosen Franziska, der bei Oskar jene Entschlossenheit auslöste, die ihn selbst das lange Messer an seinem Oberschenkel für einen Moment vergessen ließ. Er griff nach dem Zündschlüssel, drehte ihn, schaltete rasch in den ersten Gang und trat dabei kräftig aufs Gaspedal. Die Reifen des Polos drehten kurz durch, es quietschte laut und der Wagen setzte sich wie ein Rennwagen nach einem Boxenstart in Bewegung. Oskar hatte Glück, denn tatsächlich überraschte er seinen unerwünschten Beifahrer mit diesem jähen und hektischen Manöver so sehr, dass dieser zunächst einmal gar nicht wusste, wie er reagieren sollte. Zwar schrie er laut und aggressiv auf Oskar ein: „Sofort stopp, sonst dich töten!"

Aber Oskar Willemer ließ sich davon nicht abbringen, das Auto zu beschleunigen. Er schaltete, während er durchs nächtliche Westend raste, zügig in den zweiten, dritten und vierten Gang durch und gab dabei mit kurzen Unterbrechungen kräftig Gas. Die Tachonadel zeigte 75 Stundenkilometer, als sie das Ende der Beethovenstraße erreicht hatten und ungebremst in weiter Kurve in die Bockenheimer Landstraße einbogen.

„Verdammt, stopp endlich!", schrie der Mann – und bohrte, um seiner Forderung Nachdruck zu verleihen, das lange Messer mit mitleidsloser Brutalität zwei Zentimeter in den Schenkel.

Oskar schrie auf vor Schmerz und verlor für einen kurzen Augenblick die Kontrolle über den Polo. Er lenkte das ohnehin viel zu schnelle Auto in einer hektischen Bewegung nach links und dann wieder zurück nach rechts, der Wagen geriet einen Moment lang in eine leichte Schräglage und ein Reifen hob kurzzeitig von der Straße ab, bevor das Fahrzeug eine Sekunde später wieder komplett auf festem Grund weiterrollte. Oskar und sein Gegenspieler waren im Inneren ziemlich durcheinandergewirbelt worden – und zum großen Glück für Oskar war dem Schurken auf dem Beifahrersitz sein Messer aus den Händen geglitten und irgendwo in den dunklen Fußraum gefallen. Der dicke Glatzkopf murmelte einige slawische Schimpfworte vor sich hin, bevor er sich so gut es ging nach unten beugte und im Fußraum die Suche nach dem Messer begann.

Oskar konzentrierte sich, nachdem er sich nach dem ungewollten Slalom wieder gesammelt hatte, mit aller Kraft darauf, den Wagen noch weiter zu beschleunigen. Mit mehr als 90 Stundenkilometern ging es trotz roter Ampel mit quietschenden Reifen rechts in die Miquelallee. Dort begegneten sie erstmals einem entgegenkommenden Auto, dessen Fahrer aber geistesgegenwärtig genug war, sich rasch nach rechts auf den

Seitenstreifen zurückzuziehen, um einen Zusammenprall zu verhindern.

Der stämmige Mann war im Fußraum nicht fündig geworden, das Messer war unter den Sitz gerutscht. Stattdessen griff er in die Innentasche seiner Bomberjacke und zog eine kleinkalibrige Pistole hervor, mit der er Oskar aufs Neue bedrohte, indem er sie gegen seinen Oberkörper drückte, während er ihn unmissverständlich zur Rückkehr in die Beethovenstraße aufforderte: „Sofort stopp und sofort zurück zu Frau!"

Oskar aber ließ sich auch durch die Waffe, die direkt auf seine Brust gerichtet war, nicht davon abbringen, noch fester aufs Gas zu treten. Er war viel zu sehr damit beschäftigt, den Wagen auf der kurvigen Straße in dem mittlerweile viel zu hohen Tempo in der Spur zu halten, als dass er Zeit hatte, über seine bedrohliche Lage intensiver nachzudenken. Er ließ sich nicht einmal von der Stichwunde im Oberschenkel ablenken, obwohl das herausdrängende Blut bereits einen faustgroßen, dunkelroten Abdruck auf seiner Jeans hinterlassen hatte und die Verletzung durchaus schmerzhaft war. Der Tacho zeigte nunmehr 110 Stundenkilometer, und Oskar raste wie ein Formel-1-Pilot abwechselnd durch Links- und Rechtskurven.

Sie näherten sich der Gabelung, bei der sich die Miquelallee Richtung Heddernheim und Richtung Innenstadt teilte, in der Ferne wurde bereits das 13-stöckige Gebäude der Bundesbank sichtbar, als Oskar, so als müsse er sich einen letzten Ruck geben, selbstbeschwörend und laut mit sich selbst zu sprechen anfing, während er mit den flachen Händen fest von beiden Seiten auf das Lenkrad trommelte: „Na los, trau dich, du musst, du musst!"

Sein Beifahrer wirkte sichtlich irritiert. Wahrscheinlich war er bislang, wenn er irgendwen bedroht hatte, nur auf zu Tode verängstigte und vollkommen eingeschüchterte Menschen getroffen. Dass jemand, auf den er eine Waffe gerichtet hielt, nicht seinen Befehlen gehorchte, schien eine völlig neue Erfahrung für ihn zu sein. Und dass sein vermeintliches Opfer nun auch noch anfing, laut mit sich selbst zu sprechen, um sich Mut zu machen, warf den Kerl wohl komplett aus seiner kriminellen Routine. Oskar redete immer weiter laut auf sich ein, atmete dabei schwer, und die Anspannung seines Körpers signalisierte, dass er sich selbst in einen Zustand höchster Erregung begeben hatte. Mit einem schnellen und fast ruckartigen Blick forschte er auf dem Cockpit vor ihm nach dem Schalter, mit dem man den Beifahrer-Airbag ausschalten konnte. Er musste sich etwas nach rechts vorne lehnen, um den Knopf zu drücken, was automatisch dazu führte, dass er den Lauf der Pistole, der ihm gegen die Brust gedrückt wurde, noch etwas fester zu spüren bekam. Die Gewissheit dieser lebensgefährlichen Bedrohung wiederum verstärkte nur seine Entschlossenheit, sorgte sozusagen für den letzten, entscheidenden Schub, um seinen radikalen Plan in die Tat umzusetzen. Er gab noch einmal Gas und donnerte in hohem Tempo auf den von der Miquelallee in flacher Kurve abzweigenden Nebeneingang des Palmengartens zu.

Sein Sitznachbar ahnte zum ersten Mal, was Oskar vorhatte und fingerte hektisch nach dem Gurt, den er – anders als Oskar – nicht angelegt hatte. Doch er hatte nicht den Hauch einer Chance, den Anschnallgurt zu greifen. Sie rasten auf die steinerne Befestigung neben dem großen Stahltor zu. Oskar stieg zwar, weil ihn der eigene Reflex dazu zwang, wenige Meter vor dem Hindernis mit ganzer Kraft auf die Bremse. Aber das reichte nur noch, um die Geschwindigkeit auf 70 Stundenkilometer zu drosseln, bevor sie mit großer Wucht an der Steinmauer neben dem Eingangstor aufschlugen.

Oskar hörte einen ohrenbetäubenden Knall, spürte kurz darauf einen heftigen Schmerz in der Brust, weil sein Oberkörper durch den Gurt in der Vorwärtsbewegung jäh gebremst wurde und er nur Momente später mit großer Wucht mit dem Gesicht in den Airbag donnerte. Anschließend war ihm, als würde ihm jemand mit einem Spaten ins Genick schlagen, denn er prallte mit viel Schwung in der Gegenbewegung mit dem Hinterkopf gegen die Kopfstütze. Er erkannte noch für einen kurzen Augenblick, dass seine Beine und seine Hüfte schmerzten, weil sie ebenfalls wild hin- und her gewirbelt worden waren. Danach aber setzte der Schock ein – und es wurde ruhig um Oskar.

Wie in Trance nahm er etwas später benommen und in Bruchstücken wahr, dass jemand das Wort an ihn richtete, dass irgendwann um ihn herum Blaulicht leuchtete und er von Rettungsdiensten vom Fahrersitz auf eine Bahre umgebettet und abtransportiert wurde. Das letzte Bild, das er vor Augen hatte, war ein Notarzt, der eine Spritze aufzog und auf ihn mit Worten einredete, die Oskar schon nicht mehr verstand.

26

Ermittlungsbeamte sitzen, wenn sie in Krimis im deutschen Fernsehen Verdächtige observieren, normalerweise in einem geräumigen und neuwertigen Audi, Opel oder BMW. Das Frankfurter Sondereinsatzkommando hingegen hatte sich bewusst für einen alten, aber leistungsstarken Golf als geeigneten Dienstwagen für Objektbeobachtungen entschieden. SEK-Chef Hartmut Tremmler und sein Kollege Sven Seidenweber, der den roten VW steuerte, hatten ihre Position auf dem Randstreifen genau gegenüber dem Bürohaus von Momentum in der Rubensstraße eingenommen. Kaum hatte Seidenweber den Motor ausgestellt, versicherte sich der Einsatzleiter, dass seine Mannschaft bereit für die Operation war.

Ein Mannschaftswagen mit sechs SEK-Beamten stand mit laufendem Motor an der Ecke Rubensstraße/Steinlestraße. Ein zweiter Trupp wartete am entgegengesetzten Ende der Rubensstraße auf den Startschuss. Zunächst aber wollte Tremmler sichergehen, dass sich keine Passanten mehr in unmittelbarer Nachbarschaft des Bürohauses befanden, das die Polizei in wenigen Minuten stürmen würde.

„Verdammt, da hinten", murmelte Tremmler vor sich hin und erteilte umgehend seinem Fahrer Seidenweber den Auftrag, sich um die junge Mutter zu kümmern, die im Garten der Nachbarvilla mit ihrer Tochter spielte.

Seidenweber stieg aus, ging schnellen Schrittes zum Gartenzaun, bat die junge Frau, etwas näher zu kommen, zeigte ihr seinen Dienstausweis und hielt sie mit unmissverständlichen Worten an, sich mit ihrer Tochter zügig ins Haus zurückzuziehen.

Die sichtlich verängstigte Frau rannte zu ihrem Mädchen und floh mit ihr eilig ins Wohnzimmer, wo sie sofort damit begann, die Rollos herunterzulassen.

Tremmler versicherte sich noch einmal bei Seidenweber, dass auch er niemand anderen mehr auf der Straße entdeckte. Danach wählte er per Kurzwahl das Polizeipräsidium auf dem Mobiltelefon an. An der anderen Seite der Leitung meldete sich sofort Polizeipräsident Christian Herzog, der bereits ungeduldig auf die Rückmeldung des Einsatzkommandos wartete. Herzog hatte, nachdem er am frühen Morgen darüber unterrichtet wurde, dass Oskar Willemer in der Nacht verletzt am Steuer eines VW Polo geborgen worden war, unverzüglich eine Krisensitzung einberufen. Dazu war auch Franziska Böhning hinzugebeten worden, die Polizei und Aufsichtsbehörden über ihre wichtigsten Entdeckungen und Rechercheergebnisse unterrichtet hatte – unter anderem auch über den Einbruch von Oskar Willemer in den Büroräumen von Momentum in der Nacht zum Mittwoch. Nach einigen Beratungen war die Sonderkommission Hypo-Tower dann zur Entscheidung gelangt, das Büro von Momentum zu stürmen und alle festzunehmen, die dort gerade eine Straftat vorbereiteten.

„Da sind Sie ja endlich", meckerte Herzog am Telefon mit dem Einsatzleiter des Sonderkommandos – und wie so oft wirkte der übergewichtige Polizeichef dabei angestrengt.

Tremmler, der im Vergleich zu seinem Vorgesetzten stets ruhig und unaufgeregt klang, berichtete in leidenschaftslosem, sachlichem Ton: „Das Objekt ist von allen Seiten einsehbar. Es gibt keine Passanten, die gefährdet werden können. Wir sind einsatzbereit."

Auf diese Ansage hatte Herzog nur gewartet: „Dann stürmen Sie!", gab der Polizeipräsident den Einsatzbefehl.

Sekunden später setzte Tremmler seine Mannschaft in Bewegung: „Zugriff."

Die beiden Einsatzwagen fuhren aus entgegengesetzten Richtungen in schnellem Tempo vor dem Haus vor, die zwölf bewaffneten Polizisten der Spezialeinheit sprangen aus den beiden Autos, jeweils zwei von ihnen liefen links und rechts in den Garten des Bürohauses und übernahmen die Bewachung des Gebäudes von der Seite und von hinten. Ein kleiner Trupp von drei Spezialisten war zur Haustüre vorgerückt und brach die Eingangstür binnen einer halben Minute auf, indem das Zylinderschloss mit einem großen Stemmbügel aufgehebelt wurde. Sofort zog der Rest der Mannschaft hinterher, eilte die Treppe in die erste Etage hinauf und postierte sich vor der Büropforte von Momentum. Zwei Experten montierten eine geringe Menge Knet-Sprengstoff direkt am Schloss und zündeten nur Sekunden später eine Mini-Explosion. Anschließend trat ein Kollege mit Springerstiefeln, die mit Stahlkappen verstärkt waren, fest gegen die Tür, die sofort aufsprang. Der Rest des Trupps stürmte, mit schussbereiten Waffen, in den Flur, den Nebenraum, die Toilette und das zentrale Büro. Nichts, niemand – das Büro war leergeräumt und wie ausgestorben.

„Negativ", berichteten die Beamten, nachdem sie sich in allen Ecken und Winkeln des Büros davon überzeugt hatten, nacheinander über ihre Headsets an ihren Einsatzleiter. „Negativ."

Tremmler zog enttäuscht seinen Kopfhörer ab, öffnete die Tür und stieg aus dem Golf aus, um seinen Leuten im Gebäude durch die Fensterscheiben hindurch das Zeichen zum Abbruch zu geben: „Aktion einstellen!" Und mit etwas Wehmut fügte er hinzu: „Verdammt, wir sind ein paar Stunden zu spät gekommen."

27

"Hören Sie mich, Herr Willemer?" Oskar war sich nicht sicher, ob er das alles träumte oder ob da tatsächlich eine Krankenpflegerin vor ihm stand, die ihn in freundlichem, aber bestimmtem Ton ansprach.

„Wenn Sie mich hören können, dann geben Sie uns ein Signal – nicken Sie, zwinkern Sie, schütteln Sie den Kopf."

„Ich kann Sie hören, Schwester", flüsterte Oskar mit gebrochener Stimme und wandte seinen Blick der Pflegerin zu, die auf einem Holzstuhl neben dem Bett saß und seine Hand ergriffen hatte.

Schwester Clara war zwar bereits seit 18 Jahren Krankenpflegerin, zuerst im Katharinenhospital, mittlerweile hier im Nordwest-Krankenhaus. Doch unbeschadet aller Routine im Umgang mit Unfallopfern und Schwerkranken ließ sie das Schicksal ihres neuen Patienten nicht kalt. Sie war deshalb erleichtert darüber, dass sich Oskar Willemer, wenn auch zunächst nur beschwerlich, äußern konnte und wieder bei Bewusstsein war. Die Ärzte hatten nämlich nachts, als er eingeliefert wurde, noch nicht abschätzen können, ob die ausgesprochen heftige Gehirnerschütterung bleibende Schäden hinterlassen hatte und den Patienten womöglich wochenlang ins Koma verbannen würde. Auch war unklar, ob es nicht vielleicht doch Blutungen, Gerinsel oder Frakturen im Kopf gab, die man nicht sofort entdeckt hatte, weil man diese – sofern sie denn vorhanden waren – erst später mit nuklearmedizinischen Methoden würde ermitteln können. Dass der Patient nun, nachdem er 16 Stunden am Stück geschlafen hatte, wieder aufwachte und dem ersten Eindruck nach alle Sinne beieinander hatte, löste bei Schwester Clara und dem eilends herbeigerufenen Stationsarzt Erleichterung aus.

„Es sieht so aus, als hätten Sie verdammtes Glück gehabt", erklärte der Arzt, dessen Name laut einem kleinen, an seinem Kittel befestigten Schildchen *Dr. Amir Dayani* war, nachdem dieser noch einmal Puls und Blutdruck kontrolliert hatte.

„Wie lange liege ich hier schon?", fragte Oskar mit immer noch schwacher Stimme.

„Naja", antwortete der vollbärtige Mediziner mit heiterer Miene, „ich bin schon ein wenig neidisch auf Sie. Denn Sie haben gerade länger am Stück geschlafen als ich in dieser Woche zusammengenommen."

Dayani überprüfte einige von Oskars Reflexen und sagte schließlich: „Draußen stehen ein Kriminalbeamter und ein Kollege von Ihnen. Ehrlich gesagt, fände ich es besser, wenn Sie erst noch ein wenig ruhen würden. Aber die Herren drängeln, weil sie behaupten, dass es wichtig wäre, rasch mit Ihnen zu sprechen. Ich würde, wenn Sie sich dazu bereit fühlen, deshalb den Herrschaften erlauben, fünf Minuten mit Ihnen zu reden. Wie sehen Sie das?", fragte der Stationsarzt.

Oskar nickte und murmelte: „Ich fühle mich blendend."

Keine zwei Minuten später standen zwei Männer am Krankenbett. Oskar erkannte Carl Stolberg, den Vater von Franziska, der den ganzen Donnerstagvormittag und -nachmittag auf den Plastikschalensesseln im Gang ausgeharrt hatte, um gleich vor Ort zu sein, wenn Oskar aus seinem Erholungsschlaf aufwachte. Der blonde Mitdreißiger neben ihm gab sich als Leiter der Soko Hypo-Union-Tower zu erkennen, was Oskar, der nach den jüngsten turbulenten Ereignissen ohnehin noch etwas verwirrt und schläfrig war, zusätzlich durcheinanderbrachte.

„Guten Tag, Herr Willemer, mein Name ist Kai Schumacher", stellte sich der Kriminalpolizist vor. „Wir haben drei Fragen an Sie. Sehen Sie sich in der Lage, uns zu –"

Oskar unterbrach den Polizisten jäh, weil ihm etwas anderes auf der Seele brannte: „Wie geht es Franziska?"

Stolberg trat näher ans Krankenbett, lächelte seinen jungen Zeitungskollegen freundlich an und berichtete: „Alles ist gut, Herr Willemer, alles. Meine Tochter hat sich heute Nacht zwar gewaltig erschrocken, als sie so überraschend vor ihren Augen mit dem Auto durchgestartet sind. Aber ihr ist nichts geschehen. Und nachdem sie heute am frühen Morgen erfahren hat, dass es auch Ihnen den Umständen entsprechend gut geht, hat sich ihre Stimmung spürbar aufgehellt. Sie ist erst einmal bei meiner Frau untergeschlüpft, um sich etwas zu entspannen und zu erholen."

Oskar war erleichtert. Es hätte ja gut und gerne sein können, dass vor dem Haus von Franziska heute Nacht noch Komplizen des Mannes gelauert hätten, der ihn mit Messer und Schusswaffe bedroht hatte.

Soko-Leiter Schumacher ergänzte: „Frau Professor Böhning hat uns freundlicherweise heute Morgen schon ausführlich auf den Stand gebracht über Ihre gemeinsamen Recherchen. Das war letztlich auch der Grund, warum meine Kollegen das Büro dieser Momentum gestürmt haben – leider wohl ein paar Stunden zu spät", führte Schumacher aus und fügte an: „Wir möchten nun von Ihnen wissen, was im Auto geschehen ist und wie es zu dem Unfall kam. Und ob Ihr Beifahrer noch irgendetwas gesagt oder getan hat, was für uns aufschlussreich sein könnte. Sind Sie bereit?"

Oskar stützte sich auf seine Unterarme, zog sich etwas höher im Bett, um sich leicht aufzusetzen und nickte. „Ja, ich bin bereit."

Schumacher berichtete, dass die Ärzte natürlich die Stichwunde in Oskars Oberschenkel entdeckt und die Polizisten im Fußraum des Polos das dazu passende Messer gefunden hatten, ebenso wie an der Unfallstelle die Kleinkaliberpistole.

„Wir gehen deshalb davon aus", folgerte der Leiter der Sonderkommission, „dass Sie von Ihrem unerwünschten Beifahrer bedroht und schwer verletzt wurden – und genau deshalb die Kontrolle über das Fahrzeug verloren haben, was letztlich zu dem Unfall führte. Ist das richtig?"

Oskar blickte den Männern, die um sein Bett standen, in die Augen und verstand, dass ihm die Polizei eine Brücke bauen wollte, um Ermittlungen gegen ihn von vornherein zu vermeiden. Er bestätigte deshalb mit einem Nicken und sagte: „Ja, so war es."

„Danke für diese Aussage", entgegnete der Kriminalpolizist. „Sie ist auch deshalb wichtig, weil wir nun aller Voraussicht nach darauf verzichten werden, ein Verfahren gegen Sie zu eröffnen. Vielmehr ist nun von einem durch einen Dritten verschuldeten Unfall mit Todesfolge auszugehen."

Oskar wiederholte mit immer noch schwacher Stimme: „Todesfolge?"

„Ja", bestätigte Schumacher in festem Ton. „Der Mann, der Sie bedroht hat, Mikail Zhelev, ist tot. Er starb am Unfallort, wahrscheinlich nur wenige Sekunden nach dem Aufprall des Wagens auf dem Steintor. Zhelev wurde mit großer Wucht durch die Windschutzscheibe geschleudert und schlug nach unserer bisherigen Rekonstruktion des Verlaufs mit seinem Kopf auf dem Steinboden auf. Ich nehme an, dass Sie Mikail Zhelev nicht kannten?"

Oskar war zwar durch den Bericht des Kriminalpolizisten, der noch einmal die Ereignisse der letzten Nacht so lebhaft ins

Gedächtnis rief, aufgerüttelt, antwortete aber dennoch präzise auf die Frage: „Nein." Er räusperte sich, um deutlicher zu sprechen. „Nein, ich habe den Mann gestern Nacht zum ersten Mal gesehen."

Schumacher klärte Oskar auf, mit wem er es am Vorabend im Auto zu tun gehabt hatte: „Mikail Zhelev – beziehungsweise Oleg Zhelev, denn Mikail ist nur sein aktueller Deckname – ist einer der meistgesuchten Auftragsmörder in Europa. Besser gesagt: Er war es."

Zhelev, so berichtete der Kriminalpolizist weiter, werde die Beteiligung an mindestens elf Tötungsdelikten zur Last gelegt – außerdem bandenmäßige Kriminalität, Erpressung, Menschenhandel und Drogengeschäfte. Er sei als besonders kaltblütiger Täter bekannt – und zuletzt mehrere Monate abgetaucht.

„Wir werden übrigens aus ermittlungstaktischen und sicherheitsstrategischen Gründen in den Akten vermerken, dass er allein im Auto war und das Fahrzeug gesteuert hatte", erläuterte Schumacher das weitere Vorgehen der Kripo. „Auf diese Weise beugen wir dem Risiko vor, dass sich jemand aus seinem Clan für Sie interessieren könnte. Zu Ihrer Beruhigung möchte ich allerdings zugleich anmerken, dass die zentralen Figuren aus dem Zhelev-Clan sowieso entweder im Gefängnis sitzen oder irgendwo im Krankenhaus liegen."

Von Beruhigung konnte bei Oskar freilich keine Rede sein. Die lebhaften Erinnerungen an die noch frischen Ereignisse und die Tatsache, dass ein Mensch – wenngleich ein skrupelloser Auftragsmörder – durch ihn zu Tode gekommen war, sorgten in seinem Kopf für mächtig Wirbel. Die Bilder der gestrigen Nacht flogen vor seinem geistigen Auge hin und her: Zhelevs untersetztes Gesicht, die Angst einflößende Klinge seines Messers, das Licht im Hausflur bei Franziska, der Lauf der Kleinkaliberpistole. Oskar spürte, dass sich als Ausdruck der inneren Aufregung einige Schweißtropfen auf seiner Stirn gebildet hatten – und er spürte seinen Puls heftig pochen. Schumacher, dem die Unruhe seines Ansprechpartners nicht entgangen war, ließ ihm einen Moment Zeit, um etwas zu entspannen, und fuhr dann mit der Befragung fort.

„Herr Willemer, unsere zweite Frage lautet: Hat Zhelev im Auto noch irgendwas gesagt, was für uns wichtig sein könnte? Hat er mit irgendwem telefoniert oder zufällig den Namen eines Komplizen erwähnt? Oder ist Ihnen sonst etwas aufgefallen, was für die Ermittlungen von Bedeutung sein könnte?"

Oskar dachte einen Augenblick angestrengt nach, aber ihm fiel nichts ein, was er der Polizei hätte berichten können.

„Tut mir leid", antwortete er schließlich. „Aber es ging auch alles ganz schnell. Er hat mich ein paar Mal aufgefordert, auf Franziska zu warten, denn er bestand darauf, dass wir sie mitnehmen."

Carl Stolberg, der noch immer am Bettende stand und den Ausführungen lauschte, griff schnell nach der Lehne des neben ihm stehenden Stuhls, um sich zu stützen. Schließlich war das, was Oskar da gerade erzählte, der letzte Beweis dafür, dass seine Tochter – durch seine Mitschuld – gestern Abend in akuter Lebensgefahr geschwebt hatte. Und die Vorstellung, was um ein Haar passiert wäre, brachte seinen Blutdruck ziemlich aus dem Lot.

„Dann bleibt als letzte Frage", setzte Schumacher nach, „nur noch, ob Sie bei Ihrem nächtlichen Einbruch im Büro von Momentum irgendetwas entdeckt haben, was einen Hinweis liefern könnte, wohin die Bande verschwunden ist?"

Oskar schüttelte den Kopf: „Bedaure, aber auch da fällt mir nichts ein."

„Kein Problem", sagte der Kriminalpolizist, „machen Sie sich keine Sorgen. Wir werden die Kerle trotzdem kriegen. Gute Besserung!" Mit diesen Worten drehte sich Schumacher zur Tür und machte sich auf den Weg.

„Svizzera!", rief Oskar plötzlich – und musste anschließend kräftig husten, weil ihn lautes Sprechen noch anstrengte.

Schumacher war sofort wieder ans Bett zurückgekehrt.

„Ich habe", erklärte Oskar, nachdem der Hustenreiz abgeklungen war, „in einer der Schreibtischschubladen Flugtickets gesehen – von einer Fluglinie, die mir bisher nicht bekannt war: Svizzera."

„Die kenne ich", schaltete sich Stolberg ein, „das ist eine regionale Fluggesellschaft aus der italienischen Schweiz. Die haben nur ein kleines Programm – eine Handvoll Flüge von Regionalairports nach Bellinzona."

„Schweiz", sagte Schumacher zu sich selbst – und sein Tonfall verriet, dass er es für eine sehr plausible Annahme hielt, dass sich die Männer, die sie suchten, in die Schweiz absetzen würden, sobald sie ihr Vorhaben abgeschlossen hatten. „Danke sehr, wir werden den Flugplan dieser Svizzera studieren, vielleicht bringt uns das ja auf die Spur derjenigen, nach denen wir gerade fahnden", verabschiedete sich Schumacher noch einmal bei Oskar und fügte an: „Übrigens, weil das ja möglicherweise für Sie wichtig sein könnte: Wenn es nicht – wie auch immer – zu dem Unfall gekommen wäre, dann lägen jetzt statt Zhelev wohl Franziska Böhning und Sie auf dem Obduktionstisch der Gerichtsmedizin. Wir haben nämlich", fuhr er fort, „unweit von Franziskas Wohnung auf dem Parkstreifen einen goldenen 3er-BMW entdeckt. Darin war eine Sporttasche mit 40.000 Euro in bar, einem Foto von Ihnen und von Frau Professor Böhning, mehreren großen, leeren Müllsäcken und einem Stadtplan von Rhein-Main, auf dem ein Rudersteg nicht weit der Offenbacher Schleuse markiert war. Wir haben deshalb Grund zur Annahme, dass Zhelev Ihnen aufgelauert hat, um Frau Böhning und Sie zu töten und ihre Körper in einem Nebenarm des Mains zu entsorgen – zumal wir ja am Unfallort die 5,6-Millimeter-Schusswaffe sichergestellt haben."

Oskar war, während er den Schilderungen des Polizisten folgte, bleich geworden. Er blickte starr und etwas entrückt – so als wäre er nicht im Krankenbett, sondern ganz woanders – vor sich hin. Als sich Schumacher schließlich erneut Richtung Tür wandte, um sich endgültig zurückzuziehen, richtete Oskar seinerseits noch eine Frage an den Kriminalisten: „Sagen Sie, Sie werden doch hoffentlich nicht zulassen, dass diese Dreckskerle entwischen?"

Schumacher war bereits halb in der Tür, drehte sich deshalb nur noch kurz dem Patienten zu und bemühte sich, ihn mit einigen allgemein beschwichtigenden Worten zu beruhigen. Dabei konnte er allerdings nicht verbergen, dass ihm die Frage unangenehm war, weil er keine überzeugende Antwort darauf hatte.

„Machen Sie sich darum keine Sorgen", antwortete Schumacher, „wir haben Realtime verständigt und die Agentur hat versichert, sich für alle Eventualitäten zu rüsten. Sollte irgendwer versuchen, ihren Nachrichtenticker zu kapern, werden sie ihn binnen weniger Sekunden wieder aus dem System drängen und etwaige Falschmeldungen umgehend korrigieren und dementieren. Sie sind gerade dabei, extra den Softwarechef aus London einfliegen zu lassen, um die besten Leute hier vor Ort zu haben."

Die Tür ging auf und Dr. Dayani steckte seinen Kopf ins Krankenzimmer. „Bitte sehr, meine Herren, Sie haben meine

Großzügigkeit bereits überstrapaziert, denn Ihre Befragung dauert schon fast eine Viertelstunde", sagte der Mediziner in ermahnendem Ton. „Herr Willemer braucht nun unbedingt Ruhe!"

Schumacher entschuldigte sich mit einer reumütigen Geste beim Stationsarzt und verließ den Raum. Stolberg, der tief erschrocken vom nüchternen Bericht über die dramatischen und lebensbedrohlichen Umstände der vergangenen 24 Stunden war, ging noch einmal einige Schritte nach vorne neben Oskars Bett und griff nach dessen Hand.

„Ich weiß nicht, wie ich Ihnen dafür danken kann, dass Sie meine Tochter nicht in den Wagen haben einsteigen lassen, ich …" Dem Altredakteur versagte die Stimme. Einige Tränen liefen ihm die Wange herunter. Stolberg ließ Oskars Hand los und wandte sich zum Gehen.

Oskar hatte aber durchaus schon eine Idee, wie sich Stolberg bei ihm erkenntlich zeigen konnte. „Wir müssen dringend mit Berenbrink Kontakt aufnehmen", erklärte er mit Nachdruck.

Stolberg schaute ihn verwirrt an und schien überhaupt nicht zu verstehen, worauf Oskar hinauswollte. „Warum zur Hölle möchten Sie den Bundesbankpräsidenten sprechen?", fragte er zurück.

Oskar atmete tief durch, setzte sich noch etwas höher in seinem Bett auf und deutete dem Chefredakteur an, wieder etwas näher zu ihm zu kommen, um seine Stimme und Kräfte zu schonen. Anschließend bemühte sich Oskar, dem Chefredakteur seine aktuelle Sicht der Dinge möglichst kurz und knapp vorzutragen. Er erinnerte Stolberg zunächst daran, dass der Rückzug der Bande aus den Geschäftsräumen in der Rubensstraße ja noch keineswegs bedeutete, dass sie ihre Pläne aufgegeben hatte und getürmt war. Ganz im Gegenteil müsste man damit rechnen, dass die Leute, die den Auftragsmörder Zhelev geschickt hatten, nun von irgendeinem anderen Ort aus operierten.

„Und ich sehe bisher nicht, wer sie aufhält", sagte Oskar und ließ keinen Zweifel daran, dass er von der Polizei tief enttäuscht war. „Die Kripo hat Realtime verständigt, und damit ist die Geschichte für die erst einmal erledigt", ärgerte sich Oskar. Ein galliger Unterton lag in seiner Stimme. „Dass die Nachrichtenagentur versichert, für jedwede Attacke von außen gewappnet zu sein, ist doch klar. Realtime kann die Frankfurter Polizei scheinbar schon allein damit beeindrucken, dass irgendein IT-Experte mal kurz nach Frankfurt ausgeliehen wird", schimpfte Oskar vor sich hin. „Dabei ist es für Realtime ein absolutes Muss, den Kunden die unbedingte Glaubwürdigkeit der eigenen Daten und Informationen zu versichern. Verlässlichkeit ist das eigentliche Pfund, mit dem die Agentur wuchert, wenn sie ihre Nachrichten für teures Geld verkauft. Wenn erst einmal Spekulationen aufkommen, die Programme könnten gehackt und die Daten und Informationen auf dem Ticker manipuliert sein, kann Realtime einpacken. Die Kunden vertrauen den Nachrichten blind – und investieren im festen Glauben darauf, dass die Meldungen stimmen, jede Minute Millionen und Milliarden in Aktien und Anleihen. Stellen Sie sich vor, was passieren würde, wenn Realtime eingestehen müsste, dass das Nachrichtenprogramm von einer Handvoll Internet-Piraten gekapert werden könnte", redete Oskar auf Stolberg ein. „Mit anderen Worten: Selbst wenn es zu einem Angriff kommt, wird man mit allen Möglichkeiten versuchen, die Sache herunterzuspielen und zu vertuschen. Und ich bin übrigens längst nicht so optimistisch wie die Kriminalpolizei und die Nachrichtenagentur, dass es gelingen wird, einen Eindringling schnell wieder aus dem Ticker herauszudrängen."

Oskar ließ seinen Kopf wieder ins Kissen zurückfallen, denn das lange Sprechen und die innere Erregung forderten ihn sehr und provozierten einen erneuten Hustenanfall.

Stolberg verstand trotz aller Erklärungen seines Redaktionskollegen allerdings nicht den Punkt, den Oskar machen wollte: „Aber warum denn dann Berenbrink?"

„Weil wir irgendwen brauchen, der verhindern kann, dass diese verdammten Dreckstypen morgen mit gefälschten Meldungen dafür sorgen, dass der DAX in den Keller rasselt", beschwor Oskar seinen Chefredakteur – und es schien fast, als kehrten mit zunehmendem Ärger auch seine Lebenskräfte zurück.

Stolberg nahm sich einen Stuhl, stellte ihn nah neben das Krankenbett, setzte sich, blickte Oskar freundlich in die Augen und versuchte mit großväterlicher Stimme, seinem unruhigen Gegenüber ins Gewissen zu reden: „Ich schätze wirklich Ihre Abenteuerlust, Herr Willemer, und noch mehr – und das ist kein leeres Wort – Ihren Mut und Ihre Bereitschaft, sich für andere ins Zeug zu legen. Ich bin Ihnen, wie Sie wissen, zudem unendlich dankbar für das, was sie getan haben, um meine Tochter davor zu bewahren, Opfer einer Gewalttat zu werden. Aber glauben Sie nicht, dass Sie Ihre Kräfte etwas überschätzen, wenn Sie hier aus der Intensivstation des Nord-West-Krankenhauses den Deutschen Aktienindex retten wollen? Willemer, ich bitte Sie, überlassen Sie das der Polizei oder der Wertpapieraufsicht oder den IT-Experten von Realtime oder wem auch immer, aber kümmern Sie sich erst einmal um sich selbst und Ihr eigenes Wohl."

„Verdammt nochmal, genau das tue ich doch", hielt ihm Oskar entgegen. „Ich denke einzig und allein an mich – und im Übrigen auch an das Wohlergehen Ihrer Tochter", und in beschwörendem Ton fuhr er fort: „Wenn diese Kerle es morgen trotz aller Alarmbereitschaft bei Realtime doch schaffen sollten, ihren Plan durchzuziehen, verdienen sie ein Vermögen. Vielleicht eine Million, vielleicht fünf Millionen, vielleicht 50 Millionen – ich habe keine Ahnung, weil ich ihren Einsatz nicht kenne. Aber wer Geschäftsräume anmietet und Auftragsmörder anheuert, dem geht es wohl kaum nur um ein paar Tausend Euro. An Geld wird es den Jungs also sicher nicht fehlen, falls ihr kriminelles Vorhaben gelingt. Und zugleich ist denen bewusst, dass Franziska und ich die Einzigen sind, die mehr über sie wissen und einigen von ihnen sogar begegnet sind. Was läge da näher, als noch einmal einige Tausend Euro zu investieren und uns aus der Welt zu schaffen – so wie sie es ohnehin vorhatten. Ich jedenfalls werde keine ruhige Minute mehr haben – es sei denn, es gelingt, denen morgen einen Strich durch die Rechnung zu machen."

Oskar musste erneut husten, weil ihn das lebhafte Sprechen noch immer anstrengte.

Stolberg schwieg zunächst, was im Grunde als stilles Einverständnis dafür verstanden werden konnte, dass Oskars Argumentation durchaus einige Punkte für sich hatte. Überzeugt schien er allerdings noch nicht, deshalb hielt er gegen: „Ich sehe noch nicht, warum Sie entspannter sein sollten, wenn die Bande morgen keinen Erfolg hat. Denn wenn der Plan vereitelt wird und die Kerle keine Gewinne machen, sondern womöglich sogar Verluste einfahren, weil sie ihren Einsatz einbüßen, dann wird der Hass auf Sie und Franziska wahrscheinlich sogar noch größer sein – und somit auch das Risiko, dass man Ihnen jemanden auf den Hals jagt."

„Nein", antwortete Oskar schnell, so als habe er diese Option bereits Dutzende Male durchgespielt. „Davon gehe ich nicht aus, ganz und gar nicht. Ich denke, es ist viel wahrscheinlicher, dass sich die Bande zerstreiten wird, sollte der Plan scheitern. Und die Hintermänner, die das ganze Geld für die Operation vorgestreckt haben, werden mit Sicherheit eine Riesenwut auf diejenigen haben, die durch ihre Patzer die Sache verbockt haben. Unter solchen Umständen ist es doch ziemlich unwahrscheinlich, dass die Gruppe ohne Unterstützung noch einmal konzertiert agiert und Rache übt", erklärte Oskar. „Bitte, glauben Sie mir, es ist für Ihre Tochter und für mich bestimmt viel besser, wenn der Angriff auf den DAX vereitelt wird." Stolberg wirkte noch immer nicht überzeugt, deshalb legte Oskar noch nach: „Außerdem haben doch gerade Sie mir mit auf den Weg gegeben, die Kerle – wie haben Sie gesagt? – die Kerle am Arsch zu kriegen. Oder wollen Sie es etwa zulassen, dass diese Dreckstypen, die bereit waren, Ihre Tochter und mich – und nicht zu vergessen: auch meinen Freund Ben Beckmann – zu töten, sich am Ende genauso bereichern wie damals die kriminellen Shortseller, die gegen Klettner gewettet haben."

Das saß. „Woher wissen Sie …?", stammelte der sichtlich konsternierte Chefredakteur. „Und wie kommen Sie dazu, die Sache von damals mit dem zu vergleichen, was wir hier gerade erleben?"

Stolberg wirkte aufgebracht und fast ein wenig zornig, dass ihn Oskar mit diesem privaten Ereignis konfrontierte, für das er sich bestimmt nach wie vor schwere Vorwürfe machte. Trotzdem bemühte er sich offensichtlich, hier im Krankenzimmer seines Kollegen nicht die Fassung zu verlieren und kehrte zu seiner Frage zurück: „Also, warum sollten wir uns an Berenbrink wenden? Der Bundesbankpräsident weiß doch ohnehin schon Bescheid, ich war ja mit Herzog und Lampertsberger bei ihm. Ich verstehe nicht, wie gerade er uns helfen soll."

Oskar rutschte in seinem Bett wieder in eine etwas bequemere Lage, um seinen linken Arm zu entspannen, auf den er sich nun schon eine geraume Weile aufgestützt hatte, und erklärte vielsagend: „Ich habe da eine Idee."

28

Für ungeübte Augen sah der weiße Mercedes-Transporter, der an diesem späten Donnerstagabend auf dem Seitenstreifen der Taunusanlage geparkt war, aus wie ein kleiner studentischer Umzugslaster. Vom Heck und den Seitenwänden prangte das Logo einer Spedition, die sich *Zugvögel Umzugsdienst* nannte. Wer aber genauer hinsah, dem fielen die leistungsstarken Antennen auf dem Dach des Wagens auf, mit denen man gewiss mehr als nur Country-Musik im Autoradio hören konnte. Außerdem entdeckte man auf den zweiten Blick auch die beiden Gucklöcher an der Hecktür und der rechten Seite, die es ermöglichten, weitgehend unbemerkt vom Wageninneren aus die Umgebung zu observieren. Und schließlich hätte einem aufmerksamen Beobachter auffallen können, dass ein Kabel vom nur wenige Meter entfernten Verteilerkasten der Telekom quer über den Bürgersteig genau unter den Laster führte, von wo aus es – den Blicken der Passanten entzogen – ins Wageninnere geleitet wurde.

Dass das Kabel oder der Transporter irgendeinem Polizisten, Hausmeister oder Anwohner auffallen würde, mussten der Schatzmeister und seine Mitstreiter nicht befürchten. In der Innenstadt gab es jede Menge provisorische Leitungen und Kabel, die aus irgendwelchen Schächten herausquollen und über Trottoirs oder Straßen geführt wurden – üblicherweise etwa rund um Baustellen, wo auf diese Weise Strom vom Nachbargrundstück gezogen wurde. Und dass ein Kleinlaster einer Umzugsfirma über Nacht auf einem innerstädtischen Parkstreifen abgestellt wurde, erregte erst recht keinen Verdacht. In diesem speziellen Wagen befanden sich allerdings weder Umzugskisten noch Sackkarren. Der Laderaum des Kombis erinnerte vielmehr an einen Übertragungswagen einer TV-Station, denn er war zu einer mobilen Schaltzentrale umgebaut. Auf wenigen Quadratmetern Innenfläche waren nebeneinander ein halbes Dutzend Computerbildschirme installiert, die von einem zeichenblockgroßen Schaltpult aus gesteuert werden konnten. Daran saß der Softwareprofi Hakan – und auf engstem Raum direkt hinter ihm der Schatzmeister und Vito.

Keinem der drei war bewusst, dass sie an diesem Vormittag nur denkbar knapp dem Zugriff der Polizei entgangen waren. Ihr nächtlicher Umzug aus ihrem Büro in der Rubensstraße in den Kleinlaster war sowieso bereits seit Monaten geplant gewesen. Denn nach all den wochenlangen Vorarbeiten mussten sie nun näher an die Rechner der Nachrichtenagentur *Realtime* heran, um sich über deren lokales Zuleitungsnetz in deren Nachrichtenticker einzuwählen. Sie hatten deshalb – wie schon seit März so vorgesehen – gestern am späten Abend die Büroräume von Momentum geräumt, um keine Spuren zu hinterlassen – und waren in den kleinen Speditionslaster umgezogen, wobei sie ausschließlich diejenigen Instrumente und Geräte mitgenommen hatten, die sie unbedingt für den Einsatz benötigten. Dass ihnen die Polizei auf den Fersen war und heute Vormittag das Momentum-Büro gestürmt hatte, davon hatten sie keinen Schimmer. Womöglich war das auch besser so. Hätten sie gewusst, dass die Polizei sie verfolgt, wären die Hauptakteure wahrscheinlich noch nervöser gewesen, als sie es ohnehin schon waren.

„Yup!", jubelte Hakan – und erklärte mit triumphierender Stimme: „Wir sind drin!" Er konnte nicht verbergen, wie stolz er war, dass es ihm gelungen war, sich in eines der angeblich bestgeschützten Nachrichtenagentursysteme der Welt einzuloggen. Der Schatzmeister und Vito sprangen von ihren Stühlen auf und drängelten sich noch dichter hinter Hakan, um dessen Erfolg zu begutachten.

„Hier", führte der Profihacker das Ergebnis seiner Arbeit vor, „hier auf der linken Seite des Bildschirms seht ihr alle Meldungen, die dem zentralen Nachrichten-Slot von Realtime von seinen eigenen Korrespondenten angeboten werden. Schaut einmal, hier zum Beispiel hat das Büro in Stuttgart eine Nachricht über Details der Kapitalerhöhung von Daimler verfasst – und zwar vor vier Minuten, wie man an diesem Eintrag erkennen kann."

Hakan manövrierte, während er seinen Kollegen alles erläuterte, den Cursor langsam und gezielt auf dem zentralen Bildschirm hin und her.

„Da!", rief er plötzlich laut aus. „Habt ihr das gesehen? Der verantwortliche Redakteur am Wirtschaftsnachrichtentisch in der Zentrale hat die Daimler-Meldung eben gerade freigegeben. Das erkennt man daran, dass diese kleine Flagge hier am Ende der Schlagzeile nun von rot auf grün gewechselt ist. Die Meldung müsste nun eigentlich dort auf dem Ticker erscheinen, lenkte Hakan die Aufmerksamkeit auf einen auf dem Nachbartisch aufgestellten Terminal-Bildschirm, wie es ihn zehntausendfach in Handelsräumen und Zeitungsredaktionen rund um den Globus gab. Dort leuchteten zwar in bunter Schrift allerlei aktuelle Meldungen über Unternehmen, Märkte und Politik auf, aber keine Zeile über Daimler.

„Wir haben uns einfach dazwischen geklemmt – und wir entscheiden nun darüber, welche Meldungen aus Frankfurt auf den Realtime-Bildschirmen weltweit erscheinen – und welche nicht. Guckt einmal genau hin, wir wollen die Jungs in der Zentrale nicht länger auf ihre Daimler-Schlagzeile warten lassen, sonst schöpfen sie noch Verdacht, dass sich irgendwer in ihrem Ticker eingenistet hat. Drei – zwei – eins – und raus damit!"

Hakan drückte eine Tastenkombination – und keine Sekunde später erschien die Daimler-Meldung als oberste Schlagzeile auf dem Terminal.

Der Schatzmeister riss die geballte Faust in die Höhe, schrie ein triumphierendes „Jaa!" durch den Raum und packte Hakan von hinten kumpelhaft an den Schultern: „Du bist großartig." Er streckte Vito eine Hand zum Abklatschen entgegen – und der kleingewachsene Mitstreiter schlug ausgelassen ein.

„Wahnsinn, wir haben es wirklich geschafft", freute Vito sich.

„Moment", bremste Hakan. „Nicht zu früh jubeln. Wir werden erst noch einen Testlauf machen." Er lenkte den Cursor im Menü durch jene Nachrichten, die bereits vor Stunden an die Kundschaft der Agentur versendet worden und entsprechend bereits längst auf den Terminals in Zeitungsredaktionen und Handelsräumen zu lesen waren. „Hier", entschied Hakan, „die hier nehmen wir."

Er hatte eine Meldung über die Einzelhandelsumsätze Deutschlands im Juli aufgerufen, die *Realtime* am späten Nachmittag – oder um exakt zu sein: um 17.58 Uhr – gesendet hatte, und er war zum dritten Absatz gescrollt. Dort stand zu lesen, dass im Berichtsmonat aufgrund der seinerzeit für die Jahreszeit viel zu kühlen Witterung vor allem das Geschäft mit Erfrischungsgetränken und Grillgut gelitten habe. Hakan las den Satz laut vor und fügte hinter *Grillgut* noch die Worte *sowie Speiseeis* ein.

„Ich werde die Meldung mit dieser unbedeutenden Korrektur jetzt gleich noch einmal auf den Ticker schicken. Die Änderung wird nicht einmal dem Realtime-Redakteur auffallen, der die Meldung geschrieben hat", zeigte sich Hakan überzeugt. „Die bei Realtime werden das, ebenso wie die Kunden, deshalb für eine stinknormale Wiederholung halten. Das fällt niemandem auf, denn so etwas passiert jeden Tag aus den unterschiedlichsten Gründen ein paar Mal."

Nach dieser kurzen Erläuterung tippte er einige Tastenkombinationen und blickte erwartungsvoll auf das Realtime-Terminal zu seiner rechten Seite. Es dauerte zunächst einige Sekunden, in denen nichts geschah. Dann aber – Bingo! – erschien die Meldung über den deutschen Einzelhandelsumsatz im Sichtfeld. Hakan klickte auf die Schlagzeile, um den Volltext zu öffnen. Und siehe da: Tatsächlich war im dritten Absatz zu lesen, dass das Geschäft mit Erfrischungsgetränken und Grillgut *sowie Speiseeis* gelitten habe.

„Ist euch klar, was das heißt?", jubelte Hakan. „Wir haben soeben das Kommando bei der wichtigsten Wirtschafts-Nachrichtenagentur der Welt übernommen. Wir können Realtime-Meldungen stoppen, wir können sie umschreiben, wir können eigene Meldungen bei Realtime über den Draht schicken. Von nun an bestimmen wir, ob die Welt glaubt, dass die Europäische Zentralbank die Zinsen gesenkt oder angehoben hat, ob die Zahl der Arbeitslosenanträge in den USA gestiegen oder gefallen ist, ob Adidas oder Thyssen-Krupp Gewinne machen oder Verluste schreiben. Denn wir sind ab jetzt die Nachrichten – zumindest die Nachrichten, die darüber entscheiden, in welche Richtung sich die Börsenkurse entwickeln."

29

An diesem hochsommerlichen Freitagmorgen hatte Kai Schumacher, der Leiter der Sonderkommission Hypo-Union-Tower, seine Kollegen bereits um halb acht zur Arbeitssitzung ins Polizeipräsidium einbestellt. Schließlich war heute Hexensabbat, also der entscheidende Termin für den Verfall standardisierter Termingeschäfte – und es gab noch allerhand vorzubereiten, um mittags gerüstet und einsatzfähig zu sein, falls die Kerle von Momentum, wie von der Polizei erwartet, kurz vor Feststellung des Abrechnungskurses des DAX den Markt mit Falschmeldungen fluten würden. Schumacher trug wie immer weder Anzug noch Krawatte, sondern eine Jeans und ein hellblaues Hemd mit kleingeschnittenem Kragen. Er gehörte zwar im Präsidium der Leitungsebene an und war inoffiziell so etwas wie die rechte Hand von Christian Herzog. Aber anders als der Polizeipräsident verstand sich Schumacher weder als Führungskraft noch gar als Repräsentant der Behörde, sondern war mit Leib und Seele Ermittler. Und als Ermittler war es oft besser, falls es schnell gehen und man sich direkt in die Verbrecherjagd vor Ort einschalten musste, Turnschuhe anstatt eines Schlips zu tragen.

Der Soko-Chef begann das Briefing, indem er seine Kollegen darüber informierte, dass sie zunächst noch abwarten müssten, bis sich die Bande in das *Realtime*-System eingeloggt hätte. „Zuvor können wir wenig tun." Der Angriff werde voraussichtlich zwischen zwölf und Viertel nach zwölf erwartet, also knapp eine Stunde vor der heute so bedeutsamen Feststellung des Referenzpreises für den DAX.

Schumacher stellte seinem Team drei Mitarbeiter vor, die nicht jeder im Raum kannte, weil sie in einer anderen Dienststelle tätig waren. „Die Kollegen Herbst, Pallmer und Yülmiz von der Direktion Netzkriminalität werden, sobald es losgeht, alles in Bewegung setzen, um die Eindringlinge zu orten. Denn es ist sehr wahrscheinlich, dass die Verdächtigen einen lokalen Zugang zum Netzwerk suchen und sich deshalb in der Nähe eines Realtime-Standorts befinden, vielleicht sogar nicht weit entfernt von der Realtime-Zentrale in Frankfurt. Aber um das herauszufinden, brauchen wir den virtuellen Fußabdruck, und den können wir nun mal erst aufspüren, wenn die Verdachtspersonen im Netz bei Realtime anklopfen."

Schumacher schaltete den Overhead-Projektor ein und erklärte anhand eines Einsatz-Organigramms, was die weitere Planung vorsah. „Spätestens ab zehn Uhr stehen uns drei kleine mobile Einsatztrupps zu Verfügung: die Gruppe Echo unter Leitung von Erler, die Gruppe Tango unter Leitung von Tiefenbach und die Gruppe Zulu unter der Regie des Kollegen Zeiss. Sie sind dafür da, sofort vor Ort zuzugreifen, sobald die Netzwerker den Standort der Bande ausfindig machen."

Schumacher erläuterte weiter, dass sich parallel zu den Versuchen der Polizei, die Verdächtigen zu orten und festzusetzen, die betroffenen Unternehmen bemühten, die Eindringlinge aus dem Nachrichtenticker zu drängen und Richtigstellungen zu veröffentlichen, um die absehbaren Kursverluste in Reaktion auf die Falschmeldungen in engen Grenzen zu halten. *Realtime* selbst habe vier Techniker im Einsatz, die auf den Schutz des hauseigenen Systems gegen Viren und andere Attacken von außen spezialisiert seien – darunter auch Rajiv Nadit, der aus Indien stammende Chef der IT-Europa-Einheit von *Realtime*, der das Programm in- und auswendig kannte, weil er wesentliche Teile davon selbst geschrieben hatte. Zudem habe man die Vorstandsmitglieder von Linde, RWE, Fresenius Medical Care und Siemens ins Vertrauen gezogen. In den Unternehmen, die voraussichtlich die Zielscheiben falscher Nachrichten werden sollten, seien bereits Dementis vorbereitet und formuliert worden, um schnell reagieren zu können. Allerdings habe man bislang bewusst nur ganz wenige Personen eingeweiht, um zu vermeiden, dass die Informationen durchgesteckt würden und sich irgendwer im Wissen um die bevorstehende Attacke durch entsprechende Positionierung an den Märkten bereichern könnte. Erst um halb zwölf würden die Kommunikationschefs ihre Pressesprecher in speziellen Briefings auf das vorbereiten, was mittags auf sie zukomme.

„Für den ungünstigen Fall, dass es uns weder gelingt die Bande zu lokalisieren noch die virtuellen Eindringlinge wieder aus dem Nachrichtenticker herauszuschmeißen, werden wir ab ungefähr 13 Uhr Stufe zwei einleiten", fuhr Schumacher mit dem Briefing fort. „Wir haben drei Einheiten von jeweils drei Kollegen instruiert, in die Handelsräume der Hanseatischen Boden-Bank, der Interinvest und der Banca Communale zu fahren und dort die Händler Höller, Feisel und von Witzleben festzunehmen. Sie haben in den vergangenen Wochen auffällige Termingeschäfte abgeschlossen und stehen deshalb im Verdacht, im Auftrag der Firma Momentum zu agieren. Diese Zielpersonen werden dann umgehend hier im Kommissariat verhört – in der Hoffnung, dass der eine oder andere noch ein paar Details preisgibt, die uns zu den potenziellen Hintermännern und Geldgebern führen – und außerdem natürlich zu den Handlangern, die wahrscheinlich noch bis vor Kurzem in den Büros in der Rubensstraße die Durchführung des Coups vorbereitet haben", erläuterte Schumacher das weitere Vorgehen – und kam schließlich auf Stufe drei zu sprechen. „Unsere letzte Hoffnung ist schließlich, dass wir die Haupttäter festnehmen können, falls sie sich über den Flughafen Stuttgart in die Schweiz absetzen wollen."

Der Soko-Chef gab in kurzen Worten Auskunft darüber, dass die Ermittler aufgrund eines Hinweises des Zeitungsredakteurs Willemer, der bekanntlich die Büros von Momentum vor zwei Nächten ausspioniert hatte, auf Ticket-Buchungen mehrerer verdächtiger Personen mit der Regionallinie Svizzera gestoßen seien. Da am heutigen Freitag keine anderen Verbindungen aus Deutschland heraus angeboten würden, läge die Annahme nahe, dass es sich um den Flug um 16.30 Uhr von Stuttgart nach Bellinzona handeln müsse. Es sei zwar durchaus möglich, dass die Buchungen nur optional vorgenommen wurden – und letztlich keiner der Verdächtigten tatsächlich in Stuttgart-Leinfelden auftauche. Auf jeden Fall aber seien die dortigen Kollegen verständigt und instruiert, bestimmte Personen festzuhalten, von denen vermutet werde, dass sie etwas mit den offensichtlich geplanten Kursmanipulationen zu tun haben.

„Gibt es zu alledem noch irgendwelche Fragen?", erkundigte sich Schumacher und blickte erwartungsvoll in die Runde der knapp zwei Dutzend Polizisten, die im Planungsraum des Kommissariats zusammengekommen waren. „Wenn nicht, umso besser. Dann sage ich nur noch: an die Arbeit! Und seien Sie bitte alle vorsichtig, einige der Zielpersonen sind sehr wahrscheinlich bewaffnet und gewaltbereit."

30

"Das geht nicht", erklärte die Krankenpflegerin kategorisch. "Sie können nicht nach Hause."

Oskar versuchte, so höflich und einsichtig wie möglich aufzutreten, um die Krankenpflegerin nicht zusätzlich zu reizen. Er saß komplett angezogen auf seinem Krankenbett und war festen Willens, das Hospital zu verlassen. Neben ihm standen Franziska und ihr Vater – sein Chef – Carl Stolberg, die zugegebenermaßen etwas verlegen wirkten. Sie waren gekommen, um ihn abzuholen – obwohl Stationsarzt Dr. Dayani angeordnet hatte, dass er mindestens noch das Wochenende im Krankenhaus verbringen sollte, um seine Genesung genau beobachten zu können.

"Das ist alles sehr kompliziert", sagte Oskar mit leiser, beschwichtigender Stimme und fragte die Pflegerin höflich, ob es eine Chance gebe, kurz mit Dr. Dayani zu reden. Er hatte diesen Wunsch kaum ausgesprochen, als die Tür des Krankenzimmers aufging und der Stationsarzt persönlich die Szene betrat. Oskar musste dem vollbärtigen Mann nur in die Augen schauen, um zu wissen, dass das folgende Gespräch nicht einfach und erst recht nicht angenehm werden würde. Denn der Mediziner wirkte gereizt, seine buschigen Augenbrauen bebten, seine sonst so heitere Miene war eingefroren.

"Was soll der Quatsch?", schimpfte der Stationsarzt geradeheraus los und blickte Oskar, Franziska und Stolberg streng an. In belehrendem Ton wandte er sich direkt an seinen Patienten: "Ist Ihnen klar, dass Ihr Körper beim Unfall ähnlich harte Aufschläge aushalten musste wie bei einem Sturz aus dem zweiten

Stock? Und dass andere Menschen schon an den Folgen einer so schweren Gehirnerschütterung, wie Sie sie erlitten haben, gestorben sind?"

Nein, Dr. Dayani war in der Tat ganz und gar nicht damit einverstanden, dass Oskar bereits heute wieder ausrücken wollte.

„Aber nein", fuhr der Arzt mit seinen Vorwürfen fort. „Der junge Draufgänger hier hat scheinbar zu viel Bruce Willis im Kino gesehen und ist der Meinung, dass ihm so ein bisschen Schädel-Hirn-Trauma ja nichts anhaben kann – und zur Not müsse man ja auch nur zwei, drei Paracetamol einwerfen, und man kann sich wieder voll ins Leben stürzen."

„Stopp!" – es war Stolberg, der den Stationsarzt mit seiner lauten Intervention davon abhielt, sich noch weiter in Rage zu reden. „Es reicht, Dr. Dayani", fügte der alte Zeitungsmacher mit ernster Stimme an und erklärte freundlich, aber bestimmt, dass es ganz gewiss nicht darum gehe, sich überheblich seinem ärztlichen Rat zu widersetzen.

„Uns allen ist völlig klar, dass es Oskar wesentlich besser täte, wenn er hier bei Ihnen bleiben würde – und glauben Sie mir, es wäre mir deutlich wohler, wenn ich ihn unter Ihrer fachärztlichen Aufsicht lassen könnte. Aber das geht leider nicht, denn ohne ihn können wir wahrscheinlich eine kriminelle Bande nicht davon abhalten, ein schwerwiegendes Verbrechen zu begehen. Deshalb möchten wir Sie fragen", fuhr Stolberg mit demutsvoller Stimme fort, „ob Sie bereit wären, Oskar heute am späten Nachmittag wieder in Ihre Obhut zu nehmen und ihn weiter zu hospitalisieren. Bis dahin wird er – auf ausdrücklich eigenes Risiko – mit uns zu einer Behörde fahren und dort an einem Treffen teilnehmen. Ich gebe Ihnen mein persönliches Ehrenwort: Ich übernehme die Gewähr dafür, dass Oskar sich so wenig wie irgend möglich bewegen muss und wir ihm so viel Ruhepausen wie möglich erlauben."

Stolbergs ernster, überzeugender Auftritt blieb nicht ohne Wirkung auf den Stationsarzt. Und als Franziska ihm noch mit großen und flehenden Augen ins Gewissen redete – "Bitte, Herr Doktor, es ist ein absoluter Notfall" –, drehte sich Dayanis Stimmung. Sein Zorn wandelte sich in Neugier.

"Ja, und wie bitte schön soll Ihnen Herr Willemer denn dabei helfen, ein Verbrechen zu vereiteln? Und wo fahren Sie jetzt hin?"

"Bitte, Herr Dr. Dayani", antwortete ihm Franziska und blickte den Mediziner dabei auf solch herzerweichende Weise an, dass Oskar, wäre er an seiner statt gewesen, ihr auch den verrücktesten Wunsch nicht hätte abschlagen können. "Bitte haben Sie Nachsicht mit uns, wenn wir Ihnen darüber keine Auskunft geben können. Nur so viel unter uns im Vertrauen: Das Treffen, an dem Oskar teilnehmen soll, findet in der Bundesbank statt und die höchste Führungsebene ist eingebunden. Es geht um viel Geld, aber wesentlich wichtiger: Es geht auch um Menschenleben, die in Gefahr sind."

Damit wandte sich Franziska wieder ihrem Vater und Oskar zu, um sich wohl zu versichern, dass sie nicht zu viel ausgeplaudert hatte: "Ich denke, so viel kann ich Dr. Dayani sagen, ohne ihn oder uns in zusätzliche Gefahr zu bringen."

Dr. Amir Dayani war kein bisschen klüger als zuvor und es juckte ihn, mehr über das ganze Vorhaben zu erfahren. Andererseits hatte der Mediziner aber durchaus Verständnis dafür, dass sich die drei verschlossen zeigten. Denn in seinem Beruf erlebte er oft genug Situationen, in denen es entscheidend war, nicht alles preiszugeben. Das verstärkte den Eindruck, dass es bei dem, was sie am Nachmittag vorhatten, nicht bloß um eine Lappalie ging, sondern um die Mitwirkung an der Lösung eines so bedeutsamen Problems, dass sogar die Führung der Bundesbank und womöglich noch anderes politisches Spitzenpersonal damit befasst waren. Zudem war es nicht unerheblich, dass sich Dayani geschmeichelt fühlte. Er war es gewohnt, dass sich Patienten häufig als Wichtigtuer aufspielten, wenn sie früher entlassen werden wollten. Dass sie herumbellten und gar nicht bemerkten, wie selbstverliebt und arrogant und zugleich respektlos es dem behandelnden Mediziner gegenüber wirkte, wenn sie erklärten, der Arzt müsse doch bitte schön verstehen, in ihrer Firma werde bald alles drunter und drüber gehen, falls sie nicht umgehend an den Schreibtisch zurückkehrten. Stolberg, Böhning und Willemer hingegen waren klug und höflich genug, den Unfallarzt als oberste Instanz anzuerkennen und keine Zweifel daran zu äußern, dass er mit seinen Einschätzungen völlig recht hatte. In allem Respekt beantragten sie lediglich eine Art Ausnahmegenehmigung – das war ein ganz anderer Zungenschlag. Und da noch dazu Franziskas ganzer Auftritt und Anmutung – ihre sanfte Stimme, ihr freundliches Lächeln, ihr zugewandter Blick – auf ihn durchaus eine beschwichtigende Wirkung hatten, war er geneigt, sich nachgiebig zu zeigen.

„Na gut, von mir aus", sagte Dayani schließlich. „Dann tun Sie, was Sie nicht lassen können. Aber ich werde um Punkt fünf meine Abendvisite antreten – und wenn Sie, Herr Willemer, dann nicht in diesem Bett liegen, dann suchen Sie sich besser ein anderes Hospital und einen anderen Arzt, der sich mit Ihnen beschäftigt."

Oskar, Franziska und Stolberg beeilten sich, danke zu sagen, und die Krankenstation so schnell wie möglich zu verlassen, damit es sich der Arzt nicht noch einmal anders überlegte.

31

"Tot? Wieso denn tot?" Der Schatzmeister war komplett außer Fassung geraten, als ihm Anwalt Nummer drei telefonisch berichtete, was er vor wenigen Minuten von einem Kontaktmann auf Seiten der Polizei erfahren hatte. Mikail Zhelev sei, so meldete der Anwalt, in der Nacht zum Donnerstag – also vor gut 30 Stunden – in der Nähe des Palmengartens mit seinem Wagen tödlich verunglückt, wobei er, so sei es eindeutig den Akten zu entnehmen, allein im Auto gesessen habe. Der Schatzmeister, der gerade erst vor einer halben Stunde in den Kombi an der Taunusanlage zurückgekehrt war und sich eigentlich auf den Ablauf der nächsten zweieinhalb Stunden konzentrieren wollte, war völlig von der Rolle. Mikail als Opfer eines Verkehrsunfalls? Das ergab doch überhaupt keinen Sinn. Warum sollte der sonst so planmäßig wie kaltblütig vorgehende Profikiller auf einmal betrunken oder lebensmüde durchs Westend rasen? Welche Verbindung gab es zwischen seinem plötzlichen Tod und den Mordaufträgen, die der Schatzmeister ihm erteilt hatte? War es möglich, dass Zhelevs Tod die Polizei auf seine Fährte brachte und das ganze Vorhaben in letzter Sekunde noch gefährdete? Und wo waren dieser Journalist und die junge Universitätsprofessorin abgeblieben? Der Schatzmeister hatte auf all diese Fragen keine Antwort. Er saß bleich im Frachtraum des Kombis und beobachtete, wie Hakan letzte Vorbereitungen traf, um den Nachrichtenticker von *Realtime* zu entern. Als es plötzlich an der Wagentür klopfte, zuckte er heftig zusammen. Dabei hätte er sich denken können, dass es Nowitzki und Vito waren. Sie stiegen ins Wageninnere und nahmen neben Hakan Platz.

„Na, alle Systeme einsatzfähig?", fragte Nowitzki, als er sich setzte.

Hakan nickte. „Alles ist bereit, wir können starten!"

„Dann bin ich ja beruhigt", antwortete der blonde Hüne erleichtert. „Ich habe nämlich heute Nacht davon geträumt, dass unser Vorhaben danebengeht – und wir vier von den Anwälten durch einen ellenlangen leeren Flur gejagt werden, an dessen Seiten Dutzende Mikails stehen und uns beschießen. Zum Glück bin ich dann irgendwann aufgewacht."

Der Schatzmeister hatte Nowitzki zwar nur halbherzig zugehört. Aber er war durch die Schilderungen seines Komplizen immerhin daran erinnert worden, dass es für ihn und die drei anderen im Transporter ziemlich gefährlich werden dürfte, wenn sie die Aktion jetzt abbrachen – ganz egal, was der Tod von Mikail Zhelev letztlich an zusätzlichen Risiken bedeutete.

„Hakan", sagte der Schatzmeister deshalb in strengem und entschlossenem Ton, „ich möchte, dass du alles startklar machst – in 30 Minuten geht die Show los!"

Tobias Heinen war überhaupt nicht davon begeistert, dass sich an diesem Freitagvormittag noch überraschend Besuch bei ihm im Büro angekündigt hatte. Der Pressesprecher der Deutschen Bundesbank hatte sich nämlich bereits eine Zugverbindung am späten Nachmittag zu seiner Verlobten nach Hamburg herausgesucht und war fest entschlossen, seinen Schreibtisch im Frankfurter Hauptgebäude der Bundesbank allerspätestens um 16 Uhr zu räumen. Schließlich war August, Sommerpause. Und wenn es ihm, der regelmäßig abends oder an Wochenenden ranmusste und im Schnitt 55 bis 60 Stunden pro Woche ackerte, nicht gelang, wenigstens im ereignisarmen Hochsommer einmal pünktlich ins Wochenende zu gehen, dann hatte seine Freundin tatsächlich allen Grund, sauer auf ihn zu sein. Sie fand ohnehin, dass er zu selten bereit war, „Nein" zu sagen. Umso entschlossener war Heinen, die zwei Redakteure des *Finanzblatts*, Stolberg und Willemer, die kurzfristig den Bundesbankpräsidenten sehen wollten, auf die nächste Woche zu vertrösten und heute nicht mehr zum Chef vorzulassen. Zumal dieser doch erst vor vier Wochen dem *Finanzblatt* ein Kurzinterview gegeben hatte. Insofern war es fast ein wenig unverschämt, dass Stolberg und Willemer schon wieder auf der Matte standen.

„Ich bitte vielmals um Entschuldigung, dass wir Sie hier so überfallen", sagte der Chefredakteur Stolberg, noch bevor er das Zimmer des Pressesprechers der Bundesbank richtig betreten hatte. „Meinen jungen Kollegen Oskar Willemer kennen Sie ja gewiss – und das hier ist Franziska Böhning, Professorin am Institut für Banken- und Börsenwesen der Uni Frankfurt. Und nebenbei meine Tochter."

Heinen begrüßte seine Besucher höflich und bot ihnen Plätze auf der modernen Sitzcouch gleich rechts von seinem Schreibtisch an. Zugleich begann er damit, den Gästen klarzumachen, dass der Bundesbankchef ihnen heute nicht zum Gespräch zur Verfügung stehen werde: „Ich fürchte, Sie enttäuschen zu müssen, aber ich sehe leider wenig Chancen für ein spontanes Interview mit dem Präsidenten – einmal ganz abgesehen davon, dass wir zu solchen Ad-hoc-Gesprächen ohnehin nur unter ganz außergewöhnlichen Umständen bereit sind." Heinen setzte dabei ein Gesicht auf, als würde er es persönlich am meisten bedauern, die Besucher abweisen zu müssen.

„Es geht nicht um ein Interview und wir sind nicht als Journalisten hier", stellte Stolberg umgehend klar. „Wir sprechen

Sie, Herr Heinen, auch nicht in Ihrer Funktion als Pressesprecher an, sondern in Ihrer Rolle als persönlicher Referent des Bundesbankpräsidenten. Wir müssen unbedingt zehn Minuten mit Berenbrink sprechen – und ich bedaure, wenn ich so drängeln muss: Aber im Grunde müsste das sofort sein."

Heinen war irritiert, auf eine solche Anfrage war er nicht vorbereitet gewesen. Er verwies auf den sehr dichten Terminplan seines Chefs und dass er zunächst mit den zuständigen Abteilungsleitern Rücksprache halten müsse.

Man musste freilich kein Psychologe sein, um zu bemerken, dass der Pressesprecher – auch wenn es nicht um eine journalistische Anfrage ging – im Kopf hastig nach irgendwelchen Argumenten suchte, um die drei nicht zum Bundesbankchef durchlassen zu müssen. Franziska spürte sofort, dass Heinen sie abwimmeln wollte und war zu ungeduldig, um sich lange mit dem sturköpfigen Fachbeamten auseinanderzusetzen.

„Hören Sie", polterte es aus ihr heraus. „Wir verlangen ja keine Audienz beim Papst, sondern müssen in einer dringenden Angelegenheit den Präsidenten der Bundesbank sprechen. Da draußen startet gerade eine Truppe hochprofessioneller und skrupelloser Krimineller eine Attacke auf den DAX. Und wenn Sie uns weiterhin davon abhalten, den Präsidenten zu sprechen, dann kann sich Ihr Chef schon bald all die schönen Worte über Stabilität und Solidität des Finanzsystems schenken, die Sie ihn allwöchentlich aufsagen lassen, weil dann nämlich in den nächsten Tagen an den Kapitalmärkten das reinste Tohuwabohu los sein wird."

Franziska hatte sich in Schwung geredet. Sie konnte die Röte spüren, die ihr ins Gesicht gestiegen war. Sie nahm Heinen mit strengem Blick ins Visier und war fest entschlossen, sich nicht von ihm abservieren zu lassen. Heinen reagierte typisch: Er beharrte darauf, sich zunächst mit einem ranghöheren Kollegen zu besprechen. Der Pressesprecher griff zum Hörer, wählte eine Kurzwahl und wartete darauf, dass jemand am anderen Ende der Leitung abnahm. Nach einer halben Minute jedoch gab er auf, wandte sich seinen Besuchern wieder zu und erklärte: „Bedaure, aber der Abteilungsdirektor ist wohl nicht am Platz. Ich versuche es später noch einmal. Wenn ich Sie in der Zwischenzeit bitten dürfte, im Vorraum Platz zu nehmen – ich rufe Sie dann wieder herein."

„Verdammt nochmal!", gingen in diesem Moment mit Franziska die Pferde durch. „Können Sie nicht einfach mal kurz bei Berenbrink nachfragen, ob er fünf Minuten hat? Herr Willemer und ich sind gestern nur gerade so einem brutalen Auftragsmörder entkommen. Ein Händler der Hypo-Union hat nicht so viel Glück gehabt und ist deshalb vergangene Woche aus dem 47. Stockwerk eines Bankhochhauses geworfen worden. Und Sie sitzen hier und wollen uns erklären, dass wir zusehen sollen, wie diese Bande ihr kriminelles Werk vollendet, weil irgendeiner ihrer Frühstücksdirektoren gerade nicht am Platz ist?"

Heinen war, das merkte sie ihm an, zwar einerseits zornig darüber, dass sie ihn so aggressiv anging, andererseits hatte er wohl auch Sorgen, dass es ein Fehler sein könnte, sie nicht ernst zu nehmen – immerhin saßen vor ihm ja nicht irgendwelche spleenigen Verschwörungstheoretiker, sondern eine Universitätsprofessorin und zwei Redakteure der angesehensten Finanzzeitung der Stadt. Außerdem hatte sich ihr Vater mit Berenbrink und dem Polizeipräsidenten Herzog noch vor wenigen Tagen in genau dieser Sache beraten. Franziska sah Heinen dabei zu, wie er erneut den Telefonhörer in die Hand nahm und eine Nummer wählte. Als sie hörte, wie sich am anderen Ende der Leitung eine Frauenstimme meldete, fragte der Pressesprecher in höflichem Ton: „Hallo, Frau Bergner, Heinen hier. Sagen Sie, ich würde gerne einmal kurz mit dem Präsidenten sprechen. Wann würde das denn passen?"

Nach einer kurzen Pause, in der die Vorzimmerdame des Präsidenten wahrscheinlich irgendeinen dieser viel zu dicken und viel zu großen Tisch-Terminkalender durchforstete, bestätigte Heinen: „Ja, ausgezeichnet, um Viertel vor eins – unmittelbar in Anschluss an das Treffen des Präsidenten mit den Kuratoren des Geldmuseums." Damit legte er auf und wandte sich ihnen mit geradezu gönnerhafter Geste zu: „Na also, da haben Sie in Gottes Namen Ihre zehn Minuten mit dem Chef – wozu das auch immer gut sein soll."

Gerade wollte Franziska einwenden, dass sie nicht bis Viertel vor eins warten könnten, aber ihr Vater hielt sie davon ab, indem er sich beim Bundesbank-Pressesprecher in freundlichem Ton für dessen Einsatz bedankte.

„Ganz herzlichen Dank, dass Sie das für uns möglich gemacht haben. Wissen Sie schon, in welchem Besprechungsraum wir nachher mit Herrn Berenbrink zusammentreffen?"

„Geben Sie mir drei Minuten, Herr Stolberg. Ich frage gerade mal vorne beim Protokoll an, welcher Sitzungsraum frei ist", antwortete Heinen und verschwand mit diesen Worten aus seinem Büro.

Erneut machte Franziska einen Anlauf, etwas zu sagen – und abermals wurde sie von ihrem Vater gestoppt.

„Halt jetzt bitte mal den Mund, Franziska. Du musst mir nicht erklären, dass ein Treffen um Viertel vor eins viel zu spät ist. Das weiß ich selbst." Damit war ihr Vater aufgesprungen und hatte das Telefon auf Heinens Schreibtisch gegriffen. „Willemer, helfen Sie mir mal: Wo zum Teufel ist denn hier die Wahlwiederholungstaste?"

Oskar war ebenfalls aufgestanden und forschte auf dem Tastenfeld des Telefons eilig nach der Wiederwahl. „Das hier, das muss sie sein", sagte er mit bestimmtem Ton und drückte die Wahlwiederholung, während ihr Vater den Hörer fest an sein Ohr drückte, sich räusperte und auf die Stimme der Vorzimmerdame des Präsidenten wartete.

„Ja, Herr Heinen, ist denn noch etwas?", hörte Franziska es wenige Sekunden später aus der Muschel tönen.

„Ich muss doch sofort mit dem Präsidenten sprechen, Frau Bergner", erklärte ihr Vater mit leiser und leicht verstellter Stimme, aber in einem Ton, der keinen Widerspruch duldete.

Die Vorzimmerdame ließ sich nicht lange bitten. „Kleinen Moment, ich stelle Sie durch."

Sekunden später meldete sich der Bundesbankpräsident: „Ja, Heinen, was gibt's?"

„Herr Berenbrink, hier ist nicht Heinen, sondern Carl Stolberg. Ich bedaure unendlich, dass ich falsche Tatsachen vortäuschen musste, um Sie zu erreichen, aber ich muss sie unbedingt in einer Angelegenheit sprechen, die keinen Aufschub mehr duldet. Bitte, es ist sehr, sehr wichtig – ich brauche nur fünf Minuten."

„Ich nehme an, es geht um diesen Angriff auf die Nachrichtenagenturen?" – und ohne auf eine Reaktion zu warten, gab er sich darauf selbst die Antwort: „Ach ja ... natürlich, heute ist ja schon Hexensabbat."

Deutschlands oberster Notenbanker schien über die unerwartete Unterbrechung alles andere als verärgert – vielleicht auch, weil er ohnehin keine Lust mehr hatte, sich noch länger mit der diesjährigen Ausstellungsplanung für das Geldmuseum zu beschäftigen.

„Wann können Sie bei mir im 13. Stockwerk sein?", hörte Franziska Berenbrink aus dem Hörer heraus fragen.

„In fünf Minuten, wenn Sie wollen", antwortete ihr Vater.

„Gut, dann erwarte ich Sie am Aufzug West, wir können von dort ins kleine Sitzungszimmer gehen."

„Ach, und Stolberg – passen Sie auf, dass Ihnen auf dem Weg nach oben nicht mein Pressesprecher in die Quere kommt, sonst müssen Sie sich einiges anhören – über die Einhaltung von Dienstwegen und den Zorn seiner Verlobten."

32

Der Schatzmeister hatte die letzte halbe Stunde vor dem Startschuss dazu genutzt, noch einmal die beteiligten Aktienhändler anzurufen und sich über den aktuellen Status ihrer Handelsbücher informieren zu lassen. Alle hatten sich im Laufe der zurückliegenden vier Wochen in kleinen Schritten, insgesamt aber in bedeutendem Volumen mit am Hexensabbat fälligen Put-Zertifikaten und Optionen auf den DAX eingedeckt, also mit Anlageprodukten, die auf einen sinkenden Aktienindex wetteten. In Anschluss an die Telefonate rechnete der Schatzmeister die Ausgangslage noch einmal grob durch: Die Staffelung der Ausübungspreise war so gewählt, dass der DAX zwar bis zum Settlement am Mittag noch erheblich nachgeben musste, damit der Schatzmeister und seine Truppe unterm Strich überhaupt einen Gewinn erzielten – nämlich von den gegenwärtig 12.430 Zählern um mindestens 450 Punkte, also um gut dreieinhalb Prozent, auf weniger als 12.000 Punkte. Allerdings stieg der Profit mit jedem Zähler, den der DAX bis zum Abrechnungstermin weiter abrutschte, rasant in die Höhe. Sollte es beispielsweise gelingen, den DAX bis mittags unter die Marke von 11.900 stürzen zu lassen, wären die Papiere mehr als 21 Millionen Euro wert – eine Verfünffachung des investierten Kapitals. Und sollte es gar glücken, den DAX unter die 11.800er-Linie zu prügeln, würde vielleicht sogar ein dreistelliger Millionenbetrag herausspringen.

Aus all diesen Rechenspielen wurde der Schatzmeister durch den lauten Klingelton seines Mobiltelefons herausgerissen. Der Schatzmeister musterte die Nummer auf dem Display etwas irritiert, bevor er das Gespräch entgegennahm, denn er kannte sie nicht.

„Ja", meldete sich der Schatzmeister kurz, nachdem er abgehoben hatte.

„Ich wollte nur mal eben nachfragen, ob alles nach Plan läuft", erklärte die Stimme am anderen Ende der Leitung.

Der Schatzmeister erkannte sie sofort. Es war Gregor Corvinius, wichtigster Kapitalgeber und Akquisiteur von Finanzquellen für das Vorhaben. Corvinius hatte sich beim Schatzmeister noch nie auf dessen Handy gemeldet und sich ohnehin noch nicht ein einziges Mal in das operative Geschäft eingemischt, sondern sich allenfalls über seinen Anwalt im so genannten Aufsichtsrat bemerkbar gemacht. Dass er sich ausgerechnet jetzt einschaltete, konnte nichts Gutes bedeuten.

„Habt ihr euch schon im Realtime-Ticker eingenistet?", wollte Corvinius wissen.

Der Schatzmeister bestätigte ihm, dass bislang alles planmäßig funktioniert hatte und Hakan und seine Mitstreiter in diesem Moment startklar waren: „Ja, wir werden jetzt gleich losschlagen."

„Sehr gut", lautete der zufriedene Kommentar des Kronberger Investmentbankers, der sich – so klang es jedenfalls durchs Telefon – in einen bequemen Ledersessel sacken ließ und sich eine Zigarette anzündete. „Ach ja, Achenbacher – Sie heißen doch Achenbacher", fügte Corvinius an, der den Schatzmeister sonst nie mit seinem bürgerlichen Namen anzusprechen pflegte, „die anderen Geldgeber sind übrigens etwas nervös. Sie machen sich Sorgen, dass Sie vielleicht auf den Gedanken kommen könnten, das viele schöne Geld, das sich heute Nachmittag auf den Konten sammelt, für sich behalten zu wollen."

„So ein Unfug", fiel ihm der Schatzmeister ins Wort, „ich habe mich bisher an alle Absprachen gehalten und ich werde das auch weiterhin tun – sagen Sie das Ihren verdammten Financiers, Herr Corvinius", keilte der Schatzmeister zurück, und es war seiner Stimme anzumerken, wie verärgert er darüber war, dass man ihm unterstellte, er wolle seine Mitstreiter hintergehen.

„Sehr gut", wiederholte sich Corvinius am anderen Ende, „wirklich sehr gut. Denn es täte mir leid, wenn Sie unsere guten und freundschaftlichen Geschäftsbeziehungen aufs Spiel setzen würden, nur weil sie plötzlich etwas gierig geworden sind. Nur, um allen möglichen Gedankenspielen Ihrerseits rechtzeitig vorzubeugen, Achenbacher: Wir haben jede Ihrer Bewegungen im Blick. Wir wissen, dass Sie im Moment in einem weißen Mercedes-Transporter an der Taunusanlage sitzen und gerade noch einmal die Depots abgefragt haben. Wir wissen, wo Sie heute Nacht geschlafen und mit wem sie seit gestern telefoniert haben – und wir werden Sie, falls Sie versuchen sollten, sich mit dem Geld abzusetzen, in jeder Ecke dieser Welt finden, in der Sie sich verstecken sollten. Denken Sie immer daran: Konstantin Winter ist tot und Mikail Zhelev ist es auch. Eigentlich schade, dass ein Menschenleben heute nicht mehr so richtig viel zählt."

Danach klickte es in der Leitung, Corvinius hatte aufgelegt, noch bevor ihm der Schatzmeister etwas entgegnen konnte.

Die Einschüchterung war dem Geldgeber gelungen. Der unerwartete Anruf hatte den Schatzmeister erkennbar verunsichert. Immerhin hatte ihm der Investmentbanker durch die Blume zu verstehen gegeben, dass man ihm nicht traute und ihn deshalb von irgendwem in seinem unmittelbaren Umfeld beobachten und bespitzeln ließ – möglicherweise von Hakan, möglicherweise von Nowitzki oder Vito, möglicherweise auch von einem der Händler. Außerdem hatte Corvinius gedroht, dass der Schatzmeister in akute Lebensgefahr geraten würde, wenn der Coup aus irgendwelchen Gründen nicht klappen sollte. Die anderen drei im Wagen hatten mitbekommen, dass der Schatzmeister unter Druck gesetzt worden war. Nowitzki versuchte es deshalb mit einer unverfänglichen Frage.

„Hey, wollen wir nicht erst noch einmal die Schiebetür aufmachen, um kräftig durchzulüften, damit es in den nächsten zwei Stunden nicht zu stickig wird?"

„Nein", befahl ihm der Schatzmeister in militärischem Ton, „nein. Dafür haben wir keine Zeit mehr, es geht los!"

Tatsächlich war es Carl Stolberg, Oskar Willemer und Franziska Böhning gelungen, im West-Aufzug in die 13. Etage des Bundesbank-Hauptgebäudes zu fahren, ohne Pressesprecher Tobias Heinen über den Weg zu laufen. Wie versprochen, empfing sie der Bundesbankpräsident am Lift und führte sie ins kleine Sitzungszimmer.

„Ich habe mir erlaubt, noch zwei Kollegen einzuladen", sagte Berenbrink und stellte seinen Besuchern Alois Kogler, seit vielen Jahren Chef des Juristischen Dienstes in der deutschen Notenbank, und Brian Sweeney, Chefhändler im Finanzmarktteam der Bundesbank, vor.

„So", fuhr der Bundesbank-Chef fort, nachdem er jeden im Raum mit einer eisgekühlten Flasche Selters aus der Minibar versorgt hatte, „nun sind Sie am Zug, Stolberg – und denken Sie dran: Sie haben gesagt, Sie bräuchten nicht mehr als fünf Minuten."

Der Chefredakteur nahm einen kräftigen Schluck Mineralwasser, dachte ein paar Sekunden konzentriert nach und begann dann mit seiner Schilderung: „Ich kann Ihnen zwar zum aktuellen Stand der Ermittlungen rund um einige Straftaten und mehrere Merkwürdigkeiten der vergangenen Tage nicht viel sagen. Aber das brauche ich auch gar nicht. Denn das Wichtigste wissen Sie ohnehin schon: Es besteht Sorge, dass eine kriminelle Bande heute am Hexensabbat eine oder mehrere Finanz-Nachrichtenagenturen kapern will, um den DAX – oder womöglich gezielt einzelne DAX-Werte – in den Keller rasseln zu lassen. Da sich die Truppe augenscheinlich entsprechend aggressiv mit Put-Optionen und Baisse-Zertifikaten eingedeckt hat, könnte ihr ein plötzlicher Absturz des deutschen Börsenbarometers einige Millionen Euro in die Kassen spülen."

Berenbrink bestätigte nickend, dass er bis hierhin von der Wertpapieraufsicht und der Kriminalpolizei vorab informiert worden sei.

Stolberg fuhr fort: „Es gibt nach unserer Überzeugung nun drei mögliche Szenarien. Erstens: Die Bande startet ihre Attacke auf den DAX, die Investoren reagieren beunruhigt, die Kurse geben nach. Aber durch schnelle und glaubwürdige Richtigstellungen der betroffenen Firmen und Institutionen gelingt es, erhebliche Zweifel an den Falschmeldungen zu wecken. Zugleich schaffen es die Techniker von Realtime und womöglich anderer betroffener Agenturen, das Leck, durch das sich die Gauner Eintritt in die Nachrichtenticker verschaffen, ausfindig zu machen, die Stelle abzudichten und die unerwünschten Gäste aus dem System zu drängen. Ein paar Erklärungen der Betreiber, ein paar Klarstellungen – der DAX reduziert seine Verluste bereits nach wenigen Minuten und pendelt sich womöglich wieder in der Nähe seines Stands kurz zuvor ein. Soweit die Vorstellung der Kriminalpolizei. Um es klar zu sagen: Daran glauben wir nicht, dieses Szenario halten wir für einen braven Wunsch, aber für unrealistisch."

„Nehmen wir einmal an, dass ich Ihre Skepsis teile, Stolberg", entgegnete Berenbrink. „Wie sehen dann bitte schön die beiden anderen Szenarien aus?"

Stolberg ließ sich abermals einen kurzen Moment Zeit mit der Antwort, weil er sicher sein wollte, die richtigen Worte zu finden. „In Szenario zwei spielen Sie eine aktive Rolle, Herr Präsident: Nehmen wir doch einmal an, die verdammte Bande schafft es tatsächlich, sich in Realtime einzuwählen und die Schlagzeilen zu manipulieren – und gehen wir außerdem davon aus, dass es den Technikern der Agentur entgegen ihren beschwichtigenden Zusagen doch nicht gelingt, den digitalen Eindringlingen das Handwerk zu legen. Was geschieht dann? Zunächst reagiert auf die Schauergeschichten nur eine überschaubare Zahl von Anlegern – nämlich die wenigen, die eine ganz auf Fundamentaldaten ausgerichtete Strategie fahren. Das löst zwar keinen abrupten Absturz aus, sorgt aber dafür, dass die Kurse stetig nachgeben. Erst nur ein paar Ticks, nach einer Viertelstunde dann bereits einige Zehntel Prozentpunkte, spätestens nach einer halben Stunde addieren sich die Einbußen auf einen Prozentpunkt, vielleicht sogar anderthalb. Dann beginnen die ersten Kettenreaktionen: Stopp-Loss-Aufträge werden ausgelöst, charttechnische Unterstützungslinien durchbrochen, die Bewegung gewinnt an Schwung. Langsam entsteht Unruhe: Was zur Hölle ist eigentlich wahr und was ist falsch? Welcher Meldung kann man trauen, welcher nicht? Hinzu kommen diejenigen, die sich zum Hexensabbat hin nach unten positioniert haben und denen die Kursverluste wie ein Weihnachtsgeschenk im Sommer vorkommen müssen. Sie werden mit allen Mitteln versuchen, den Zug, der sich da in Bewegung gesetzt hat, durch Verkäufe zu beschleunigen. Und wenn der DAX in weniger als einer Stunde erst einmal 250 Punkte abgegeben hat, dann – das zeigt Ihnen jede mittelmäßige historische Kursanalyse – werden es auch sehr schnell 500 Zähler, bevor er den nächsten Boden bildet."

„Ich bin ja durchaus gewillt, Ihnen bis dahin zu folgen, lieber Herr Stolberg", unterbrach ihn der Bundesbankpräsident. „Sie können sich deshalb die Ausführungen sparen. Von mir aus glaube ich Ihnen sogar unbesehen, dass der DAX noch schneller und noch tiefer abzustürzen droht. Aber ich habe immer noch nicht begriffen, was in aller Welt die Bundesbank tun kann, um dem allem vorzubeugen. Wie Sie wissen, untersteht die Frankfurter Wertpapierbörse der Aufsicht des Landes Hessen, nicht der Bundesbank. Ich kann weder eine Aussetzung des Handels anordnen noch selbst den Stecker ziehen. Ich kann nicht einmal im Namen der Bundesbank eine offizielle Warnung oder eine Alarmmeldung an Handelsteilnehmer herausschicken, denn das Mandat der Bank sieht nicht vor, dass sie Anleger vor Manipulationen der Kurse schützt."

„Aber Sie können gegenhalten, indem sie kaufen", mischte sich unversehens Oskar Willemer ins Gespräch ein.

Ein kurzer Einwurf, aber ein sehr wirkungsvoller. Jedenfalls sorgte er dafür, dass der Bundesbankpräsident, sein Justiziar und sein Chefhändler den jungen Redakteur völlig verdutzt anstarrten.

Berenbrink, der sonst wahrscheinlich nur sehr schwer aus der Ruhe zu bringen war, brauchte einige Sekunden, bevor er ungläubig nachfragte, ob er das eben richtig verstanden hatte: „Sie meinen, die Bundesbank sollte …"

Weiter kam er nicht, denn Oskar fuhr ihm kurzerhand dazwischen und legte nach – jetzt war ohnehin keine Zeit mehr für irgendwelche Einführungen, sondern der Moment, um

Tacheles zu reden: „Ja, genau, die Bundesbank sollte in großem Umfang Aktien kaufen, um den Markt zu stützen. Wenn Sie dadurch verhindern, dass die Kurse überhaupt erst einmal in einen Abwärtssog geraten, können die Kerle noch so viel Unsinn über ihren gekaperten Ticker verbreiten, wie sie wollen: Sie haben dann trotzdem keinen Erfolg damit. Wenn sich der Zug gar nicht erst richtig in Bewegung setzt, kann auch niemand aufspringen", redete Oskar auf die drei Männer der Bundesbank ein. „Natürlich", fuhr er fort, „könnten Sie die Titel bereits am frühen Nachmittag wieder geordnet abverkaufen, um keine Positionen mit ins Wochenende nehmen zu müssen."

Während seiner Ausführungen kramte Oskar einen Kommentar des Bundesbankgesetzes aus seiner Jackentasche, blätterte Paragraf 19 auf und reichte das Büchlein dem Juristen quer über den Tisch.

„Hier, schauen Sie: Die Bundesbank ist ausdrücklich dazu ermächtigt, *börsengängige Wertpapiere endgültig per Kasse oder Termin zu kaufen oder zu verkaufen* – und das Gesetz macht keine prinzipiellen Vorgaben, dass es sich dabei nur um Anleihen handeln muss."

Alois Kogler, der Justiziar, schob den Gesetzeskommentar zurück zu Oskar und schüttelte mit dem Kopf: „Ich kenne das Bundesbankgesetz, Herr Willemer, glauben Sie mir." Sein Dialekt bestätigte, was sein Name bereits vermuten ließ: Kogler kam wohl aus Oberbayern. „Die Passagen über die Offenmarktaktivitäten zielen ganz gewiss nicht darauf, der Bank zu erlauben, dass sie am Aktienmarkt zockt – auch wenn ihr das möglicherweise an dieser Stelle des Gesetzes nicht ausdrücklich verboten ist. Es ist jedenfalls sicher kein Zufall, dass die Bundesbank bis heute nie in großem Stil Aktien in ihre Bestände genommen hat."

Jetzt war es Franziska, die sich einschaltete: „Entschuldigen Sie, dass ich Ihnen da widerspreche, aber da irren Sie sich, Herr Kogler. 1965 hat die Bundesbank in ihrer damaligen Funktion als Hausbank dem Bund erlaubt, beim Lufthansa-Börsengang Anteilsscheine auf ihren Konten zu parken."

„Ich bitte Sie", hielt der Jurist sofort dagegen. „Das war doch etwas ganz anderes."

Franziska jedoch insistierte: „Na und? Aber es ist ein Präzedenzfall."

„Außerdem" – und jetzt war es wieder Oskar, der das Gespräch an sich zog – „hält der zentrale Paragraf 3 des Bundesbankgesetzes, in dem die Kernaufgaben definiert werden, die Bank ausdrücklich dazu an, zur – ich zitiere – *Stabilität der Zahlungs- und Verrechnungssysteme beizutragen*. Und spätestens seit den großen Kaufprogrammen der Europäischen Zentralbank ist rechtlich unstrittig, dass eine Notenbank auch unkonventionelle Wege beschreiten darf, wenn es darum geht, Stabilität und Integrität von Finanzmärkten zu gewährleisten – allein schon, um sicherzustellen, dass die Transmission geldpolitischer Entscheidungen überhaupt funktionieren kann."

Der Chefjurist blickte Berenbrink an und schüttelte den Kopf: „Also, Herr Präsident, das sind extrem schmale Dielen, auf denen Sie sich da bewegen würden – wenn Sie mich fragen, ich würde Ihnen davon abraten. Verstehen Sie mich recht: Ich möchte nicht ausschließen, dass es den ein oder anderen rechtlichen Spielraum gibt. Aber Sie können sicher sein, dass man Sie für einen solchen Alleingang, selbst wenn so etwas im Gesetz nicht ausdrücklich verboten sein sollte, öffentlich teeren und federn wird, sobald Sie die Sache anschließend bekanntmachen."

Wieder hakte Oskar ein und hielt dagegen: „Herr Präsident, genau das brauchen Sie ja gar nicht tun. Hier steht es explizit", sprudelte es aus Oskar heraus, während er sich beeilte, Paragraf 32 des Bundesbankgesetzes aufzuschlagen: „*Sämtliche Personen im Dienste der Deutschen Bundesbank haben über die Angelegenheiten und Einrichtungen der Bank sowie*" – Oskars Stimme wurde noch lauter und eindringlicher – „*die von ihr geschlossenen Geschäfte Schweigen zu bewahren.* Und das gilt für alle Ewigkeiten, sogar für die Zeit nach dem Ausscheiden aus dem Dienst und sogar vor Gericht. Es gibt eine einzige Ausnahme: Wenn Sie, Herr Berenbrink, jemanden ausdrücklich von seiner Schweigepflicht entbinden. Alles liegt also in Ihrer Hand!"

Alle im Raum blickten gespannt auf den Präsidenten. Es war völlig offen, ob er sich den Vorbehalten seines Chefjuristen anschließen und die Anfrage abschmettern würde – oder bereit wäre, sich prinzipiell darauf einzulassen und sich den Fragen der praktischen Umsetzung zuzuwenden. Stolberg hatte die Hände vor sich gefaltet – gerade so, als würde er dafür beten, dass Berenbrink ihnen keine Abfuhr erteilte.

Nach einem langen Moment des Schweigens ergriff der Bundesbankchef endlich das Wort. „Bleibt noch die Frage, wie Option drei aussieht, Stolberg? Sie hatten doch von drei Optionen gesprochen."

„Nun ja", antwortete der Altredakteur. „Die dritte Möglichkeit ist natürlich, dass wir alle einem Irrtum aufsitzen und da draußen überhaupt niemand ist, der Nachrichten manipulieren und den DAX in den Keller treiben will." Er blickte rasch auf seine Armbanduhr und meldete: „Es ist jetzt genau vier Minuten vor zwölf. In 64 Minuten wird der Abrechnungspreis für die heute fälligen Optionen sowie für die daran angelehnten Zertifikate bestimmt. Vielleicht wäre es ja das Klügste, zunächst einen Blick darauf zu werfen, was sich am Markt gerade so tut

– und ob unsere Sorgen berechtigt sind oder alles nur blinder Alarm ist."

Oskar nickte Stolberg bestätigend zu. Er begriff, dass die Aussichten, Berenbrink zu einer Intervention zu überreden, gewiss steigen würden, wenn sie nicht bloß abstrakt über eine Manipulation von Nachrichten reden, sondern sie mit eigenen Augen und ganz konkret verfolgen würden.

„Sie haben recht", willigte der Bundesbankpräsident ein und wandte sich an den Chefhändler der Bank. „Herr Sweeney, Ihre Abteilung verfügt doch über dieses separate Handelsterminal, wo wir ungestört sind und trotzdem alle Ticker und Kurscharts im Blick haben?"

„Ja, wir können sehr gerne dorthin umziehen – achte Etage", antwortete der Wertpapierprofi mit einem starken angelsächsischen Akzent. „Von diesem Terminal aus können wir sogar Order erteilen", ergänzte Sweeney.

Er wurde von seinem Chef aber gleich zurückgepfiffen: „Na, langsam, langsam – das wollen wir erst einmal sehen, ob wir das wirklich machen."

33

Sie hatten sich entschieden, mit Siemens zu beginnen, weil selbst kleine Kursbewegungen in Siemens-Aktien, aufgrund der gewaltigen Börsenkapitalisierung des Technologiekonzerns, sofort den Deutschen Aktienindex beeinflussten.

Um genau acht Minuten vor zwölf hatten sie sich in den *Realtime*-Ticker eingeklinkt und nur noch jene Meldungen durchgehen lassen, von denen zu erwarten war, dass sie an den Märkten negativ oder allenfalls neutral aufgenommen würden. Nachrichten, die geeignet waren, die Kurse zu beflügeln, wie etwa die Meldung über anziehende Verkäufe im deutschen Einzelhandel, hatten sie aussortiert. Sie gelangten gar nicht erst, obwohl von der *Realtime*-Zentrale redigiert und freigegeben, auf die Zehntausenden von Ticker-Terminals, die *Realtime* in Frankfurt, London, Mailand und allen anderen Handelsplätzen in Europa und dem Rest der Welt gegen hohe Lizenzgebühren aufgestellt hatte.

Um fünf nach zwölf gab der Schatzmeister die Anweisung an Hakan, Stufe zwei zu zünden und die erste eigene Meldung ins System einzuspeisen – eben jene über Siemens. Eine Minute später blinkten auf den Nachrichtenterminals in den Handelsräumen europäischer, amerikanischer und asiatischer Banken zwei neue Eilmeldungen auf. Die erste berichtete darüber, dass Siemens im zweiten Quartal nach vorläufigen, noch nicht testierten Berechnungen 0,8 Milliarden Euro nach Steuern verdient hatte. Das lag immerhin gerade noch so am unteren Ende der Erwartungen von Aktienanalysten. Die zweite Blitzmeldung hingegen war eine richtig herbe Enttäuschung, ja geradezu erschreckend: Der Konzern kündigte an, dass er von einer deutlichen Eintrübung des geschäftlichen Umfelds ausgehe. Es werde daher „schwierig" werden, die mittlerweile „sehr ambitionierten" Jahresziele zu erreichen. Es dauerte nur eine Minute, bis die schlechten Nachrichten den Siemens-Kurs auf Talfahrt schickten. Die Aktie gab umgehend um 0,75 Prozent nach, drei Minuten später lag Siemens sogar schon mit 2,6 Prozent im Minus. Entsprechend bröckelte auch der DAX.

Das Börsenbarometer hatte bereits um kurz vor zwölf nachgegeben, nachdem *Realtime* – und diese Meldung war nicht erfunden, sondern stimmte kurioserweise sogar! – mit Berufung auf gut unterrichtete Kreise über eine angeblich für kommenden Montag anberaumte Sondersitzung der europäischen Bankenaufsicht in Sachen Nordwestdeutsche Landesbank berichtet hatte. Die Vorstellung, dass die NordwestLB schon sehr kurzfristig zusätzlich Kapital aufnehmen müsste und in Nöte geraten könnte, belastete die Kurse der gesamten Finanzbranche. Der DAX hatte deshalb nach ruhigem Vormittagshandel zuletzt eingebüßt und notierte nahe der Marke von 12.350 Punkten – noch bevor die fingierte Meldung über den schwachen Siemens-Ausblick die Runde machte. Diese trübe Prognose des DAX-Schwergewichts kostete den wichtigsten deutschen Aktienindex umgehend weitere 80 Punkte. Der Schatzmeister blickte recht zufrieden auf die DAX-Anzeige rechts oben auf dem Bildschirm des zentralen Rechners, an dem Hakan seine Eingaben machte.

„Es ist Zeit für Linde", gab der Schatzmeister den nächsten Auftrag und machte es sich auf seinem Stuhl etwas bequemer. Hakans Finger rasten über die Tastatur. Nachdem er alle Vorbereitungen getroffen hatte, versicherte er sich noch einmal auf dem Schirm, ob die Eingaben stimmten – und schickte dann die Meldungen auf Reisen, indem er druckvoll die Enter-Taste klickte. Nur Bruchteile einer Sekunde später erschienen zwei Schlagzeilen und eine Textmeldung über den Gasekonzern Linde auf dem *Realtime*-Ticker. Das Unternehmen, so lautete der Inhalt, räumte ein, dass es dieses Jahr entgegen bisheriger Erwartungen auf eine Dividende verzichten müsse. Grund dafür seien im Wesentlichen außerordentliche Abschreibungen auf eine Großanlage in Südamerika. Außerdem drückten wechselkursbedingte Einbußen den Gewinn. Auch in diesem Fall ließen die Kursreaktionen nicht lange auf sich warten. Linde-Aktien, die zuvor gut behauptet notiert hatten, sackten binnen der folgenden fünf Minuten um knapp vier Prozent und waren damit von jetzt auf gleich die größten Tagesverlierer unter den 30 wichtigsten Standardwerten auf dem deutschen Kurszettel. Der DAX blieb davon nicht unberührt, gab weitere 60 Zähler ab und bewegte sich zielstrebig auf die 12.200er Marke zu.

Der Schatzmeister war sichtbar darüber erleichtert, dass die Sache so gut funktionierte. Auch schien es ihm zu gefallen, mit seinen Anweisungen die Kurse am deutschen Aktienmarkt zu steuern. Der überraschende Anruf von Corvinius und dessen unmissverständliche Drohung hatten ihm zwar Angst eingejagt. Doch allem Anschein nach schien es gar nicht so schwer zu sein, den DAX auf Talfahrt zu schicken – und das sogar, ohne bisher großen Radau zu verursachen oder auf sich aufmerksam zu machen.

„Soll ich jetzt erst einmal zur Abwechslung eine politische Meldung einstreuen – über den US-Arbeitsmarkt oder den Rücktritt des Euro-Notenbankers?", fragte Hakan.

„Nein", bremste der Schatzmeister und warf einen schnellen Blick auf seine Uhr, „alles mit der Ruhe. Wir haben jetzt gerade einmal Viertel nach zwölf. Lass den Jungs an den Märkten erst noch fünf Minuten, um die ersten schweren Happen zu verdauen. Und mit dem Rücktritt des EZB-Direktoriumsmitglieds müssen wir uns sowieso noch etwas Zeit nehmen. Die in der Euro-Notenbank sind ziemlich fix – und mit etwas Glück könnte es denen gelingen, die Meldung per Ad-hoc-Conference-Call binnen weniger Minuten – und damit noch deutlich vor 13 Uhr – wieder abzuräumen. Du solltest um zwanzig nach zwölf erst einmal das Veto der EU-Wettbewerbshüter gegen die Fusion von Lufthansa und Qantas rausschicken. Denn bis die sich in Brüssel zu einem Dementi durchringen, ist es längst später Nachmittag", dozierte der Schatzmeister und beobachtete dabei hochzufrieden, wie der DAX in Trippelschritten weiter nach unten rutschte und in diesem Augenblick erstmals die 12.200er Marke unterschritt.

34

Bundesbankpräsident Franz Berenbrink beobachtete mit versteinerter Miene, wie die Kursverlaufslinien auf den Anzeigen und Bildschirmen auf den Rechnern im Handelsraum tief Richtung Süden zeigten. Die Sorgen vor einer Manipulation des Markts hatten also – das war nach den Kursentwicklungen der zurückliegenden Minuten unstrittig – ihre volle Berechtigung: Da war tatsächlich jemand am Werke.

Während sich Oskar Willemer und Franziska Böhning lautstark und impulsiv darüber aufregten, dass es der Bande gelungen war, sich in *Realtime* einzuklinken und dort eine Falschmeldung nach der anderen zu verbreiten, schwieg Berenbrink vor sich hin. Mit einem Mal jedoch griff er nach einem der Festnetztelefone, die vor ihm standen, und wählte die Kurzwahl seines Vorzimmers: „Frau Bergner, bitte verbinden Sie mich sofort mit dem Polizeipräsidenten! Und, ach ja, stellen Sie mich, wenn ich mit Herrn Herzog fertig bin, doch bitte zu Siegbert Boll durch, dem Kommunikationschef von Siemens."

Auf ein Handzeichen von Stolberg hin stellten sein junger Kollege und seine Tochter ihre lauten Klagen und Kommentare ein, damit Berenbrink in Ruhe telefonieren konnte.

„Hallo, Herr Herzog. Können Sie mich kurz auf den Stand bringen, wie weit Ihre Leute damit sind, den mittlerweile offensichtlichen Angriff auf die Nachrichtenagentur Realtime zurückzudrängen?" Eine knappe Minute lang hörte Berenbrink den Ausführungen des Polizeipräsidenten aufmerksam zu. Und es gefiel ihm gar nicht, was er da hörte.

Schließlich beendete er das Gespräch und wandte sich in entschlossenem Ton an seinen Chefhändler: „Wie geräuschlos können Sie größere Aktienpakete am Markt kaufen, Sweeney?"

„Aber, Herr Präsident", grätschte Chefjurist Kogler dazwischen. „Sind Sie denn wirklich sicher, dass Sie ..."

„Ja, das bin ich", fuhr ihm Berenbrink ins Wort. „Der Polizeipräsident hat mich eben darüber unterrichtet, dass der indische IT-Chef von *Realtime*, dieser Rajiv Nadit, auf dem im Wesentlichen die Hoffnungen geruht haben, die Eindringlinge schnell wieder aus dem System herauszuwerfen, heute erst gar nicht zur Arbeit erschienen ist. Wir müssen davon ausgehen, dass er sich von der Bande hat kaufen lassen – und da er die entscheidenden Teile des IT-Programms von Realtime geschrieben hat, gehen die Aussichten gegen null, dass die anderen Techniker nun binnen Minuten das Leck aufspüren."

Das laute Klingeln des Telefons unterbrach den Bundesbankpräsidenten in seinem Bericht. Berenbrink ergriff den Hörer – und erneut konnte man dem Mienenspiel des obersten Bundesbankers entnehmen, dass es noch mehr schlechte Nachrichten gab.

„Danke, Frau Bergner", sagte Berenbrink und legte auf, blickte in die kleine Runde und unterrichtete sie über die neuesten Hiobsbotschaften. „Frau Bergner ist es nicht gelungen, zur Pressestelle von Siemens vorzudringen. Alle Leitungen sind besetzt. Sie hat deshalb eine Kollegin im Vorstandssekretariat des Konzerns angerufen und erfahren, dass die Telefonanschlüsse der Abteilung Öffentlichkeitsarbeit seit heute Früh hoffnungslos überlastet sind. Irgendein Scherzbold, so sagen sie bei Siemens, habe auf *wohnungen.de* und anderen einschlägigen Immobilien-Webseiten Studentenwohnungen in Frankfurt und München zu Schleuder-Mietpreisen angeboten – und als

Kontakt-Telefonnummer ausgerechnet die Durchwahlen der Pressesprecher von Siemens angegeben. Das können Sie vergessen, dass da in den nächsten Stunden irgendwer durchkommt, um nachzufragen, ob das wirklich stimmt mit der einkassierten Prognose."

Die Stimme des Bundesbankpräsidenten wurde nun lauter und gereizter: „Verdammt. Mit so einem blöden Bauerntrick schalten die kurzerhand mal eine ganze Konzernpressestelle aus." Und an den Chef des juristischen Dienstes gewandt, der nach wie vor skeptisch dreinblickte, setzte Berenbrink beschwörend nach: „Verstehen Sie, Kogler, wir sind gerade Opfer einer detailliert vorbereiteten konzertierten Aktion. Das hier ist kein Lausbubenstreich, sondern das ist eine aufwendig geplante Form skrupelloser organisierter Kriminalität, bei der es um viel Geld geht. Aber ich bin nicht gewillt, kampflos zuzulassen, dass hier irgendwelche Kriminelle nach Lust und Laune den Aktienmarkt crashen, der einer der wichtigsten Finanzierungsquellen der deutschen Wirtschaft und damit die Basis des Wohlstands und der Stabilität dieses Landes ist. Also, Sweeney" – Berenbrink schaute wieder in Richtung seines Chefhändlers –, „kriegen Sie das hin, ohne offensichtliche Spuren zu hinterlassen?"

Der Brite war bereits dabei, auf seinem Rechner die Voraussetzungen zu schaffen, um große Aktienorders zu platzieren. „Yes, Sir. Ich werde mich auf zwei Adressen beschränken, auf deren Diskretion ich mich absolut verlassen kann", sicherte Sweeney in seinem dialektral gefärbten Deutsch zu. „Ich meine, diese beiden Broker, die ich gut kenne, kriegen von uns heute die sensationelle Chance, ihren Jahresbonus zu verdoppeln – just in one day. Das ist ein ziemlich gutes Incentive, um Stillschweigen darüber zu wahren, von wem sie die Order gekriegt haben", erklärte der Marktprofi und verabschiedete sich aus dem Gespräch: „Sorry, aber ich muss mich nun eilen, um die ersten Block Trades vorzubereiten."

„Gut. Seien Sie aber bitte so vorsichtig und diskret, wie nur irgend möglich." Daraufhin richtete Berenbrink sein Wort an Stolberg: „Sollte ich jemals irgendwo nur die geringste Andeutung darüber lesen, was hier in den nächsten Minuten geschieht, breche ich Ihnen eigenhändig die Knochen."

„Keine Sorge", antwortete der Chefredakteur. „Ich schwöre, bei allem, was mir heilig ist, dass Sie darüber niemals ein Wort gedruckt finden werden." Die anderen beiden nickten zustimmend. „Schließlich haben wir – und zwar noch viel mehr als Sie – ein Interesse daran, dass die Männer, die einen Auftragsmörder auf Willemer und meine Tochter angesetzt haben, niemals erfahren werden, was in diesen Stunden in der Bundesbank geschehen wird und wer daran beteiligt war."

35

Um 12.28 Uhr wies der Schatzmeister Hakan an, nun auch die erfundenen Nachrichten über RWE und die vermeintlichen Probleme in den Benelux-Ländern sowie über Fresenius Medical Care und den angeblichen Rechtsstreit mit Dialysepatienten ins Programm zu geben. Zwei Minuten später war der Auftrag ausgeführt: In roten Lettern prangten die Eilmeldungen auf dem Ticker. Überraschenderweise gaben die Kurse der beiden betroffenen Unternehmen jedoch nur einen Augenblick lang nach, bevor sie wieder in die Höhe kletterten. Parallel dazu befestigten sich auch die zuvor so massiv eingebrochenen Notierungen von Siemens und Linde wieder etwas.

„Nanu?", grübelte der Schatzmeister. „Was zur Hölle ist denn jetzt los?"

Er blätterte eilig in seinen Papieren und suchte nach Meldungen, die Hakan als Nächstes nachschieben sollte. Als er damit fertig war und auf den Bildschirm blickte, erschrak er heftig: Der DAX hatte sich wieder deutlich über 12.200 Punkte aufgeschwungen und marschierte in festem Schritt Richtung 12.250 Zähler.

„Verdammt!", fluchte der Schatzmeister. „Welcher Vollidiot ist denn da am kaufen?"

Sein Blick fiel wieder auf die Uhr: 12.33 Uhr – die Zeit wurde langsam knapp. Allein um das Mindestziel zu erreichen, musste der DAX noch 250 Punkte abgeben.

„Na gut, Hakan, dann eben volle Ladung. Schieß die Meldung über den Benzetti-Rücktritt heraus und die hohe Zahl an US-Arbeitslosenanträgen und den miserablen Auftragseingang in der Schwerindustrie. Und hau auch gleich noch die Nachricht hinterher, dass Insider aus Landesbankenkreisen berichten, dass die NordwestLB bereits am Montag zum Zwangsverkauf gestellt werden soll."

Nowitzki, der sich bislang gemeinsam mit Vito im Hintergrund gehalten hatte, meldete sich zu Wort: „Wäre es nicht klüger, zumindest mit den US-Zahlen noch einige Minuten zu warten? Die werden schließlich eigentlich erst eine Stunde später erwartet – besser, du gibst ihnen möglichst wenig Zeit, Verdacht zu schöpfen."

Diesen Einwurf hätte sich Nowitzki besser verkneifen sollen. Die Spannung und die Nervosität des Schatzmeisters entluden sich in einem kurzen, aber donnernden Wutausbruch: „Halt dein verdammtes Maul, du Volltrottel. Oder besser noch: Raus hier, alle beide! Ihr stört sowieso nur!"

Die beiden blickten sich unentschlossen an, doch als der Schatzmeister noch einmal brüllend nachlegte, packten sie ihre mitgebrachten Sporttaschen und verließen den Kombi.

„Okay, bis später am Flughafen", verabschiedete sich Nowitzki, als er die Schiebetür des Transporters von außen wieder zuzog. Aber weder Hakan noch der Schatzmeister reagierten darauf.

36

„Verdammt, das ist ja ein Dauerbeschuss mit bad news", ächtzte Brian Sweeney, als sich Punkt Viertel vor eins auf dem *Realtime*-Ticker vor ihm eine Negativmeldung an die vorige reihte.

Erschreckend schwache Auftragszahlen in der Schwerindustrie, eine völlig überraschende Rücktrittserklärung aus dem Direktorium der Europäischen Zentralbank, schlechte Nachrichten vom Arbeitsmarkt in den USA – und zudem jede Menge unerfreuliche Neuigkeiten für Fluglinien, Banken und Energieversorger. Der Chefhändler der Bundesbank konnte gar nicht so schnell mit Kaufaufträgen gegensteuern, wie die Kurse deutscher Blue Chips in die Tiefe sackten.

„Der Druck nach unten ist gewaltig", stöhnte Sweeney. „Ich muss erst einmal einen Moment warten, bis der Sog nachlässt. Mit Kaufaufträgen können Sie in diesem Moment gar nichts bewegen. Das ist so, als würden sie Schneebälle in einen Hochofen schmeißen, um zu löschen. Ich werde mich ein paar Minuten raushalten – und dann auf einen Schlag einsteigen. Allerdings muss ich dafür ziemlich tief in die Kasse greifen."

„Lassen Sie das meine Sorge sein", entgegnete ihm der Bundesbankpräsident. Und so, wie ein Coach einem Bundesligaprofi eine Viertelstunde vor Abpfiff noch einmal kräftig einpeitscht, beschwor Berenbrink den Chefhändler: „Denken Sie nicht so viel über das Große und Ganze nach, vergessen Sie alles rechts und links um sich herum und konzentrieren sich einfach nur darauf, die Kurse nach oben zu jagen."

Sweeney löste seinen Blick für einen kurzen Augenblick von den blinkenden Zahlenreihen auf seinem Monitor, drehte sich dem Bundesbankchef zu und bestätigte ihm: „Yes, of course, worauf Sie sich verlassen können, Mister President!"

Die Stimmung des Schatzmeisters hatte sich zuletzt wieder deutlich aufgehellt. Denn die Riesenladung unerfreulicher Schlagzeilen, die Hakan gerade auf einen Schlag herausgeschickt hatte, verfehlte ihre Wirkung nicht. Der DAX sackte in die Tiefe – wie ein Flugzeug, das durch schwere Turbulenzen fliegt. Fast lotrecht fiel die DAX-Verlaufskurve Punkt Viertel vor eins um nahezu 100 Zähler auf 12.150 Punkte nach unten. Danach fing sich der Index zwar zunächst erst einmal, gab dann aber noch einmal kräftig auf 12.060 nach und pendelte in breiter Spanne zwischen 12.020 und 12.100.

„Mein Gott, Hakan, wir sind ganz nah dran. Wenn der DAX nur endlich die Unterstützung bei 12.000 nach unten durchbricht, dann haben wir es geschafft", flüsterte der Schatzmeister beschwörend vor sich hin.

Doch obwohl der Index die Marke zweimal testete und sie sogar – mit 11.996 Zählern – für eine logische Sekunde unterschritt, behauptete sich der DAX bis 12.50 Uhr knapp oberhalb der 12.000.

„Verflixt, können Sie denn nicht endlich nachlegen?", drängelte Franziska Böhning den vor ihr sitzenden Chefhändler der Bundesbank.

Bis zum Settlement waren es nur noch gut zehn Minuten – und der DAX dümpelte nahe der Marke von 12.000 Punkten. Aber Brian Sweeney war scheinbar der festen Überzeugung, noch auf die richtige Gelegenheit warten zu müssen. Er schien überhaupt nicht mitzukriegen, was hinter ihm gesprochen wurde. Seine ganze Konzentration war auf den Handelsbildschirm vor ihm gerichtet – und vor allem auf die Kursverlaufslinien und das offene Orderbuch.

„Vertrau ihm, Franziska", versuchte Oskar in Flüsterton seine Mitstreiterin zu beruhigen. „Er kennt den Markt besser als wir und wird wissen, was notwendig ist."

Kaum hatte er das gesagt, konnten Oskar und Franziska beobachten, wie es Sweeney auf einmal ganz eilig hatte. Hektisch hämmerte er Auftrag nach Auftrag in seinen Computer, während er über die zwei Standleitungen seine Makler drängelte, einige große Paketgeschäfte parallel zu „billigst" auszuführen.

Tatsächlich kletterte der DAX daraufhin fast senkrecht in die Höhe. Der Index stieg auf 12.120 Punkte und mit zweitem Schwung sogar anschließend deutlich über 12.200 Zähler. Das war eine Vorentscheidung – nein, das war sogar die Entscheidung. Denn in den verbleibenden Minuten konnte es der anderen Seite nicht mehr gelingen, den DAX noch zu versenken.

Oskar war der Erste, der in lauten Jubel ausbrach. „Geschafft", triumphierte er, während er die Fäuste ballte und in die Höhe streckte. „Wir haben es geschafft! Verstehst du, Franziska, wir haben das Spiel gewonnen!"

Die junge Professorin, die neben ihm stand, schloss für einen Moment die Augen und fiel ihm glücklich und erleichtert in die Arme. „Gott sei Dank!"

Und selbst ihr Vater musste seinen Gefühlen, die sich aufgestaut hatten – die Nervosität und Angst der vergangenen Minuten und die Freude über die fast unglaubliche Kurserholung unmittelbar vor dem Settlement –, freien Lauf lassen. Am liebsten hätte er die neben ihm stehenden Bundesbanker umarmt, aber das wäre denn doch zu kumpanisch gewesen. Deshalb beschränkte er sich darauf, zunächst Berenbrink und dann Kogler die Hand zu reichen und herzlich zu schütteln: „Ich danke Ihnen, ich danke Ihnen sehr!"

Der Schatzmeister begriff überhaupt nicht, was da passierte: Wie von Geisterhand geführt, kletterte der DAX in Rekordgeschwindigkeit nach oben – gerade so, als hätten alle institutionellen Investoren miteinander eine verschworene Absprache getroffen oder als hätte irgendwer eine gigantisch große Einzelorder platziert. Der abrupte Kurssprung sorgte in den Folgeminuten für die in solchen Fällen übliche Schubwirkung: Automatische Nachahmer-Aufträge katapultierten den DAX erst auf 12.300 Punkte, dann sogar auf 12.360 Zähler. Den Schatzmeister hatte diese völlig überraschende Wende in eine Schockstarre versetzt. Mit aufgerissenen Augen fixierte er den Bildschirm, auf dem der Aktienindex weiterhin an Wert gewann, und redete – so wie es sonst nur verwirrte Menschen tun – in immer gleichen Worten vor sich her: „Das kann doch gar nicht sein, das gibt es doch gar nicht."

Aus dieser Trance wurde der Schatzmeister durch den schrillen Klingelton seines Mobiltelefons herausgerissen. Wieder nahm er ab und meldete sich lediglich mit einem kurzen: „Ja?"

„Du mieser, kleiner Stricher!", brüllte ihm Corvinius vom anderen Ende der Leitung entgegen. „An wen hast du dich verkauft? O, Mann, Achenbacher, du hältst dich wohl für ganz ausgebufft – uns lässt du zahlen, um die Kurse zu drücken und dann lässt du dich von irgendeinem Arschloch dafür schmieren, dass du ihm verdammt günstige Einstiegskurse servierst. Aber da hast du dich –"

„Nein", fiel ihm der Schatzmeister ins Wort, „ich habe überhaupt keine Ahnung, wer da eben groß eingekauft hat. Ich habe damit jedenfalls nichts zu tun, ich schwöre es!"

„Na, klar", reagierte der Investmentbanker, der dem Schatzmeister kein Wort glaubte, in gallig-ironischem Ton. „Du willst mir doch nicht allen Ernstes weismachen", setzte er seinen zornigen Ausbruch fort, „dass da irgendeine seriöse Adresse eine riesige Long-Position in deutschen Standardwerten aufbaut – ausgerechnet in einem Moment, in dem es schlechte Nachrichten nur so hagelt. Nein, Achenbacher, wie du uns hier versucht hast, zu verarschen, das ist das Schäbigste, was ich je erlebt habe."

Der Schatzmeister wollte einen neuen Anlauf starten, um sich gegen den Vorwurf zu verteidigen, er spiele ein doppeltes Spiel. „Ich schwöre Ihnen, Corvinius, ich habe nicht die leiseste Ahnung!" – aber da wurde er schon durch den lauten Ton herannahender Martinshörner unterbrochen.

„Verdammt", zischte er ins Telefon. „Polizei!"

„Ach, ja,", tönte es aus dem Handy. „Das habe ich ganz vergessen", sagte Corvinius am anderen Ende mit süffisantem Unterton. „Meine Geschäftspartner waren so enttäuscht darüber, dass du in die eigene Kasse wirtschaftest, dass sie darauf bestanden haben, dir die Polizei auf die Fersen zu schicken."

Den Geräuschen nach zu urteilen, hatten draußen vor dem Kombi mindestens drei Polizeiwagen gehalten – Autotüren wurden aufgerissen, Passanten eilig umgeleitet, Einsatzkräfte verschanzten sich vor der Tür des Transporters, ein Megafon wurde eingeschaltet.

„Achtung, hier spricht die Polizei. Bitte verlassen Sie das Fahrzeug langsam, einzeln und mit erhobenen Armen."

Noch einmal meldete sich Corvinius durch das Mobiltelefon: „Du kannst übrigens gerne versuchen, mich und meine Freunde in diese Geschichte hereinzuziehen. Aber es wird dir nicht gelingen, denn wir haben keine Spuren hinterlassen und unser finanzieller Einsatz ist über so viele Umwege zu dir gelangt, dass spätestens irgendwo in Singapur oder der Schweiz die Fährte versiegt. Und jetzt rate ich dir, du mieser kleiner Dreckssack, dass du schleunigst nach draußen gehst. Du hast ja gehört: langsam und mit erhobenen Armen!"

Es klickte. Corvinius hatte aufgelegt.

„Du verdammtes Arschloch!", schrie ihm der Schatzmeister hinterher. Er blickte zu Hakan herüber, der aufgestanden war und sich durch die Gucklöcher im hinteren Fahrzeugteil einen Eindruck über die Situation verschaffte. Der Schatzmeister beteuerte noch einmal, dass er nicht die geringste Ahnung habe, wer zum Teufel da eben gerade mit großem Geld eingestiegen war und gegengehalten hatte. Aber Hakan schien das ohnehin ziemlich schnuppe. Schließlich war – das hatte der kurze Blick nach draußen bestätigt – die Lage sowieso aussichtslos.

„Das war es denn wohl", sagte Hakan ohne jede innere Regung. Dann öffnete er vorsichtig die Tür des Kombis, hob die Arme und ließ sich festnehmen.

37

Um zwei Minuten vor eins klingelte das Telefon im Handelsraum der Bundesbank. Der Präsident hob ab. Es war Polizeichef Herzog, der Berenbrink darüber benachrichtigte, dass ein Einsatzkommando soeben die zentralen Akteure der Bande auf frischer Tat ertappt und festgenommen hatte. Berenbrink konnte sein Gegenüber zwar nicht sehen. Aber er war sicher, dass der Polizeipräsident, der ihm gerade so aufgeregt Rapport erstattet hatte, heute sicherlich noch viel mehr Schweißtropfen auf der Stirn hatte als sonst. Herzog wirkte enorm erleichtert, seine Stimme hüpfte auf und ab, während er dem Bundesbankpräsidenten noch einige Einzelheiten schilderte.

„Erfreulicherweise, Herr Berenbrink, hat sich der Markt gar nicht auf die falsche Fährte führen lassen. Der DAX ist zwar wegen der getürkten Meldungen ein paar Minuten Berg und Tal gefahren, aber die Investoren haben scheinbar rechtzeitig verstanden, dass sie in die Irre geführt werden sollten", berichtete der Polizeipräsident, der ja nicht wissen konnte, dass für die jähe Kurserholung kurz vor dem Stichtermin erst der Bundesbankpräsident und dessen Chefhändler gesorgt hatten.

„Sagen Sie das bitte nicht Herrn Stolberg und dessen Kollegen weiter", schob Polizeichef Herzog flüsternd nach, „aber deren Sorgen waren natürlich dramatisch übertrieben – naja, wie Journalisten halt so sind."

„Seien Sie versichert", antwortete Berenbrink schmunzelnd, „dass ich diese letzte Bemerkung ganz für mich behalte."

Nach dem Telefonat mit dem Polizeipräsidenten wandte sich Berenbrink an seinen Chefhändler. „Sweeney, es ist vorbei. Sie können mit den Aktienkäufen aufhören", rief er dem Wertpapierprofi zu, der immer noch äußerst betriebsam Aufträge in seinen Rechner eingab.

„Ich bin schon längst auf der Verkäuferseite", meldete der Brite zurück. „Es ist uns um Viertel vor eins scheinbar gelungen, mit ein paar Block Orders in der richtigen Minute eine Kaufrallye auszulösen. Irgendwelche Adressen sind jedenfalls aufgesprungen und kaufen gerade kräftig zu. Oder vielleicht hat das verwirrende Hula-Hoop der letzten Stunde ja ein paar Algorithmen überfordert. Auf jeden Fall geht der DAX momentan wie von allein aufwärts. Ich habe das nutzen können, um bereits ein Viertel unserer Positionen wieder loszuwerden." Und mit breitem Grinsen schickte er hinterher: „Mister President, das macht richtig Laune."

„Gewöhnen Sie sich ja nicht daran, Sweeney. Denn das wird hoffentlich nie wieder vorkommen, dass die Bundesbank am Aktienmarkt intervenieren wird", mahnte Berenbrink den Trader lächelnd.

„Am Aktienmarkt intervenieren? Das habe ich ja gar nicht mitbekommen", entgegnete der Chefhändler augenzwinkernd, um noch einmal zu versichern, dass er ganz bestimmt kein Wort darüber verlieren würde, was hier im Handelsterminal der Bundesbank in der zurückliegenden Stunde passiert war.

Um Punkt 13 Uhr wurde der Abrechnungspreis des DAX festgestellt – bei 12.342 Zählern. Damit lag der Index zwar ein Prozent niedriger als zu Vortagesschluss, aber andererseits fast drei Prozent höher als noch eine Viertelstunde zuvor. Brian Sweeney hatte tatsächlich ein sehr glückliches Händchen und extrem starke Nerven bewiesen, indem er sich mit Engagements zunächst zurückgehalten und allein auf drei, vier sehr große Kauforders kurz vor dem Settlement gesetzt hatte. Berenbrink war selbst ein wenig überrascht darüber, dass sich ein angeschlagener und verunsicherter Markt durch wenige Großaufträge so abrupt wieder hatte drehen lassen. Wahrscheinlich, so dachte er, hatten sie einfach Riesenglück gehabt, dass gerade zu dieser Stunde die risikofreudigen Investoren am Markt in der Überzahl waren und sich an die Aufwärtsbewegung dranklebten.

Innerhalb der frühen Nachmittagsstunden war es Sweeney – auch dank der Geschicklichkeit der zwei Makler, die er für die Block Trades eingeschaltet hatte – gelungen, sich von den am Vormittag aufgebauten Positionen wieder vollständig zu trennen. Um Viertel nach drei rief er Berenbrink an und meldete ihm, dass alle Aktien verkauft seien.

„Ich danke Ihnen, Sweeney", lobte Berenbrink ihn. „Das war ausgezeichnete Arbeit. Fast ein wenig schade, dass Sie das alles für sich behalten müssen. Aber jetzt sagen Sie mir bitte, was uns die ganze Aktion unterm Strich gekostet hat, damit ich mir übers Wochenende überlegen kann, wie sich dieser Aufwand verbuchen lässt, ohne dass wir die ganze Geschichte an die große Glocke hängen müssen."

Sweeney bemühte sich um einen nüchternen Ton, trotzdem war herauszuhören, dass er vor Stolz fast platzte: „Von wegen Aufwand oder Verlust. Die Bundesbank hat einen außerordentlichen Ertrag von mindestens 3,2 Millionen Euro erzielt – exakt kann ich Ihnen den Betrag erst nächste Woche nennen, wenn ich präzisen Überblick über die Transaction Costs habe."

Ein außerordentlicher Gewinn von 3,2 Millionen! Berenbrink war überwältigt – und er verstand zum ersten Mal in seinem Leben, warum es eine Faszination für Menschen gab, am Aktienmarkt zu spekulieren.

„Ja, aber wie ist Ihnen das denn gelungen, Sweeney?"

„Naja", antwortete der Chefhändler, „das war nun wirklich extrem easy. Wir waren ja ein wenig *ahead of the curve* und haben mit unseren Orders den Markt gemacht. Aktien billig zu kaufen und dann wieder abzustoßen, wenn die Kurse wegen der riesigen Nachfrage in die Höhe geschossen sind, das ist nun wirklich keine Magie."

Nachdem er mit Sweeney gesprochen hatte, beriet sich der Bundesbankpräsident noch einmal kurz telefonisch mit seinem Chefjuristen. Sie kamen überein, im Laufe der nächsten Woche eine streng vertrauliche Sitzung einzuberufen und dazu neben Sweeney zwei Abteilungsleiter des internen Rechnungswesens einzuladen, die den Sondergewinn in einem spezifischen Abgrenzungsposten verbuchen sollten. Danach rief Berenbrink seinen Sprecher Heinen an, schwindelte ihm vor, dass er Stolberg und die anderen Besucher heute zufällig im Haus getroffen und sich direkt um sie gekümmert habe und schickte ihn ins Wochenende: „Na los, Heinen, es ist kurz vor vier, Ihre Freundin wartet auf Sie in Hamburg – und hier gibt es nichts mehr Dringendes zu erledigen!"

38

Während Tobias Heinen, der Pressesprecher der Bundesbank, sich auf dem Weg nach Hamburg zu seiner Freundin befand, startete das Wochenende für manch anderen weit weniger entspannt. Der Hacker Hakan Sanic und Sebastian Achenbacher alias „der Schatzmeister" wurden noch am Nachmittag des Hexensabbats dem Haftrichter vorgeführt. Dass sie geständig waren und dazu beitrugen, ihre Komplizen dingfest zu machen, wurde ihnen fünf Monate später vor Gericht zwar bei der Berechnung des Strafmaßes gutgeschrieben. Trotzdem musste der Schatzmeister wegen Anstiftung zum Mord und zum versuchten Mord in Tateinheit mit bandenmäßigem Betrug letztendlich für acht Jahre hinter Gitter. Hakan bekam wegen Kursmanipulation in einem besonders schweren Fall sowie Computersabotage dreieinhalb Jahre aufgebrummt. Die beteiligten Händler der Banken – Feisel, Höller und von Witzleben sowie zwei andere Wertpapierprofis – wurden noch am frühen Freitagnachmittag in ihren Handelsräumen festgenommen. Sie kamen zwar um Strafen wegen Mitwisserschaft herum, weil sie sich auf einen kostspieligen Vergleich einließen, verloren aber ihre hochbezahlten Jobs. Nowitzki und Vito gingen kurz vor Abflug der Svizzera-Maschine den Ermittlern am Flughafen Stuttgart-Leinfelden ins Netz. Sie wurden zu Haftstrafen verdonnert, was auch damit zusammenhing, dass noch alte Bewährungsstrafen gegen sie anhängig waren.

Einzig Gregor Corvinius gelang es erneut, sich allen Anschuldigungen zu erwehren. Zwar wurde er durch die Aussagen Achenbachers schwer belastet. Allerdings bestritt er alle Vorwürfe – und eine direkte Beteiligung konnte ihm nicht nachgewiesen werden. Kontakt zum Schatzmeister hatte er nur über Mittelsmänner oder über Prepaid-Telefone aufgenommen. Und sein Geld – und das seiner Geschäftsfreunde – war auf verschlungenem Weg über Finanzplätze, die sich nicht am internationalen Informationsaustausch beteiligten, an Achenbacher transferiert worden. Aus welchen Quellen es stammte, ließ sich nachträglich nicht mehr gerichtsfest ermitteln. Corvinius hatte sogar die Chuzpe, sich gegen alle Anschuldigungen Achenbachers genau von jenem Anwalt verteidigen zu lassen, der ihn im ‚Aufsichtsrat' vertreten hatte.

Ach ja, bleibt noch die Frage, wie der Freitag für Oskar Willemer endete. Kurz gesagt: bei zwei Scheiben Graubrot mit Emmentaler im Nord-West-Krankenhaus. Oskar hatte sich nach den hektischen Stunden in der Bundesbank ins Krankenhaus zurückbringen lassen. Auf seiner Station kam er um kurz vor fünf an – gerade noch pünktlich vor der Abendvisite von Dr. Dayani und dem Abendessen um halb sechs. Als er nach 14 Stunden tiefen Schlafs am Samstagmorgen in seinem Krankenbett aufwachte, lag neben ihm die Wochenendausgabe des *Finanzblatts*, die ihm am frühen Morgen Franziska vorbeigebracht hatte. Auf Seite elf waren im Bericht über den Wochenschluss am Frankfurter Aktienmarkt folgende Zeilen zu lesen:

Turbulent hat sich der DAX am Freitag ins Wochenende verabschiedet. Pünktlich zum kleinen Verfallstermin von Futures und Optionen, dem Hexensabbat, schien es vielen Marktteilnehmern am späten Vormittag so, als wären tatsächlich teuflische Kräfte am Werk. Anlass dafür war die Nachrichtenagentur Realtime. Sie sorgte gegen halb eins mit gleich mehreren Meldungen für Irritationen, die sich im Nachhinein als falsch herausstellten. Realtime entschuldigte sich anschließend für die Fehler und verwies auf technische Probleme. Zeitweise sackte das wichtigste deutsche Stimmungsbarometer im Sog starker Verluste in Linde-Titeln und Siemens-Papieren ungebremst unter die Marke von 12.000. Der Markt erholte sich jedoch bereits nach wenigen Minuten. Der DAX wurde zum Settlement nur leicht unter Vortag bei 12.342 Zählern abgerechnet. Er ging nach lebhaftem Nachmittagshandel schließlich schwach behauptet mit 12.372 Punkten ins Wochenende.

EPILOG

Oskar Willemer, Franziska Böhning und Carl Stolberg haben Wort gehalten. Der frühere Bundesbankchef Franz Berenbrink hat nie eine Zeile über das spontane Rettungsmanöver für den Deutschen Aktienindex in irgendeiner Zeitung gelesen. Zwar gab es die eine oder andere Beschwerde gebeutelter Investoren bei *Realtime* wegen der Falschmeldungen um die Mittagszeit. Die Nachrichtenagentur beschränkte sich aber hartnäckig auf den Verweis auf eine nicht näher bezeichnete technische Störung. Die Kriminalpolizei hatte ebenfalls wenig Interesse an ausführlicher Kommunikation. In einer Mitteilung von gerade einmal sieben Sätzen gab sie bekannt, dass der Versuch der Kursmanipulation *weitgehend vereitelt* und *mehrere Verdächtige festgesetzt* werden konnten.

Wenn Sie mich fragen, war aber letztlich etwas ganz anderes dafür entscheidend, dass die ganze Sache nicht ans Licht der Öffentlichkeit gekommen ist. Denn genau zwei Tage nach jenem denkwürdigen Freitag eskalierte die Situation bei der NordwestLB. Noch am Sonntagnachmittag berief die Bankenaufsicht eine Notsitzung ein, bei der die deutschen Landesbanken und Sparkassen eine konzertierte Stützungsaktion vereinbarten. Ich kenne keinen Journalisten, der sich an diesem Sonntag nicht die Finger wund geschrieben hat über diese plötzliche Bewährungsprobe für die öffentlich-rechtlichen Kreditinstitute in Deutschland. Und wenn da einer zu seinem Chefredakteur gesagt hätte: „Ich würde lieber noch einmal genauer recherchieren, was eigentlich genau am Freitagmittag im Aktienhandel passiert ist", hätte er sich seine Papiere wahrscheinlich bei der Personalstelle abholen können.

Man mag das alles bedauerlich finden, aber es lässt sich nichts dran ändern: Jede interessante Nachricht wird von jeder noch interessanteren sofort verdrängt. Und weil in der Welt immer genau so viel passiert, wie in eine Zeitung passt, kommt es eben längst nicht nur darauf an, was passiert. Sondern mindestens genauso sehr darauf, was genau zur gleichen Zeit irgendwo auf der Welt sonst so passiert – oder eben nicht passiert.

Oskar und Franziska war es recht, dass die ganze Geschichte, die sie so eng zusammmengeschweißt hat, nie stadtbekannt wurde. Sie haben jedenfalls streng darauf geachtet, dass sie sich nie vor anderen darüber unterhalten haben. Nur eben manchmal – im ganz kleinen Kreis: Oskar, Franziska und Benjamin Beckmann – haben sie nochmal davon gesprochen: Wie knapp das alles war und was alles hätte passieren können, wenn und falls.

Franziska Böhning ist übrigens auch heute noch Universitätsprofessorin, aber darüber hinaus berät sie mittlerweile auch die Bundesregierung und die EU-Kommission in gesetzgeberischen Fragen im Kampf gegen Marktmissbrauch und Insiderhandel. Oskar Willemer schreibt nach wie vor für das *Finanzblatt,* allerdings nicht mehr so viel wie damals, weil er als Stellvertretender Chefredakteur weniger Zeit für eigene Berichterstattung hat. Bei Benjamin Beckmann hat sich am wenigsten verändert – außer, dass er es nicht mehr fertigbringt, Autos auf Landstraßen zu überholen. Ben ist immer noch Nachrichtenredakteur, und er spielt sogar noch Rugby, mittlerweile natürlich bei den Golden Oldies, also den alten Herren. Sein Leben ist trotzdem nicht mehr ganz so hektisch wie früher, weil er mittlerweile nicht mehr selbst Reporter ist, sondern die Frankfurter Redaktion von *Worldnews* leitet. So mit festen Arbeitszeiten, Feierabend um halb acht und meistens freiem Wochenende. Deshalb hat er auch die Zeit gehabt, sich drei Wochen lang fast jeden Abend freizuhalten, um mir die Geschichte in allen Einzelheiten zu erzählen, damit ich sie aufschreiben kann. Immerhin kennt er ja jedes Detail.

Und nachdem Franz Berenbrink vor nunmehr viereinhalb Monaten im Alter von 68 Jahren an einem Herzinfarkt gestorben ist – Sie werden das ja sicher in der Zeitung gelesen oder in der Tagesschau gesehen haben –, gibt es jetzt auch keinen Grund mehr, das Manuskript länger zurückzuhalten. Schließlich haben der alte Stolberg, seine Tochter und Oskar dem früheren Bundesbankchef ja nur versprochen, dass *er* nie ein Wort darüber lesen wird.

Frankfurt, im Mai 2020

DER AUTOR

Detlef Fechtner arbeitet als stellvertretender Chefredakteur bei der Börsen-Zeitung, der einzigen ausschließlichen Finanzzeitung Deutschlands. In Frankfurt ist er schon lange zu Hause: Der promovierte Politikwissenschaftler war viele Jahre als Finanzreporter für die Nachrichtenagentur vwd und als Wirtschaftsredakteur für die Frankfurter Rundschau und die WAZ tätig.

Ulrich Müller-Braun · Dana Müller-Braun
Das Auge des Adlers

19. Oktober 2018: Als Ex-Hooligan und Sportredakteur Severin kurz vor dem Spiel der Eintracht gegen Fortuna Düsseldorf einem auffälligen Ordner bis in die Tiefgarage folgt, wird er Zeuge zweier Morde und selbst schwer verletzt. Lydia, die als stellvertretende Pressesprecherin der Eintracht zum Tatort gerufen wird, findet kurz darauf einen Sprengsatz an der Fankurve. Als der Verdacht auf Severins Freund Mic fällt, bittet Severin Lydia um Hilfe und sie beginnt zu begreifen, dass mehr hinter all dem steckt, als die Polizei vermutet.

Ihre Ermittlungen ziehen sie nicht nur in einen Sog aus Intrigen, Verrat und weiteren Morden, sondern vor allem Severin wieder tiefer hinein in die Szene. Als sie selbst ins Fadenkreuz der Ermittlungen und ins Visier des Täters geraten, beginnt ein gefährlicher Wettlauf gegen die Zeit. Wer ist für all die Taten verantwortlich? Und steht Severin ihm nur im Weg, oder hat der Täter ganz andere, persönliche Motive?

384 Seiten · Broschur · ISBN 978-3-95542-348-3 · 15,- Euro

ERHÄLTLICH IM BUCHHANDEL ODER

AUF WWW.SOCIETAETS-VERLAG.DE

Ulrich Müller-Braun · Dana Müller-Braun
Nachspielzeit

Bei der Recherche für eine Enthüllungsstory über einen großangelegten Wettbetrug in der Europa League gerät Sportredakteur Severin ins Visier der türkischen Behörden. Während einer nächtlichen Verfolgungsjagd wird er in Eskişehir festgenommen und nur mit Hilfe der Frankfurter Eintracht und deren Pressesprecherin Lydia Heller gelingt die Rückholaktion nach Deutschland. Kaum zurück, hat das 5:1 der Eintracht gegen die Bayern am 2. November 2019 für Lydia ein unangenehmes Nachspiel. Während sich das Stadion glückselig in den Armen liegt, bittet eine Mitarbeiterin des Catering-Unternehmens verzweifelt um die Hilfe der Pressesprecherin. Sie behauptet, im VIP-Bereich vergewaltigt worden zu sein und den Täter identifizieren zu können. Doch Lydia und auch die Polizei sind nicht überzeugt. Als der mutmaßliche Vergewaltiger nur eine Woche später ermordet wird, gerät die Angestellte in Tatverdacht und Lydia in Erklärungsnot. Was sie noch nicht weiß, ist, dass Severin in der Nacht zuvor ein seltsames Eintracht Rätsel erhalten hat, dessen Lösung den Mord hätte verhindern können. Und das nächste tödliche Rätsel ist bereits unterwegs...

ca. 336 Seiten · Broschur · ISBN 978-3-95542-382-7 · 15,- Euro

ERHÄLTLICH IM BUCHHANDEL ODER

AUF WWW.SOCIETAETS-VERLAG.DE